죽음빌라

○ 조기현 지음 ○

Eunoia Books

죽음빌라

발 행 | 2024년 09월 07일
저 자 | 조기현(유노이아)
펴낸이 | 조기현
펴낸곳 | 유노이아북스(Eunoia Books)
출판사등록 | 2024.05.14.(제2024-000099호)
주 소 | 경기도 고양시 일산서구 성저로38번길 37
전 화 | 010-7185-1201
이메일 | k123powert@naver.com

ISBN | 979-11-987830-1-1

차
례

제 1 부 삶에 대해 묻다.   010

제 2 장 죽음에 대해 묻다.   082

제 3 장 진실에 대해 묻다.   196

제 4 장 새로운 삶에 대해 묻다.   322

마무리 가을, 겨울, 봄 그리고 여름 410

프롤로그
가을 그리고 겨울

엄마는 심장질환으로 여러 번 실신하고, 일이 잘못 되었을 때 자신의 장례를 어떻게 치러야 할지 농담처럼 이야기하곤 하셨다. 엄마가 그런 이야기를 할 때마다 재수 없는 소리 하지 말라며 구박했지만, 결국 엄마는 돌아가셨고, 그 농담처럼 하셨던 말들은 내게 깊은 상처로 남았다.

그렇게 나는 19살 어린 나이에 홀로 엄마의 장례식을 치러야 했고, 슬퍼할 틈조차 없었다.

처음에는 모든 것이 멍하고 혼란스러웠지만, 엄마가 생전에 남겼던 농담대로 조용하고 단정한 장례식을 치르기로 했다.

장례식장을 예약하고, 엄마의 시신은 평소 진료받던 대학병원 영안실에 안치했다. 엄마의 옷을 세심하게 고르고, 좋아하셨던 꽃들로 장식하기 위해 꽃다발을 주문했다. 보통 장례식은 국화가 일반적이지만 엄마는 매화를 원하셨다. 빈소에 비치할 물건들부터 음식 도우미, 화장터와 운구차 예약까지 절차가 많이 남았다. 그래도 다행인 건 장례식장 측에서 고인을 모실 마땅한 가족이 없는 것을 확인하고 장례지도사가 이곳에 상주해 있었다.

"혹시⋯화나셨나요?"
아무도 없는 장례식장에 하얀색 비닐을 덮어둔 식탁을 사이에 두고 장례지도사가 조심스레 물었다.
"네?! 아니요?"
내가 놀라 대답하자 그는 갸우뚱한 표정을 지었다. 그리곤 검은 가죽가방에서 서류봉투를 꺼내 들었다. 서류봉투엔 [김가을 님 유언장]이라고 적힌 포스트잇이 붙어 있었다.
"고인께서 신경을 많이 쓰셨나 봅니다."
내가 담담하게 바라보자, 장례지도사는 의아한 듯 고개를 갸우뚱하며 말을 이었다.

"보통 고인들은 죽음을 앞두고 장례에 크게 신경 쓰지 않으세요. 죽으면 다 무슨 소용인가 싶기도 하고, 몸도 마음도 지쳐서 그럴 겨를도 없으니까요."

말을 끝낸 그에 표정에서 왠지 모를 공허함과 허탈함이 느껴졌다.

"선생님"

"네."

"선생님은 우리가 왜 살아야 한다고 생각하세요?"

"네?!"

잔잔했던 연못에 우직한 돌덩이라도 떨어진 듯 무표정한 그에 얼굴엔 당황한 기색이 역력했다.

괜한 질문을 했다는 생각이 곧장 들었다.

"그게 무슨 말씀이세요?"

그는 당황스러움을 뒤로 한 채 애써 웃어 보였다.

"죄송해요. 너무 이상한 질문이죠? 사실은 엄마가 돌아가시기 전날에… 저한테 했던 질문이에요."

황당한 질문에 내막을 듣자 애써 웃어 보이던 그의 표정엔 약간에 진지함이 묻어났다.

"뭐라고 대답하셨는데요?"

"대답을 못 했어요. 뭐라고 대답했어야 할까요?"

그는 질문의 곤란함을 이해한다는 듯 고개를 연신

끄덕였다.

"저라도 대답 못 했을 것 같아요. 근데 거기에 옳은 답은 따로 없지 않을까요?"

어쩌면 엄마는 죽음을 진작에 각오하고, 혼자 남을 나에게 앞으로 어떻게 살아갈 것이냐며 물음표를 던진 것일 수 있다. 하지만 난 대답하지 못했다. 그리고 그 순간부터 한발짝도 나아가지 못하게 하려는 듯 질문이 뇌리에 박혀있었다.

"겨울씨?"

잠시 멍해 보였는지 그가 나를 깨우듯 이름을 불렀다. 정신을 차리고 그를 바라보자 의아한 표정을 하고 있다.

"다시 한번 죄송해요. 이런 질문드려서….."

그는 괜찮다며 손사래 치며 대답했다.

"만약 제가 고인분을 만난다면 묻고 싶네요. 우리가 왜 살아야 하는지."

그의 그늘진 표정에서 알 수 없는 고민이 담겨있는 걸 느낄 수 있었다. 저마다의 고민은 있는 법이다.

"엄마가 꿈속에서라도 나오면 꼭 물어볼게요."

애써 웃으며 말했다. 그러자 그는 말없이 눈웃음지으며 고개를 끄덕였다.

제1부
삶에 대해 묻다

학창 시절 내 자리는 교실 중간쯤, 벽에 사선으로 붙어 바깥을 가끔씩 훔쳐볼 수 있는 자리였다. 마치 주인공이 앉아야 할 것 같은 부담스러운 맨 뒷줄 창가자리보다, 그늘진 등잔 밑처럼 어둑하게 존재할 수 있는 이 자리가 나에게 어울린다고 생각했다.

"쟤는 왜 맨날 혼자 있는 거야?"

"몰라, 그냥 혼자 있는 게 좋은가 봐."

"혹시 쟤가 그런 애인가?"

불필요한 관심은 매 순간 부담스럽게 다가왔다.

창가 옆자리는 간혹 불어오는 바람결에 다른 세상이 연결된 것 같은 두근거림을 안겨준다.

그 기분이 머릿결을 스칠 때면 나도 모르게 미소를 곱씹게 된다.

"야 거기 너! 그… 이름 뭐였지? 아무튼, 거기 창문 좀 닫아줘."

바람이 쌀쌀했는지 창문을 닫아달라고 부탁하는 반 친구는 가을이 다 되도록 내 이름을 몰랐다.

그래도 섭섭하진 않았다. 고등학교에 올라온 이후 누구에게도 다가가지 않았기 때문에 당연한 일이다.

새삼 그럴 수 있다고 생각하며 창문을 닫자, 하얀 나비가 교실 안으로 들어오려는 듯 투명한 유리창을 두들겼다. 창문을 사이에 두고 하얀 날개를 팔랑이 며 날아들려는 모습은 자유롭고 아름다워 보였다.

"와… 10월에도 나비가 있구나."

나비는 화창한 봄날에만 있는 줄 알았다. 쓸쓸함만 느껴지는 가을에 하얀나비가 어떻게 여기까지 왔는 지 궁금했다. 올해 들어 화창한 봄날에도 보지 못했 던 나비를 가을이 되서야 보게 될 줄 몰랐다.

왠지 뜻하지 않은 행운이 다가온 것처럼 마음이 간 질간질했다.

"차렷! 선생님께 인사!"

"오늘도 수고했고 수능 준비 잘해라. 종례 끝."

담임선생님의 짧고 명료한 종례로 수업이 끝나자 교실에는 영화 엔딩에 나올 법한 잔잔한 재즈 음악이 흐르기 시작했다. 반 친구들은 기다렸다는 듯 가방을 챙기고 친구들과 이야기를 나누며 하교 준비를 하고 있다. 나는 재즈 음악을 끝까지 듣고 싶어 자리에 앉아 감상을 이어갔다. 교실에는 책가방을 정리하는 소리, 의자를 끌어당기는 소리, 친구들과 웃고 떠드는 소리, "오늘 저녁에 뭐 먹을 거야?" "같이 갈래?" 같은 대화들이 여기저기서 들려왔다.

온갖 소리가 교실을 가득 메우자 재즈 음악이 묻힌 듯 희미해지기 시작했다. 나는 자리에 앉아 주위에 허공을 쏘아보며 소란스러운 분위기가 잠잠해지길 기다렸다.

반 친구들은 하나둘 경쾌한 발걸음으로 교실을 떠나고 있었고, 창밖으로는 하교하는 학생들이 삼삼오오 무리를 지어 가고 있었다. 그 모습은 지극히 평화롭고 일상적이었지만 이상하게 미간이 찌푸려졌다.

교실에는 나와 다른 목적으로 자리에 앉아 있는 반 친구들이 있었다. 그들은 어수선한 분위기 속에서 다음 경기를 위해 숨을 가다듬는 것처럼 눈을 지그시 감았다. 이내 어수선한 분위기가 옅어지며 재즈 음악이 뚜렷해지자 주변의 공기가 바뀌었고 진중한 표정으로 책이 뚫어질 듯 바라보는 반 친구들만이 남았다. 책 속에서 열의와 희망을 찾는 그들의 목적은 피부로 뚜렷하게 느껴졌다. 그리고 책상에 웅크려 앉아 있는 모습이 더 나은 삶을 향해 달려가기 위해 준비하는 육상선수와 겹쳐 보였다.

가방을 어깨에 메고 교실을 나서려던 찰나, 잠시 멈춰서 교실의 풍경을 다시 바라보았다. 모두 같은 교실에 있지만 그들과 다른 공간에 있는 듯한 느낌이 들었다.

왜 저렇게 열심히 살아가는지 이해되지 않았다.

"저러고 학원까지 갈 거 아니야."

하교하는 길, 학교를 다시 바라보니 창가 너머로 여전히 그들의 눈빛은 뚜렷했다.

저 친구들은 공부만 열심히 하는 게 아니었다. 노는 것도 열심히 놀았다. 쉬는 시간 흘려듣는 이야기에 따르면 무리를 지어 유명한 카페에 가거나 주말에 여행을 떠나기도 하고 운동을 다니기도 하나보다.

참…모든 열심히 한다는 생각이 들었다.

"안녕 내일 또 봐!"

"응! 너도!"

내 앞에서 서로 인사하며 갈라지는 반 친구들이 보였다. 매일 집에 가는 길이면 마주치는 풍경 중 하나였다. 방금 인사를 나눈 저 둘은 매일 같이 함께인 것을 보면 「절친」인 듯했다.

저 둘을 보고 있자면 어릴 적 내 친구들이 떠올렸다. 기억이 잘 나지 않은 만큼 어릴 적, 나에게도 절친이 여럿 있었다고 생각했지만 세상은 결국 혼자라는 것을 뚜렷하게 인지할 때쯤 더 이상의 친구는 사귀지 않았다. 그리고 얼마 후 내 생각이 증명이라도 되어 가는 듯 결국 혼자가 되었다.

그 누구도 나에게 인사를 하지 않았고, 나에 대해 궁금해하지도 않았다.

혼자라는 것이 별일 아니라고 생각했지만 아물지도 않은 상처가 덧나기라도 한것처럼 쓰라렸다. 뭐라 표현할 수 없는 그 느낌은 내가 다른 사람들과 달라지고 있다는 위험한 신호처럼 다가왔다.

"어….."

내 앞에서 인사하고 갈라지던 반 친구 중 한 명이 나를 알아본 건지 쳐다보았다. 하지만 이름을 모르는 건지, 아는 체하기 꺼려지는 건지, 잠시 망설이더니 도망치듯 사라졌다. 애초에 인사할 생각은 없었지만, 거리 위에 덩그러니 놓여진 것이 의문의 1패를 당한 것 같았다.

"뭐…이 정도는 사소해."

나란히 맞춰선 내 발등을 쏘아보며 말했다.

고개를 들자 무언가 뿜어져 나올 것 같았지만 접혀가는 석양을 지켜보며 마음을 삼켰다.

"어서 와 딸."

"네. 엄마."

내가 집에 돌아올 때면 엄마는 항상 차를 우려놓고 거실에서 나를 기다리셨다. 현관문을 열었을 때 풍기는 향긋한 차 냄새와 나긋한 목소리는 하루의 긴장을 녹여주었다. 엄마와 함께 따뜻한 차를 마시며 대화를 나누는 건 중요한 일과 중 하나였다. 7살 무렵 아빠가 일찍이 돌아가시고 엄마와의 시간이 자연스럽게 많아졌었다. 나를 포함해 그 누구보다도 아빠 죽음에 마음 아파했을 엄마는 마냥 슬픔을 전해주기보단 다정한 친구이자 엄격한 선생으로서 나를 키웠다.

내가 학업이나 친구 사귀기에 너무 관심이 없어 하

자 '최선은 다 해본거니?'라며 일침을 주시기도 하지
만, 엄마와 대화하자면 너는 세상을 모른다며 어른
인 척하는 사람들과의 한심한 대화는 없었다.
 말주변이 없는 내가 어렵게 말을 꺼내면, 엄마는 내
눈 속에 빠져들 것처럼 뚜렷하게 바라보며 천천히 말
을 들어주셨다. 그러곤 내 말이 끝날 때면 사랑스럽
다는 듯 미소지어 주시는 것이 너무 좋았다.
 "겨울아, 우리 주말에는 꼭 차를 마시자구나."
 -

 "겨울아, 오늘 날이 선선하니 산책을 하자구나."
 -

 "겨울아⋯ 우리!"
 -

 엄마는 일찍 돌아간 아빠의 시간을 대신 채워주시
려는 듯 나와 함께하는 시간을 소중히 하셨다. 어느
날부터 무언가 함께하기로 한 날을 「투데이(two-
day)」라고 하며 거실 한 가운데 달린 큰 달력에 매번
작성해두셨다.
 투데이라고 해봤자 같이 차 마시기, 같이 산책하기,
같이 석양 감상하기 같은 일상적인 것들이 전부였다.
어려서부터 엄마는 몸이 좋지 못했고 무엇하나 같이

하기가 쉽지 않았다.

 그래도 달력에 적힌 스펠링이 이상한 투데이를 보고 있자면 별 의미 없이 보낼 날들이 살짝 기대되기도 했다. 엄마는 이렇게 나와 함께하는 시간을 하나둘 고정해나갔고 따뜻하게 나를 감싸주려는 듯 노력했다. 그러면서 우리는 아빠에 대한 그리움이 새어나가지 않도록 서로 감싸주고 있던 것일지도 모르겠다.

 "오늘은 해가 일찍 지는 것 같네?"

 오늘은 주간 투데이 일과 중 하나인 「함께 석양 바라보기」를 하고 있었다. 베란다에 나란히 앉아 어김없이 지고 있는 태양을 바라보았다. 석양은 지평선 너머로 가까워질수록 강렬하게 빛났고 눈이 멀어버릴 것만 같았다. 눈이 따가워지는 것을 느끼며 옆을 돌아보자 엄마는 아무렇지 않다는 듯 석양을 뚜렷하게 바라고 있다.

 마치 눈이 멀어버려도 괜찮다는 듯한 엄마의 표정에서 이유모를 불안감이 귓등을 스쳤다.

 "차 맛이 어떠니?"

 엄마는 내가 좋아하는 재스민 차를 준비했다.

 "…"

뭐라고 해야 할지 망설이자 엄마는 천천히 이야기하라는 듯 다정히 미소짓고 있었다.

"맛있어요."

내가 기어가는 목소리로 얇게 말하자 긴 생각에 잠긴 듯 다시 창밖을 바라보셨다. 그런 엄마의 얼굴은 점점 석양빛으로 물들어 가며 눈동자가 반짝이고 있었다. 긴 생각에 잠긴 듯 무표정했지만, 슬픈 눈빛이 내 눈 속으로 내비쳤다.

엄마는 아빠가 돌아가신 후 건강이 급격히 안 좋아졌다. 슬픔이 몸을 지배했는지 어느 날 갑자기 '심장질환'을 앓게 되셨다. 잘 기억나진 않지만 내가 어릴 적 몇 번인가 쓰러지기를 반복하며 생사에 고비를 넘나들었다고 한다. 사실 너무 어릴 때 일이라 대부분 엄마에게 전해들은 이야기뿐이었고 시간이 흘러 자세한 것은 차츰 잊어가고 있었다.

지금에 이르러 엄마에 병은 나아질 기미는 없었다. 하지만 다행인지 불행인지 병은 여전하지만 더 나빠지진 않았다.

엄마는 몸이 쇠약한 만큼 시간을 소중히 하려고 하셨다. 그리고 내가 봐온 몇 안돼는 사람 중 생각의 깊이나 마음씨를 소중히하는 사람이었다.

그 때문인지 가끔 철학적이면서도 심오한 질문을 던지곤 하셨다. 지금이 바로 그때인가 보다.

"겨울아."
"네…?"
"너는 왜 살고 있어?"
"무슨…?"
순간 머리가 하얗게 물들었다. 한 끗만 빗나가도 오해할 수 있는 말이었다. 누구나 한번쯤해본 생각이지만, 누구도 묻지 않았던 질문이었다. 농담이겠거니 생각했지만 대답을 기다리는 엄마의 뚜렷한 표정에서 농담이 아니란 걸 알 수 있었다. 이내 질문에 대한 의도를 곰곰이 생각하고, 어떤 뜻 인지 머릿속에서 심도 깊은 회의를 거쳤다.
"그러니까…저는…음…."
회의는 망했다. 도저히 무슨 말인지 알 수 없었다. 아니 정확히는 질문의 의도 자체가 가늠되지 않았다.엄마는 내 얼굴에 당황한 기색이 역력했는지 희미한 미소를 머금고 괜찮다는 듯 대답을 기다렸다.
하지만 결국 뚜렷한 대답은 내놓지 못했고 나는 벙어리가 된 듯했다. 그러다 적막한 시간이 찾아왔고 자연스레 석양을 다시 감상하기 시작했다. 석양은 어느새 세상 저편 끄트머리를 스쳐 가고 있었고, 나는 석양을 바라보며 몰래 숙제를 푸는 것처럼 생각에 잠겼다.

엄마는 왜 그런 질문을 했을까? 어떤 답을 기대했을까? 그리고 엄마에게 묻고 싶었다.

엄마는 왜 살고 있는지…

그리고 나는 앞으로 왜 살아가야 하는지…

다음 날 아침, 가을 햇살이 창문을 통해 스며들어 방을 따스하게 물들였다. 집 앞에는 노란색과 빨간색 잎사귀들이 하나둘 쌓여가며 가을 정취를 더했다. 바람이 불 때마다 잎사귀들이 흩날리며, 마치 가벼운 음악에 맞춰 춤을 추는 듯했다. 이 광경을 바라보며 잠시 모든 것을 잊고 가을에 평화롭고 아름다운 풍경에 젖어 들었다.

[삐-이! 삐-이! 삐-이!]

스마트폰 알람이 평화를 깨뜨리듯 크게 울렸다. 꿈속에서 현실로 돌아온 듯한 오묘한 기분을 느끼며 엄마가 달력에 적어 놓은 '투데이' 일정을 확인했다.

[10월 21일, 토요일 겨울이와 단풍놀이 약속]

다소 휘갈긴 글씨체를 보며, 엄마가 마치 설레는 아이처럼 글자 하나하나를 적어 내려가는 모습이 상상되었다. 조금은 투박할지라도 그 모습을 마음속에 영원히 간직하고 싶다고 생각했다.

"이젠 잘 쓰네."

문득 엄마 사진이 많지 않다는 것을 깨닫고 스마트폰 사진첩을 열어보았다.

"흐음."

역시나 사진첩은 텅텅 비어있었다.

틈만 나면 사진이나 영상을 찍어대는 또래 친구들과 다르게, 음악을 듣거나 엄마와 통화하는 일 외에는 스마트폰을 쓸 일이 없었다. 기본배경 화면에 귀여운 스티거 하나 붙어있지 않은 화이트계열 스마트폰은 주인을 닮은 듯 무색했다.

엄마는 사진이나 영상을 찍기 보다 세상 모든걸 기억하려는 듯 무엇이든 지긋이 바라보며 눈에 담으려 했다. 비록 집안 구석구석 베란다, 복도에서 바라보는 세상 풍경 따위가 전부였지만, 질리지도 않는지 매일 같이 세상을 눈에 담았다.

어차피 사라질 무언가를 기록하고 기억한다는 건 너무나도 초연하다는 마음이 들었다.하지만 그런 엄마에 모습 한 장 정도는 간직해야겠다는 생각이 든다.

 엄마를 깨우기 위해 안방으로 향했을 때 방 안은 가을 햇살로 물들어 있었고, 침대 옆 창문으로는 부드러운 바람이 들어오며, 침대 위에 놓은 얇은 커튼을 살랑이게 했다. 너무나도 평화로운 풍경에 이질감을 느끼며 엄마에게 조심스럽게 다가갔다. 고요한 숨결을 기대하며 가까이 다가갈수록 알 수 없는 불안감이 엄습해왔다.

 엄마 얼굴에 느껴지는 평온함과 달리 심장이 철렁 내려앉는 것을 느꼈다. 심장은 더 이상 뛰지 않는 듯 고요했고 따뜻한 손도 차가운 촉감이었다.

 침대에 앉아 엄마 손을 조심스럽게 마주 잡았다. 엄마에 표정은 평화로운 듯 미소 띤 얼굴이다. 오랜 고통에서 벗어난 듯, 깊은 잠에 빠진 것 같았다. 마주 잡은 손을 풀고 엄마 얼굴 속에 이목구비를 구석구석 어루만지자, 엄마의 손이 힘없이 침대 밑으로 떨어졌다. 그 순간 엄마가 영원히 떠났음을 인정할 수밖에 없었다.

 언제나 각오하고 있던 순간이 현실이 되었다는 것을 느끼자 가슴에 큰 구멍이 뚫린 것 같은 기분이 들었다. 이미 무너지고 찢겨서, 더 이상 아프지 않을 것이라 확신했던 마음이 순식간에 산산조각 나며 알 수 없는 고통이 생생하게 느껴지기 시작했다.

 사람은 왜 혼자일 수 없는 걸까…어째서 누군가를 만나 기대하고 실망하며 그리고 헤어지며 반드시 고통 받아야만 하는 걸까.

 추억이라도 되짚어 엄마를 붙잡아 보려했지만 하염없이 석양을 바라본 기억말곤 없었다. 마치 공허한 어두운 공간에 놓여진 듯 가슴이 조여오는 것이 느껴졌다. 처음부터 혼자였다면 좋았을 것이라고 생각하자 가슴 한켠에 끓어 넘치는 무언가가 주먹을 꽉 쥐어쥐게 했다.

 동시에 매 순간마다 느껴지는 고통과 수많은 감정이 뒤섞여 입으로 뿜어져 나왔다.

 후회인지 분노인지 좌절인지 모를 것들이 주체없이 쏟아져 나왔고 그것들을 주체할 수 없음에 입을 막았다. 하지만 이상하게도 이 상황을 진작에 받아들인 듯 머리는 차가웠다. 머리와 가슴이 서로 다른 온도로 내 안에 있음을 느끼자 정신이 아득해지기 시작했다. 그리고 입으로는 차마 뱉지 못했던 어둑한 생각들이 머릿속에서 뚜렷해지기 시작했다.

「처음부터 혼자였다면 차라리 좋았을텐데.」

「세상이 원망스러워.」「왜 하필나야?」
「남들은 아무일없이 잘사는데 왜 나한테만?」
「이건 분명 세상이 나를 짓밟은 거야.」
「왜 살아야하지?」「어떻게 살아야 하지?」
「나는 어디로 가야하지?」「죽으면 마음 편하겠지?」
「사람은 다 죽어. 이게 너무 환멸이나!」
「죽음앞에 모두 부질없어」「다들 왜 살아?」
어느새 온갖 것들이 머릿속을 가득 매웠다.
머리를 쥐어 뜯으며 고통에 몸부림치자 제정신이 아닌 듯 내 몸이 내 몸 같지가 않았다. 그럼에도 차가운 머리는 지금 상황을 해결하기 위해 명령을 내렸고 정신을 차려보니 구급대원들이 집으로 들이 닥치며 평화로운 가을이 산산조각나고 있었다.
들것에 실려 가는 엄마의 창백한 얼굴과 마주치자, 무언가 입을 틀어막은 듯 단 한 줌의 숨도 내쉴 수 없었다. 그것은 공포되어 내 입을 막았고, 슬픔이 되어 눈을 가렸다.
그것은 『죽음』이었다.
그 어떤 존재도 피해가지 못하는 죽음.
무자비한 죽음은 예고 없이 모든 걸 배앗아갔다.
모든 존재의 지평선에서 기다리고 있는 그것은 어떤

누구의 죽음 앞에서도 아랑곳하지 않았다.

 그것에게 얼굴이 있다면 분명 세상 어느 것에도 관심 없다는 듯 무심한 표정일 것이다. 이 세상은 어쩌면 그것이 잠깐 바라보고 이미 사라져버린 주마등같은 환상일지도 모르겠다.

 우리에겐 영원함은 없고 모든 것엔 끝이 있다. 불변할 것 같은 무형의 것들도 유형한 것들이 사라진 후 속절없이 바스러질 것이고 모든 것에 끝엔 절대불변의 슬픈 진리 만이 남아있을 것 이다.

 그런 세상은 나에게 「아름다운 거짓」으로 다가올 뿐이다. 그리고 죽음이라는 「아픈 진실」이 기다리고 있을 뿐이다.

 장례식은 순조롭게 진행되었다. 엄마는 평소 몸이 좋지 않아 지인도 별로 없었다. 부고를 돌린 연락처는 일가친척과 친구, 지인까지 해서 20명 남짓뿐이었다. 이마저도 최대한 끌어 모아 연락을 돌린 것이었다.

 엄마는 18살 무렵 부모님이 교통사고로 모두 돌아가셨고 일찍이 홀로 살기를 시작하셨다고 한다.

 그러다 31살 무렵에 아빠를 만나 결혼하셨는데 아빠가 일찍이 돌아가시면서 심장병까지 걸렸다. 그야말로 절망적인 삶의 연속이었다고 생각한다. 그럼에도 불구하고 내가 아는 사람 중 엄마는 누구보다 강인하고 다정했다. 편안한 표정을 마지막으로 삶을 마감하신 엄마는 그토록 고통스러운 삶을 어떻게 이겨내셨을까…? 적어도 앞으로 내 삶에 헤아릴 수 없는 고통이 기다리고 있음이 분명했다. 그중에서도 엄마 없이 살아가야 한다는 현실이 가장 받아들이기 어렵게 느껴졌다.

이제 집에 돌아가면 엄마와 차를 마시며 대화할 수도, 달력에 투박한 글씨로 적어둔 '투데이'를 기대할 수도 없다. 그런 삶을 상상하자 숨을 턱 막히게 하는 기분이 차올라 가슴을 움켜 잡았다.

나는 엄마처럼 강인하지도 삶에 의지가 가득하지도 않았다. 엄마는 상실감으로 가득했던 삶에 무엇이 있었을까…? 엄마를 볼 수 없다는 슬픔과 앞으로 닥쳐올 고통들에 머리가 지끈거렸다. 그리곤 어딘가 탄원하듯 원망 섞인 혼잣말이 세어 나오기 시작했다.

"왜…왜 하필 엄마야…왜."

그렇게 한참을 어디에 쏟아야 할지 모를 감정들을 토하며 영정사진을 끌어안았다.

"엄마… 나 어떻게 살아야 해? 응? 엄마… ."

하지만 이상하게도 눈물은 나오지 않았다. 분명 슬픈게 맞지만 어딘가 고장난 것 같은 기분이었다.

내 물음은 고요한 장례식장을 맴돌다 흩어지기를 반복했다. 액자 속 엄마는 여전히 웃는 얼굴이었다. 고요한 장례식장에 덩그러니 놓여진 영정사진은 대답이 없었다. 두 손으로 얼굴을 감싸며 한탄해 봤자 소용없다는 생각을 되뇌었다.

비록 쓸쓸한 기운만 감도는 장례식장이지만 정신 차려야 한다는 생각에 두 뺨을 후려쳤다.

그리곤 정신이 차려졌다는 듯 낯선 남자가 입구에 조용히 서 있는 모습이 보였다.

"들어오시겠어요?"

자리에서 벌떡 일어나 그에게 말했다. 큰 체격에 검은 정장, 검은 코트를 걸치고 있던 남자는 대답 없이 자리에 서 있었다. 장례식장 직원일 것이라고도 생각했지만 그에게서 불어오는 슬픈 바람이 조문객이라는 확신을 주었다.

"저기… ."

그는 대답 없이 자리에 서 있더니 잠시 묵념하듯 고개를 숙였다. 사연이 있어 보이는 그에게 더 이상 다가갈 수 없었다. 그는 그렇게 한참을 고개 숙여 있었고 잠시 엄마의 영정사진을 바라본 사이 사라지고 말았다.

그가 떠나자 다음으로 담임선생님이 조문했다.

선생님은 '겨울아 좀 더 강해져야해.'라며 예나 지금이나 다름없는 거리를 유지했다. 선생님은 반 친구들이 올해 수능시험을 앞두고 있어 조문하지 못할 것 같다고 말했다. 사실 구태여 말하지 않아도 반 친구들이 조문할 것 이란 기대는 하지 않았지만 되려 아픈 곳을 찌른 듯 기분이 좋진 않았다. 선생님은 절을 올리고 바쁜 듯 자리를 떠났다. 이후 선생님을 마지막으로 더 이상의 조문객은 오지 않았다. 그렇게 장례식장엔 가을과 겨울 사이 10월의 쌀쌀한 공기만 겉돌고 있었다.

장례 3일차, 엄마를 화장하고 유골은 납골당에 모셨다. 화장로 유리창 너머 보았던 엄마가 2시간 뒤 작은 가루가 되어 봉안용기에 담겼다.

화기가 남아 따뜻해진 봉안 용기가 내 손에 전해진 기분은 말로 표현할 수 없었다.

그 온기가 손바닥에 전해지자 뜨거운 불길 속에 태

워졌을 엄마를 상상하게 만들면서, 일말의 여지없이 돌아올 수 없는 곳으로 떠났다는 상실감을 느끼게 했다.

 장례 절차가 끝나고 납골당에서 운영하는 대형버스에 탑승하자 피로함이 쏟아져 창가와 좌석 사이에 기대었다. 밖을 내다보니 어김없이 우뚝 떠 있는 태양이 잔인하게 느껴졌다. 나는 이렇게 불행하고 아픈데 무심하게 떠오른 태양이 밉게만 느껴졌다.

 눈을 부릅 감고 떠오른 태양을 부정할 수 밖에 없는 내가 무력했다. 납골당에 함께 왔던 몇몇 사람들은 각자 떠나고 버스엔 그 누구도 남지 않았다.

 그제야 엄마가 떠나고 세상에 혼자 남겨졌음을, 피부로 와닿았다. 앞으로 다가올 추운 겨울 속에 긴긴 어두운 밤이 더욱더 시리게다가올 것만 같다.

 집에 돌아오자 적막한 공허함이 기다렸다는 듯 온몸을 덮쳤다. 동시에 다시는 채워지지 않을 가슴속 구멍으로 무언가 불쾌한 것이 차오르는것을 느끼며 늘 반겨주었던 엄마가 눈 앞을 스쳤다.

 이제 이 집엔…엄마가 없다.

 이성을 견고히 감싸고 있던 것이 스르륵 풀려버리

는 기분이 들었다. 눈물이 쏟아질 것 같은 기분이지만 눈망울은 메말라 있다. 무심코 거실 한 가운데 걸려 있는 달력을 바라보자 엄마가 작성해둔 「투데이(two-day)」가 눈에 들어왔다.

그 순간 가슴에 대못이라도 박힌 듯 주저앉잖다. 그리곤 소리없는 절규가 시작되었다.

나는 거실 현관에서 한 뼘 만큼도 나아가지 못한 채, 삶이 무너지기 시작한 것을 통감했다.

엄마와 함께 살고 있는⋯아니 함께 살았던 이 집은 국가에서 취약계층을 대상으로 제공해주는 영구임대주택이다. 그래서 아파트 단지 내엔 젊은 사람이라곤 볼 수가 없이 대부분 홀몸 어르신들이다.

엄마가 생전 이 풍경을 보고 「현대판 고려장(古老葬)」이라며 투덜거렸던 것이 기억난다. 단지 내에서는 고요하면서도 적막한 기운이 감돌고 외부인 방문도 별로 없었다. 도심 속에 외딴섬이라고 해도 이상하지 않았다.

시간이 얼마나 지났는지도 모르는 채, 방에서 뜬눈으로 며칠 밤을 지새웠다. 넋을 놓고는 스마트폰은 진작에 집에서 잃어버렸고 시간 개념은 흐릿했다.

이런 와중에 배는 고픈지 뭐라도 먹어야 한다며 거

실에 기어 나왔지만, 달력에 적힌 엄마의 「투데이」를 마주치게 될까 봐 스스로 방에 갇혀 버렸다.

그렇게 방에 틀어박혀 해가 뜨고 지는 것을 헤아리길 몇 번을 반복했다. 시간이 얼마나 지났는지 헤아리기를 포기할 때쯤 세상과 동떨어져 가는 듯한 기분이 몰려왔다. 가끔 꿈인지 현실인지 모를 곳에 떨어지면 엄마의 목소리가 흐릿하게 들려오기도 했다.

그럴 때면 마치 끝을 알 수 없는 새까만 호수에 빠진 것처럼 모든게 흐려지는 듯 했다.

점차 숨은 옅어지고 감각이 흐려지지만 마음은 편안했다. 내가 살아야할 이유가 조금이라도 있다면 모를까 이렇게 떠나는 것도 나쁘지 않을 것 이다.

"어…?"

또 다시 어딘가에 떨어진 듯 몽롱한 기분과 함께 눈 앞에 흐릿한 실루엣이 하나 보였다.

긴 머리에 익숙한 형태로 무언가 말을 거는 듯한 소리가 들렸지만 잘 들리지 않았다.

이제는 더 이상 미련도 없는 삶에 무엇이든 상관없었다. 저승사자가 왔더라도 어쩔 수 없다며 어떤 저항심도 들지 않았다. 이내 다 놓아버렸다고 생각하며 마음을 편하게 먹으려던 찰나 찬물을 흠뻑 맞은 것처럼 뚜렷한 목소리가 들리기 시작했다.

"…울아…겨울아…김겨울."

 익숙한 목소리였다. 이내 시야가 선명해지고 문지방을 밟고 서 있는 엄마가 눈앞에 있었다. 너무 놀란 나머지 숨쉬는 것도 잊은 채 죽어가는 몸에서 고개만 겨우 들어 올렸다.

"엄…엄…마."

 며칠 만에 들어보는 내 목소리는 너무 힘이 없었다. 어떤 상황인지 알 수 없지만 엄마가 왜 여기에 있는지 중요하지 않았다. 엄마를 보는 순간 죽어가던 온몸의 세포가 깜짝 놀라 살아나는 듯했고 티끌같은 힘을 짜내어 외쳤다.

"엄…마…나…왜…살아야…해."

 목 안쪽이 갈라지는 듯한 고통이 느껴졌지만 아랑곳하지 않고 말을 이었다.

"같…이…같…이 갈래요."

 큰 목소리는 아니었지만 살기 위한 몸부림처럼 처절한 목소리는 뚜렷했다. 아무 말 없이 서 있던 엄마는 고개를 저으며 무언가를 가리켰다. 엄마 손끝이 향한 곳엔 거실 탁자에 놓여 있는 유언장이 있었다. 장례식 이후 정신을 놓고 있던 나는 엄마에 유언장조차 확인하지 않았었다.

 아니 확인할 수 없었다. 유언장을 보게 되면 엄마와 정말 마지막인 것 같아 도무지 열어볼 수 없었다.

 고작 거실 탁자까지 몇 미터 안 되지만, 지금 나에게 어느 길보다 멀고 무서운 길이었다.

 엄마는 내가 유언장을 쳐다보자, 자신의 말을 잘 이해했다는 듯 다정한 얼굴로 끄덕이고 있다.

 나는 유언장은 둘째치고 엄마를 마지막으로 한번만 더 안아보고 싶다는 생각으로 사력을 다해 일어나기를 시도했다. 천근 같은 이불을 걷어내고 마치 절벽에 매달려 끙끙대듯 침대를 기어 바닥으로 떨어졌다. 온몸에서 고통스러운 신호가 비명을 질렀지만 중요하지 않았다. 오직 다시 한번 엄마에 온기를 느끼고 싶다는 생각뿐이었다.

 하지만 세상은 녹녹치 않다.

 기어가려던 찰나 문지방을 바라보자, 엄마는 어느새 온데간데없이 사라졌다. 순간 세상 모든 것을 잃어버린 듯 절망감이 차오르기 시작했고 이내 알 수 없는 분노와 좌절감을 토해내 듯 소리를 질렀다.
"으어어어… 으어어어… ."

 마른 줄 알았던 눈물이 흘러내렸다. 하지만 배터리

가 방전된 스마트폰처럼 정신이 흐릿해지는 것이 느껴지기 시작했다.

"…"

"겨울씨! 겨울씨! 안에 있는 거죠?!(쾅쾅쾅)"

정신이 흐릿해지는 찰나 문밖에서 나를 부르는 소리가 들렸다. 하지만 대답할 힘도 의지도 없었다. 이게 마지막이라고 생각하니 눈이 자연스레 감겼다.

그래도 마지막으로 엄마 얼굴을 보게 되어서 만족스럽다. 그래 이거면 된 거야…

.

..

…

…

.

.

[…삐…삐…삐…삐…]

무언가 입에 씌워진 것이 느껴진다. 그리고 팔뚝에도 무언가 따끔히 박혀있는 것이 있고 허리가 너무 배겼다.

[겨울아!]

순간 엄마 목소리가 들렸다. 분명 엄마 목소리였다. 눈이 번쩍 뜨였다. 주변이 너무 밝았지만, 시야는 점차 돌아오며 하얀 천장이 먼저 보였다. 언뜻 보니 병실이었다. 4인실인 듯했지만 아무도 없었고 창가엔 푸른 하늘이 일렁거리고 있다.

[스르륵…탁]

문이 열리는 소리가 들리고 누군가 놀란 얼굴로 허겁지겁 다가왔다.

"겨…겨울씨!?"

놀란 얼굴을 한 그는 나와 함께 장례를 치렀던 장례지도사였다. 그는 내가 깨어난 것을 확인하자 곧바로 뛰어나갔다.

잠시 후 간호사와 의사가 분주히 달려와 내 상태를 체크하며 좁은 병실이 한동안 요란스러워졌다.

"김겨울씨! 제 말 들리시나요?"

의료진들이 왜 이렇게 호들갑인지 의문이던 찰나 병실 끝 탁자에 놓인 전자시계를 보고 깜짝 놀랐다.

"11월 2일 목요일? 오늘이 11월 2일인가요?!"

엄마 장례식을 마친 것이 10월 24일이었다.

"제가 여길 언제 온 거죠?"

간호사와 의사 사이에 끼여있던 장례지도사는 놀라

며 이야기했다.

"겨울씨 괜찮은 거에요? 이틀 동안 잠들어 있다가 일어난거라 무리하면 안돼요."

이틀 동안 잠들어 있었다는 말은 내가 '10월 31일'에 병원에 실려온 이후 이틀을 꼬박 잠들어 있었다는 이야기다.

"근데…지도사님은 어떻게 여기에…?"

그가 왜 여기에 있는 건지 물어보지 않을 수가 없었다.

"겨울씨..일단은 식사부터 먼저 하시죠. 간호사분께 말해서 미음이라도 달라고 해볼게요."

궁금함은 잠시 접어두고 뭐라도 먹어야 할 것 같았다. 입맛은 전혀 없었지만, 깨어난 직후 창문에 비친 내 모습에서 의료진이 왜 호들갑이었는 보았기 때문이다.

잠시 후 간호사에게 끼니를 부탁하고 돌아온 그는 마른 침을 삼키곤 조심스레 입을 열었다.

"이렇게 인사드리게 될지 몰랐네요…다시 인사드릴게요. 저는 옆집 살고 있는 최유현이라고 합니다."

"옆, 옆집이요?"

지금까지 옆집 사람이 누구인지 궁금한 적도 없었고 오고 가며 봐왔던 적도 없었다. 요즘 같은 시대에 옆집에 누가 사는지 관심이나 있던가?

나는 「장례지도사」다. 어떤 식으로든 사람은 매일같이 죽어간다. 내 일은 세상을 떠난 고인들의 장례 절차를 총괄하는 것이다. 업무 특성상 2교대 업무에 잦은 야근으로 새벽에 출퇴근을 하는 편이고 처우도 사실 좋지 않다. 일도 힘들지만 내가 하는 일은 대부분의 사람들이 하지 않으려는 애꿎은 일이기도 했다. 누구나 죽음 곁에 있다는 게 썩 즐겁진 않을 것이다. 그래도 누군가의 삶에 끝을 마무리하고 배웅한다는 건 누군가 꼭 해야만 하는 중요한 일이다.

"유현씨 오늘도 고생했어. 끝나고 뭐해?"

업무가 끝나고 다음 직원과 교대하고 있다.

"…집이요."

"오늘도 집으로 바로 가? 이제 연애도 하고 취미생활도 하고 그래야지! 이게 다 때가 있는 거야~!"

"…"

매번 교대할 때면 나누는 스몰토크는 달갑지 않게 다가온다. 무의미한 대화 속에 무심코 던지는 말들은 머릿속을 맴돌다 영혼을 좀먹는 듯 했다. 연애도 하지 않고 취미생활도 없는 내가 마치 루저라는 건가 싶다. 키도 작고 못생기고 돈도 없는 내가 연애도 하고 취미생활도 하는 것이 여러모로 민폐일 것이다. 심지어 오늘처럼 당직인 날은 아침 해가 뜨는 걸 보면서 퇴근을 한다. 이런 내가 취미고 연애라니…가당치도 않다.

집에 들어가는 길, 편의점에 들러 캔맥주가 진열된 쇼케이스 앞에 다가섰다. 쇼케이스 문을 열자 각양각색 캔맥주들이 저마다 매력을 시원한 공기와 함께 뽐내고 있다. 마치 나와 같은 반쪽을 찾는 것처럼 깊게 고민하다가 결국 늘 먹던 가장 값싼 1,200원짜리 맥주 두 개를 집어 들었다.

맥주들 사이에서 너도나도 할 거 없이 물가가 치솟

아 맥주 한 캔이 2,500원을 넘어가는 요즘, 덩그러니 정체된 것처럼 홀로 저렴한 이 맥주가 항상 손에 들어왔다.

집에 돌아와 현관에 들어서자 지난 퇴근 때 먹다 남은 김빠진 캔맥주가 거실 탁자에 굴러다니는 것이 보였고 켜져 있는 TV에선 뉴스 아나운서의 뚜렷한 목소리가 들려온다. 쏟아지는 온수에 피로를 녹인 뒤 지친 몸을 겨우 이끌고 거실 소파에 쓰러지듯 눕자, TV 옆에 놓인 액자 속에 웃고 있는 할머니 얼굴이 비쳤다.

"하아….."

왠지 모를 피로함이 몰려오기 시작하자 캔맥주 후크를 급히 들어 올렸다. 거실 탁자에 놓인 수면제와 함께 차가운 맥주를 숨이 막힐 때까지 들이켰다.

가슴 속을 시원하게 채우는 청량감이 느껴졌지만, 어딘가 탈출구라도 찾는 듯 캔맥주 입구를 들여다보게 된다. 캔맥주 속은 끝 없는 구렁텅이처럼 어두컴컴하기만 하다.

"지난 XXX동 참사 후 1년이 지난 지금….."

"XXXX과 XXX 양측 교전으로 사망자가….."

"XX역에서 불특정 다수 대상 묻지마 흉기….."

뉴스에선 세상이 미쳐간다는 듯 이곳저곳의 온갖 사망 소식을 전하고 있다. 뉴스를 보고 있자면 내가 하는 일이 세상에 꼭 필요한 일이라고 다시금 생각하게 된다. 장례지도사 일을 하면서 느낀 것이 한 가지 있다면 잔혹하고 불공평한 세상 속 「죽음」은 신분과 재산, 외모, 인성, 성별, 나이와 상관없이 누구에게나 찾아온다는 것을 체감하며 불공평하기만 한 내 삶에 「죽음」은 누구에게나 공평하다는 작은 위로가 되기도 했다. 더욱이 「죽음」은 「탄생」과는 다르게 태어나기를 내 선택이 없었다고 하지만 죽어가기를 내가 선택할 수 있다는 점에서 덧없이 공평하다.

단지 그런 공평함은 남아있는 이들에겐 매순간 잔혹하게만 다가왔다. 그런 점에서 그것에게 한 가지 묻고 싶은 것이 있었다.

왜 굳이 우리 가족을 먼저 데려가야만 했을까? 평생을 나만 바라보고 고생하셨던 할머니…일찍이 사고로 돌아가신 부모님은 무슨 죄를 지으셨던 걸까? 아니면 내가 어떤 죄를 지었길래 나만 이곳에 남겨둔 걸까?

퇴근 후 집에 들어와 죽음에 대한 공상에 빠져 맥주를 훌쩍이다 잠이 드는 일상이 자연스러워질 때쯤 옆집에 살고 있는 가을씨를 알게 되었다.

 처음 마주했을 땐 당직 때문에 아침에 퇴근하고 집에 들어가는 길이었다. 처음 마주한 그녀는 해가 뜨기 전 가장 어둑한 새벽 그늘이 드리운 복도에 덩그러니 서 있었다. 복도 창가에 기댄 그녀의 표정 속에 옅은 미소와 함께 그리움이 사무친 눈동자도 함께 자리했다.

 몇 번을 못 본채 지나치길 반복하던 어느 날 일출이 빨라질 때쯤 그녀가 먼저 말을 걸었다.

"안녕하세요. 그동안 인사도 못 드렸네요. 저는 옆집 사는「이가을」이라고 해요."

 금방이라도 눈물이 쏟아질 것 같은 눈빛은 온데간데 없었다.

 "네. 안녕하세요. 저는「최유현」이라고 해요. 저도 그간 인사를 못 드렸네요. 워낙 바빠서요."

 그녀는 나에게 무슨 일을 하는지 물어보았고 내 직업에 대해서 설명해주었다.

 "아하 그래서 이 시간에 들어왔군요. 정말 뜻깊은 일을 하고 계시네요. 명함 하나 주실 수 있나요?"

 신기하다는 듯 양손을 넙죽 내민 그녀의 눈동자에 잠시 주춤거리는 내 모습이 보였다.

"제가 다니는 병원에서 근무하시나보네요."

그녀는 명함을 자세히 들여다보더니 반갑다는 듯 말을 꺼냈다.

"저희가 보통 인연이 아닐 수도 있겠어요."

나는 의미심장한 그녀에 말에 끄떡였다.

"저희 병원엔 자주 오세요?"

그녀에게 묻자 아무렇지않다는 듯 본인의 심장병에 대해 설명해주었다.

"아…심장병이셨군요."

드물게 심장마비로 돌아가신 분들을 모셔본 경험이 있다. 그들은 하나같이 아무 예고도 없이 세상을 떠났다. 그들이 어떤 기분으로 살다가 떠났을지 짐작할 수 없지만 언제든 떠나게 될 수 있다며 가슴 한쪽에 무거운 돌이 놓인 느낌일 것 같다.

그녀는 자신의 질병 이야기에도 아랑곳하지 않고 말을 이어갔다.

"제게 딸이 하나 있는데…제 딸이 사실….."

그녀는 딸과 급작스러운 이별을 할 수 있다는 것을 각오하고 있는 듯했다. 그리고 딸은 그럴 준비가 되지 않았고 자신이 떠났을 때 스스로 무너질까 걱정했다.

"제가 갑자기 떠나거든…제 딸 좀 챙겨주시겠어
요? 가끔 인사 한번 정도면…괜찮을 거에요."
 담담하게 부탁을 뱉어낸 그녀의 말을 거절할 수 없
었다. 나는 머쓱여지던 고개를 끄덕였다.
 그 이후로도 퇴근길 새벽에 가을씨를 마주칠 때면
떠오르는 태양을 기다리며 시답지 않은 서로의 이야
기를 나누곤 했다. 어두운 복도 언저리였지만 깜깜
한 집에서 혼자 맥주와 약을 들이키며 죽음에 대해
공상하는 것보다는 좋았다. 그리곤 가끔 본인의 장
례에 대해 가볍게 농담을 던졌는데 그 이야기가 곧
현실에 되어 돌아올 줄은 몰랐다.

 어느새 쌀쌀한 바람과 함께 단풍이 지어내는 계절
이 되었다. 쓸쓸해지는 계절만큼 바쁜 나날이 이어졌
다. 출근 후 전날 당직자에게 야간 근무 상황을 인
계받으며 오늘 일정과 모셔야 할 고인들을 확인하고
있었다.
 "발인 2명, 입관 1명….성함은 이가을…이가을!?"
 그 이름을 이렇게 보게 될 줄은 몰랐다. 그간 어떻
게 된 영문인지 새벽 퇴근길에 보이지 않던 그녀가
잘 지내는지 궁금하던 때였다. 놀란 마음을 뒤로한

채 내가 아는 가을씨가 맞는지 알아보기 위해 생전 집 주소를 확인했다. 불안한 예감은 적중했다.

가을씨였다…

"유현씨…? 아시는 분 이신가요?"

전날 당직자가 놀란 내 얼굴을 발견하곤 물었다.

"네…과장님. 제 옆집 사시는 분이셨어요."

"아하…귀한 인연이시네요."

"네?"

"살면서 이런 일이 흔하지 않잖아요."

맞는 말이었다. 누구나 죽는다고 하지만 바로 옆집 사람, 그것도 몇 년은 얼굴도 모르고 지내다 얼마 전 얼굴을 트게 되었던 가을씨의 죽음은 결코 흔하지 않았다. 나는 왠지 모를 감정에 한쪽 어깨를 감싸 잡았다. 머릿속엔 먼저 떠난 부모님과 할머니의 모습이 가을씨의 모습과 겹쳐보였다. 이상하게 그녀의 죽음이 내 탓인 것만 같았다.

"유현씨가 잘 모셔서 보내주세요."

전날 당직자이자 상사인 이과장님은 피곤한 기색으로 자리에서 일어나며 말했다.

"저는 이만 가볼게요. 오늘도 잘 부탁해요."

그렇게 가을씨 장례를 총괄하였고, 그 과정에서 그

녀의 딸인 겨울씨를 알게 되었다. 초연한 분위기가 겉도는 장례식은 그녀의 이름처럼 추운 겨울을 앞둔 가을의 울적한 기운이 막연했다.

 장례를 마치고 겨울씨를 집에 데려다주기 위해 찾았지만 어디 갔는지 보이지 않았다. 아마 못다 푼 슬픔을 어디선가 홀로 견디고 있을 것 이라 생각이 들었다. 상 중이라 따로 이야기하지 못 했지만 옆집에 살고 있다는 사실을 알리고 싶었다. 간간이 인사라도 나누려면 친분을 쌓아야 한다.

 무턱대고 집을 찾아가는 상상하자 손에 땀이 차오르는 것이 느껴졌다. 내가 괜한 행동을 하는 것일까 전전긍긍이었다.

 복도에서 마주치기라도 할까 싶어 몇 번이고 문 앞을 서성였지만, 별다른 소득은 없었다. 학교는 당분간 안가는 건가 싶었고 문 앞을 서성이며 고민하기를 반복했다. 그러다 어느 날 알 수 없는 괴성 소리가 문 너머로 들려왔고 슬픔과 절망에 사무치다 못해 절규에 빠진 괴성 소리는 구멍 뚫린 풍선같이 힘이 빠졌지만, 분명히 겨울씨라는걸 알 수 있었다.

 "겨울씨! 무슨일에요!! 겨울씨!!!"

 [쾅쾅쾅!]

나는 곧장 문을 두들기며 손잡이를 흔들었지만 역시나 잠겨 있었다. 그때 119에 전화하려 스마트폰을 다급히 꺼내던 찰나 문 앞에 쓰러져있는 화분이 보였다. 내가 문을 두드리다 쓰러진 화분 같았다.

그리고 쓰러진 화분 아래로 반짝이는 무언가가 보였다. 흙을 걷어내니 왠 열쇠가 하나 나왔다.

"아니…이게 언제부터 있었지?"

정확하진 않지만 복도엔 화분이랄게 없었다.

"설마…가을씨…?!"

어쩌면 가을씨는 이렇게 될 것을 알고 있었는지도 모르겠다. 다급히 키를 주워들어 현관문을 열어보니 겨울씨가 의식을 잃은 채 거실과 방 사이 문지방 위에 쓰러져 있었다. 몸을 바로 눕혀 얼굴을 바라보았을 때 장례식장에서 익숙하게 보았던 고인들 모습과 별반 다르지 않을 정도로 야윈 모습에 놀라지 않을 수 없었다. 곧이어 구급차가 도착했고 겨울씨는 병원에 입원한 채 이틀을 꼬박 잠들어 있었다.

유현씨의 말이 끝나자 부탁했던 식사가 나왔다.

"환자분. 아직은 미음만 드실 수 있으세요. 갑자기 정상식단 드시면 위가 많이 놀랄 수 있으니까 천천히 드셔야 해요."

 간호사분은 언뜻 봐도 내 나이 또래 여성분이었는데 특유에 밝은 분위기로 식사 안내를 해주었다.

 숟가락을 집어본 것이 얼마 만인지 어떻게 쥐어 잡는지 몰라 잠시 주춤거렸다. 사실상 엄마가 돌아가신 후 제대로 끼니를 챙겨 먹은 적이 없었다. 엄마가 계셨다면 사람은 '밥힘'으로 사는 거라며 호통치실 것 같다는 생각이 들자 마른 눈망울이 간질간질했지만 감정이 매마른 것 처럼 눈물은 흐르지 않았다.

 돌이켜보면 아빠가 세상을 떠난 이후 울어본적이 없는 것 같다. 기억할 순 없지만 세상 놓고 울어버리면 엄마를 지킬 수 없다는 마음이었던 것 같다.

 내가 오묘한 표정으로 숟가락을 가만히 바라보자, 가만히 지켜보던 그가 살며시 숟가락을 밀었다.

"겨울씨…."

"…"

그가 내 이름을 불렀지만 쓰러지기 직전 엄마의 모습이 머릿속에 떠오르며 입술이 떼어지지 않았다.

그 모습은 환상이라고 하기엔 너무 뚜렷했다.

 깨어난 직후 찾아온 의사 선생님 진단에 의하면 내가 한동안 가사 상태에 빠져있었다고 한다. 대략 열흘 동안 아무것도 섭취하지 않으면서 아사 상태가 되었었고 갑작스러운 쇼크가 찾아와 정신을 잃었다고 한다. 사실상 그 자리에서 죽었어도 이상하지 않을 상황이었지만 기적적으로 깨어난 것이라 말씀하셨다. 쓰러지기 직전 돌아가신 엄마를 봤다고 말씀드리자 쇼크 상태에서 꿈과 현실이 겹쳐 보일 수도 있다며 대수롭지 않게 흘러 넘겼다.

나는 가슴으로 납득되지만, 머리로는 이해할 수 없는 상황에 말을 아꼈다.

3일이 지나 몸은 어느 정도 괜찮아졌고 건강에도 크게 지장이 없다고 한다. 병원 정문을 나와 가만히 서서 길거리를 바라보았다. 점심시간쯤이라 끼니를 챙겨 먹기 위해 분주하게 움직이는 직장인들이 가득했다. 밥을 먹고 나면 직장으로 돌아갈 것이고, 일이 끝나면 집으로 돌아갈 것 이다.

이들은 돌아갈 곳이 있는 사람들이다. 하지만 나는 이제 없다. 엄마가 없는 집은 여전히 돌아갈 곳 이 되지 못했다. 고개를 들어올리자 어디로 가야할지 떠올려봤지만 내가 갈곳은 없었다. 하늘 속 자유로운 구름처럼 어디든 갈 수 있다면 좋겠지만 하고 싶은

것, 갈 곳도 없는 내겐 하늘이 회색 세상이 된것처럼
좁아보였다.

[빵!빵!]

멀리서 경적소리가 우울한 사색을 깨며 들려왔다.

유현씨가 데리러 나왔다. 유현씨는 연차까지 사용
해가며 내 옆을 지켜주셨다고 한다. 사실상 일면식도
없던 사이었는데 누군가가 나를 기다린 건 엄마를 제
외하고 굉장히 오랜만이었다.

"겨울씨, 어서 타세요! 집에 가시죠."

운 좋게 오늘까지 쉬는 날이라 집에 데려다주신다
고 한다. 사실 집에 갈 생각은 들지 않았지만, 호의
를 내치기가 어려웠다.

"감사합니다."

"아니에요. 몸은 이제 괜찮으세요?"

"네. 이젠 괜찮아요."

대답을 끝으로 집에 도착할 때까지 그 이상의 대화
는 없었다. 쓸데없는 말들이 오고가지 않아서 오히
려 다행이었다.

"겨울씨, 도착했어요. 이제 올라가시죠."

그는 뒷자리에 놓아두었던 검은 봉투를 건냈다. 검
은 봉투 안에는 처방받은 약 봉투와 죽처럼 보이는

간편 조리식품이 있었다.

"감사해요. 하지만…이젠 괜찮아요."

 조금 부담스럽다는 듯 선을 그어 말하자 그는 내색하지 않고 대답했다.

"어머님이 전해주시는거라고 생각해주세요."

"그래도…."

"당연히 부담스러울 수 있어요. 저도 부모님…."

그는 잠시 머뭇거리다 말을 이었다.

"저도 헤어져 봐서…알 수 있어요. 겨울씨가 어떤 심정일지."

그는 지금 내 불행을 동정하고 있을 뿐 이다. 좀 더 단호하게 잘라내야 한다.

"그래서요? 어쩌자는거에요?"

그는 당황한 듯 주춤거렸지만 다시 말을 이었다.

"사실…가을씨한테 들었어요. 겨울씨가 그때 일로 지금까지 괴로워하신다고…."

"?!?!"

그의 어떤 말에서 본능적으로 위험을 감지한 듯 뒷걸음질 쳤다. 뒷통수가 지끈거리며 머리가 하얗게 물들어 가는 것 같았다.

"겨울씨! 잠시만 제 말 좀…하아…."

그는 멀어지는 내 뒷모습을 향해 외쳤다.

"그 일은 결코 겨울씨 잘못이 아니에요!!!"

자리를 벗어나자 참았던 숨이 거칠게 몰아쳤다.

"허억…허억….."

엄마는 대체 무슨 소리를 한 걸까? 내가 무슨 잘못이라도 한 걸까? 생각을 이어가려 할수록 잠겨 있는 자물쇠를 억지로 잡아 뜯는 것처럼 머리가 아팠다.

집 현관에 들어서자 거실 가운데 걸려있는 달력이 제일 먼저 보였다. 달력은 엄마가 돌아가셨던 10월에 멈춰 있었다. 이미 11월이 된 세상과 다르게 집에 그때 그대로였다. 내 가슴속에 채워지지 않는 구멍이 무엇인지 다시금 느낄 수 있는 풍경에 잠시 멈춰서 엄마를 떠올렸다.

"엄마…다녀왔습니다."

금방이라도 눈물이 쏟아져 나올 것 같았지만 눈물은 나오지 않았다. 맺히지도 않은 눈망울을 닦아내고 집에 들어서자, 주방 탁자에 놓인 엄마의 유언장이 보였다. 시간이 많이 흘렀다는 것을 알려주는 듯 먼지가 쌓여있다. 잠시 망설이다 유언장을 집어 들어 겉봉투를 뜯어내자 어려운 단어가 가득한 서류가 무더기로 나왔다.

"하…이걸 언제다보냐."

언뜻 보았을 땐 재산상속에 대한 서류들이었다. 한숨을 연거푸 쉬어대며 서류를 뒤적이던 와중에 「JS」라는 도장이 찍힌 서류가 나왔다.

"JS? 사람 이름인가?"

서류를 들춰내자 의미심장한 제목 글을 시작으로 이상한 내용이 작성되어 있었다.

죽음빌라 입주자 주의사항

첫째. 출입은 해가 떠 있을 때만 가능하다.

둘째. 해가 진 후 숲으로 나가면 이승과
　　　　저승 사이에서 영원히 길을 잃는다.

셋째. 이승에서의 생이 다하면 저승으로 가야 한다.
　　　　거부할 경우, 악귀가 되어 지옥에 간다.

넷째. 죽음빌라에서 다시 자살하면 영원히 소멸한다.

"이거…유언장이 아닌 것 같은데?"

서류 내용 중 그 어느 것도 현실성이 없었다. 설마 내가 아직도 병원에서 깨어나지 못한건가싶을 정도로 황당한 내용이었다.

이승과 저승, 악귀 그리고 죽음빌라…?라고 속으

로 생각하자 해석할 수 없는 정보가 뇌속에 들어온 듯 머리가 먹먹하게 돌아갔다. 눈을 비비고 다시 읽어봐도 다른 내용은 없었다. 유언장이라고 읽어본 내용이 너무 터무니없었다.

유현씨가 실수로 잘못건낸 서류인걸까? 하지만 적혀 있는 엉성한 필체는 어머니가 작성하신 것 같은 기분이 들었고, 그가 유언장에 이런 장난을 칠 사람은 아니라고 생각했다.

뒷장에 내용이 있는지 확인하기 위해 서류를 뒤집자 명함 한 장이 바닥에 툭하고 떨어졌다. 떨어진 명함을 살펴보자 어느 디자인도 없이 검은 바탕에 흰 글씨로 상호명과 연락처만 덩그러니 적혀 있었다.

[JS부동산 / 0xx-9xx-5xxx]

"?!?!"

이건 또 뭘까? JS부동산? JS는 지역 이름인 건가? 알 수 없는 것들의 연속이었다. 어머니는 나에게 말했었다. 어디로 가야 할지 모를 땐 일단 한 발 내디며야 길이 보인다고. 유언장에 이런 수상한 명함이 있다는 건 아무래도 여기에 연락을 해보라는 엄마의 뜻일 것이다. 나는 일단 내딛어보자고 생각했다.

스마트폰을 꺼내 들어 「JS부동산」과 「죽음빌라」에

대해 찾아보았다. 요즘같이 정보가 넘쳐나는 시대에 손쉽게 단서를 얻을 수 있을 것이다.

"…"

"… …"

"… … …"

"뭐야 왜 아무것도 안 나와!!"
무언가 진척이 있을 것 같은 기대는 잠시, 커다란 벽에 가로막힌 기분이었다. 거실 탁자에 앉아 애꿎은 스마트폰만 두들기며 온라인 세상을 헤엄치던 찰나 내려두었던 명함이 다시 눈에 들어왔다. 결국 전화해보는 수밖에 없는 걸까 싶었다.

요즘 같은 시대에 아무 정보도 나오지 않는 것들은 막연하게만 느껴진다. 다시 스마트폰과 명함을 집어 들어 하나씩 번호를 입력해나갔다. 번호를 다 입력하고 잠시 망설였지만 이내 눈을 질끔 감고 통화버튼을 눌렀다. 발신음이 울리는 사이 손에 땀이 나기 시작했다. 엄마를 제외하고 어딘가에 전화 걸어보는 게 오랜만이기 때문이다.

"네 부동산입니다."

"…"

잠시 목이 메 수화기를 멀찍이 떨어뜨려 헛기침하고

재빠르게 대답했다.

"아…네. 안녕하세요. 혹시 「JS부동산」인가요?"

"…"

잠시 정적이 흘렀다.

"아…네 맞아요."

실제로 'JS부동산'이 있긴 한가보다!

"혹시 이름이?"

내 이름을 묻는 그의 목소리에서 당혹스러움이 희미하게 느껴졌다.

"김겨울이라고 해요."

"헐…잠,잠시만! 잠깐만요!"

수화기 너머로 우당탕 요란한 소리가 들리며 서류를 뒤적이는 소리가 들려왔다. 잠시 후 그는 무언가 확인된 듯 말을 이었다.

"아 네 안녕하세요. 가을씨 따님이셨구나!"

"네. 맞아요! 엄마를 아세요?"

긴장되던 통화 분위기가 어느새 반전되었다.

"그럼요. 친구에요."

엄마는 친구가 없다. 장례식 때도 친구는 한 명도 오지 않았다. 순간 들뜬 마음을 가라앉혀야 한다는 생각이 들었다. 내가 별말이 없자 그는 말을 이었다.

"안 그래도 겨울양한테 전할 말이 있었어요."

"네? 무슨?"

무언가 수상함이 느껴졌다. 엄마의 유언장이란 걸 펼친 순간부터 자연스러운 것이 하나도 없다.

"가을씨가 겨울양 앞으로 증여하는 재산물 중에 부동산 재산이 하나 있어요. 그리고 제가 증여 대리인이구요."

"네…?"

"7시까지 사무실로 오면 마저 설명해줄게요."

뭐라 따져 묻고 싶어 입이 간질거렸지만 아무것도 알 수 없는 상황에서 할 수 있는 말이 없었다. 마치 거센 파도가 몰아치는 바다에 빠져 허우적거리는 듯한 느낌이었다.

"아…네."

"네. 그럼 이 번호로 주소 보내둘게요."

[뚜-뚜-뚜-]

통화 종료음이 들리자 답답한 마음이 터져 복도를 나왔다. 무엇하나 명확하지 않은 상황들이 답답하게만 느껴졌다. 엄마는 살아생전, 본인의 장례에 대해 누누이 설명했지만 이런 내용은 없었다.

손에 쥐어진 서류 더미들을 바깥에 던져버리고 싶은

심정이었지만 잠시 심호흡하며 하늘을 바라보았다.

"엄마… 이게 다 뭐야?"

서류를 쥐어진 손이 꽉 쥐어졌다. 그러자 문자메세지 알림이 들려왔다.

[띠링!]

방금 통화했던 중개업자가 사무실 위치를 문자로 보냈다. 곧장 위치 어플에 주소를 입력해보았다.

'JS부동산'이라고 검색했을 땐 나오지 않았지만 도로명 주소로 검색하니 간략한 정보가 나왔다. 간단하게 주택으로 구분되어 지도에 표시되었다. 위치 자체도 외딴곳이고 주변에 아무것도 없을 것 같은 느낌이다. 문자를 확인하면서 머리가 더 복잡진 것 같다. 엄마는 장례에 대해 귀에 못이 박히도록 이야기했던 터라 전부 기억하고 있다. 하지만 재산상속에 대해 잘 모르기 때문에 엄마의 이야기를 머릿속에서 되짚어보며 서류를 꼼꼼히 읽어나갔다. 그러다 빽빽하고 작은 글씨로 쓰여진 재산처리에 관한 부분을 발견했다.

『유언자인 이가을은 그의 소유인 아래와 같은 재산물을 다음 사람에게 증여함.』

『재산물3 - 부동산 재산물 - 경기 XX시 XX구 XX길

46-44, JS빌라 404호』『재산물3에 대한 증여대리인으로 「JS부동산」을 지정한다.』

JS빌라? 「죽음빌라」를 말하는 건가? 드디어 눈에 들어오는 내용을 찾았다! 사실 꼼꼼히 읽어봐도 전부 무슨 소리인지 모르겠지만 이 내용만큼은 눈에 훤히 들어왔다. 유언장에 이 내용이 나오지 않았다면 내내 불안해 「JS부동산」에 가지 못했을 것 이다.

뭔가 마음이 놓인 듯 한숨을 내쉬었다.

[스읍-후우-]

집에 들어와 소파에 몸을 던져 눕자 바로 보이는 깨끗한 하얀 천장 속에 정리되지 않은 생각들이 떠올랐다. 나는 다시 스마트폰을 꺼내 들어 부동산까지의 거리를 확인했다. 택시 기준 45분 거리의 부동산은 중학교 때 수학여행 이후 가장 멀리 가보는 곳일 것이다.

생각이 하나 정리되고 그 빈 자리로 무엇인지 모를 고양감이 차올랐다. 마치 모험을 앞둔 것처럼 여러 가지 상상이 하얀 천장을 가득 메웠다. 그러자 커튼이 내려가듯 양쪽 눈덩이가 스르륵 감겼다.

[띠리리리링! 띠리리리링!]

미리 설정해둔 알림이 울렸다. 찰나의 숙면이었지만

머리가 맑아진 듯 나른한 기분이 들었다. 밖을 바라보자 어느덧 해가 접혀가며 시간은 6시를 향해가고 있었다. 손가락은 재촉하듯 콜택시를 불렀고 다행히 곧장 잡혔다.

"흠…이게 잘 잡힐 곳이 아닌 것 같은데…"

의아함을 뒤로한채 내려가자 택시는 기다렸다는 집 앞에서 기다리고 있었다.

"안녕하세요. XX동 가는 택시 맞죠?"

"어서오세요~! XX동 맞습니다~!"

네비게이션을 보지도 않고 출발하는걸 보니 기사님은 길을 잘 아시는 분 인듯 했다.

"기사님, 혹시 「JS빌라」라고 들어보셨나요?"

"JS빌라요?"

빨간불에 잠시 멈춰선 틈을 타 스마트폰에 위치를 찍어 보여주었다. 뒤돌아 지도를 꼼꼼히 보시던 기사님은 조금 놀란 기색이었다.

"지금 여기를 가시는 건가요?"

"아니요. 지금은 부동산에 가는 길이에요."

기사님은 백미러를 통해 의아함과 걱정스러운 눈빛으로 나를 바라보았다.

"거기 있는 빌라라면 제가 알기론 거기 밖에 없는

데…제가 그 지역에 종종 운행을 가는 편인데 거기 주민분들이 말하는 소문이 하나 있긴 해요."

"네…? 어떤 소문이요?"

기사님은 잠시 망설이다가 이야기를 이어나갔다.

"해가 지기 전에만 보이는 귀신 빌라가 있다고 하더라구요."

"귀신빌라요?"

"네. 귀신이 사는 빌라요."

그가 백미러 너머로 마른침을 삼키는 게 보였다.

"마을 사람들이 빌라를 목격하고 곧장 올라가 봤는데 아직 거길 발견하진 못했데요. 거기다가 그곳으로 검은 옷을 입은 무언가가 넘나드는 걸 목격한 사람도 있데요. 그리고 이게 뭐랄까 그 인근을 지나다 보면 산속에서 누가 쳐다보는 듯한 섬뜩한 기분이 들 때도 있어요."

마치 옛이야기에 나오는 「귀곡산장」 같은 느낌이다.

기사님은 말을 끝내자, 몸에 한기가 든 것처럼 몸을 미약하게 부르르 떨었다.

"아…죄송합니다. 괜한 말을 한 건가 싶네요."

"아…아니에요. 말씀 감사합니다."

해가 질 때만 보이는 귀신빌라…뭔가 알 것 같았다.

챙겨온 서류 가방을 뒤적여 「죽음빌라 입주자 주의사항」이 적힌 서류를 꺼내 들었다.

"죽음빌라 입주자 주의사항…첫째…출입은 해가 떠 있을 때만 가능….'

"?!?!"

혹시 기사님이 말하는 '귀신빌라'가 '죽음빌라'인 건가? 해가 떠 있을 때만 출입이 가능하다는 말이 모호하긴 하지만 어느 정도 일치하는 맥락에 잠시 경악했다. 창밖 저물어가는 석양을 보며 내가 잘하고 있는 건지 스스로 되뇌자, 기사님이 말했다.

"이제 곧 도착합니다."

가는 길이 막히지 않았고 길을 잘 알고 있는 기사님 덕분에 조금 일찍 도착하게 되었다. 거의 도착할 즈음 주변을 둘러보니 어느새 높은 건물 하나 없는 외딴 시골에 들어서 있었다.

"제 명함입니다. 여기는 택시가 잘 안 잡힐 꺼에요."

결제한 카드와 함께 명함을 건내 받았다.

"네 감사합니다."

기사님은 내가 내리자 급한 일이 있는 것처럼 쌩하니 가버렸다. 그 뒤로 택시 시동에 바람이 일어나 주변의 마른 나뭇잎들이 엉성하게 춤을 췄다.

"후…뭐지? 내가 잘 온 건가?"

 한적한 시골 동네 도로변에 놓여진 채 어디로 가야 할지 모른채 막막하게 주변을 둘러보았다. 도시에 화려한 네온사인과 다르게 널찍한 간격으로 옅은 가로등이 도로를 비추고 있었고 저 멀리 보이는 시골 마을의 단독주택들이 이곳저곳 흩뿌려진 빛 가루처럼 즐비해 있다.

 "부동산이 있을 것 같진 않은데…제대로 온 건가 모르겠네."

 대답해줄 사람은 없지만, 이리저리 주변을 둘러보며 불안함에 혼잣말을 되뇌었다.

 "김~겨울양?"

 "꺄아악~!"

 분명 주변에 아무도 없었는데 하늘에서 뚝 떨어진 것 마냥 웬 아저씨가 눈앞에 나타났다.

 "누, 누구세요!"

 너무 놀란 나머지 뒷걸음질 치며 물어보았다.

 "아하! 접니다!"

 주변에 오를 산이라곤 안 보였지만, 등산화부터 등산복까지 야무지게 챙겨입은 노안의 아저씨는 등산복 수많은 주머니 중 하나에 손을 주섬주섬 넣어 익숙한 명함을 꺼내 들었다.

"자! 여기요!"

"오?"

명함을 발견하자 잘 찾아왔다는 생각에 안도감이
들었다.

"오느라 고생하셨어요! 날이 쌀쌀하니 우선 부동산
으로 가시죠!"

"어디로요…?"

중개사는 엄청난 수다쟁이인가보다. 가는 길 내내
입을 쉬지 않고 혼자 떠들고 있다.

"그래서 이 동네가 말 이죠~"

"저기… 중개사님! 저희…얼마나 더 가야해요?"

숨이 턱 밑까지 차오르는 것이 느껴져 끊이지 않는
말을 잘라 말했다. 그의 입담을 듣다 보니 어느새
산 중턱까지는 올라온 것 같았다. 깜깜한 산속에 음
습한 기운이 11월의 한기와 어울려 제법 오싹한 느
낌이 들었다.

"저희 부동산이 많이 멀죠. 이제 다 왔습니다!"

중개사는 다 왔다고 말하며 어딘가를 가리켰다. 그
가 가리킨 곳은 산기슭의 얕은 운무가 껴있어 시야

가 좋지 않았는데, 거짓말처럼 운무가 흩어지더니 한옥 형태의 작은 건물이 하나 나왔다. 건물 주변은 마른 낙엽이 가득 떨어져 있었고 누군가의 발길 하나 없었다는 듯, 낙엽이 정갈하게 널브러져 있었다.

"겨울양! 이쪽으로 들어오세요."

중개사는 오랜만에 손님을 맞이한 것처럼 해맑게 말했다. 쌀쌀했던 바깥과는 달리 사무실엔 따뜻한 기운이 감돌았다.

중개사에 책상으로 보이는 월넛색상의 원목책상에는 각양각색의 두께를 가진 붓 펜들이 여럿 꽂혀있으며, 책상 뒤로는 언뜻 봐도 굉장히 두껍게 편철된 서류뭉치가 산을 이루고 있었다.

"잠시 앉아서 기다리시면 마실 것 좀 가져올게요."

중개사를 기다리며 공간 중앙에 놓인 소파에 앉아 사무실을 둘러 보았다. 사무실은 마치 '북카페'를 온 것 같은 포근한 느낌을 주었다. TV에서 봤던 일반적인 중개사무실과 달린 아늑함이 느껴졌다.

어디선가 은은하게 좋은 향이 감돌고 그가 내 앞에 차를 내왔다.

"인삼차 좋아해요?"

"아…네…감사합니다."

엄마와 차담 시간을 자주 가지며 온갖 전통차는 마셔 보았지만, 인삼차는 처음이다.

"읍!"

뜨거운 인삼차가 식도를 타고 내려가자 알싸하면서도 퀴퀴한 단내가 입에서 뿜어져 나왔다.

"아하하…맛이 좀 강하죠. 건강에 좋은 거에요."

엄마는 인삼차가 싫다고 하셨었다.

왜냐하면…맛이 없!기!때!문!에!

생각해보니 엄마는 초딩입맛이었다. 그 엄마에 그 딸인지 역시나 인삼차는 내 입에 맞지 않았다. 오늘부터 인삼차는 나와 영원히 작별이다.

"저기…여기로 오라고 하신 이유가…?"

"아차! 그렇죠! 잠시만요!"

그는 차를 마시다 말고 찻잔을 내려놓았다. 편철서류가 가득한 종이 산속으로 들어가더니 하나의 서류를 들고나왔다. 그는 잠시 본인 책상에 앉아 굴러다니던 안경을 집어 들고 진지한 표정으로 서류를 읽어보기 시작했다. 나는 찻잔을 들었다 놨다 반복하며 인삼차를 마시는 척 했다. 그가 들고 있는 서류 정면엔 「JS」라는 명칭이 적혀 있는게 보였다.

그는 잠시 후 자리로 돌아와 부동산 계약서류를 비

롯한 갖가지 서류를 들이밀며 말했다.

"음…겨울양, 가을씨 유언장 좀 볼 수 있을까요?"

"아…네!"

주섬주섬 유언장 서류를 꺼내 들어 그에게 건내자 종이에 얼굴을 파묻을 듯한 기세로 다시 집중하기 시작했다. 그리곤 잠시 후 서류다발을 내려놓고 그가 말했다.

"음…겨울양 제가 뭐 하나 물어봐도 될까요?"

"아…네 말씀하세요."

"가을씨가 남긴 404호 어떻게 하실 생각이세요?"

잠시 생각한 뒤 그에게 대답했다.

"전세나…매매로 내놓을려구요."

"헉…!"

사실 별 생각없이 꺼낸 대답이었지만 그는 당황한 듯 소파 등받이에 몸을 바짝 붙이며 말을 이었다.

"여기 소문 엄~청 안 좋아서 팔리지도 않아요. 그냥 겨울양이 입주하는 건 어때요? 그게 피차 깔끔하기도 하고. 하하하하."

"네?"

멋쩍은 웃음을 지어내며 말하는 그는 누군가를 설득해 본 적이 없는지 말의 앞뒤가 전혀 맞지 않았다.

"여기서 살라고요?"

편의점 하나 안 보이는 이런 촌구석에서 살아갈 생각은 없었다. 심지어 빌라는 산 중턱에 있는 듯하고 소문도 뒤숭숭해서 절대 사양이었다.

"여기서 살기는 어려울 것 같아요. 다른 방법이 없을까요?"

"하아…."

그는 알 수 없는 한숨을 내쉬며 고개를 숙였다.

"저기 근데 소문이 사실이에요?"

"…그게."

그는 곤란한 듯 입을 떼지 못했다. 보통 집을 내놓으면 수수료를 생각해서라도 넙죽 받았을 텐데 그의 태도는 꺼림직하기만 하다.

하지만 이럴 땐 전진이다. 우선 내 눈으로 빌라를 봐야겠다는 생각이 들었다.

"일단 빌라 좀 볼까요?"

내가 말하자 그는 옳다구나 싶다는 표정으로 말했다.

"그래요! 우선 빌라부터 보시죠!"

알 수 없는 감정 기복을 뒤로 한 채 그를 따라나서 사무실을 나오자 가장 먼저 하늘을 바라보았다.

"어디보자…이 정도면 볼 수 있겠군."

"뭐가요?"

그는 검지 손가락 끝으로 지평선에 걸쳐있는 석양을 가르키며 말했다.

"어두워지기 전에 올라가죠!"

또 올라가야한다니…뭔 놈의 빌라가 이렇게 높은 곳에 있는지 의아했다. 다시 산길을 오르자 빼곡하게 들어선 키 큰 나무들이 석양빛을 가려 주변의 어둠을 끌어안았다. 길은 갈수록 험해졌고 옅은 스마트폰 조명에 의지한 채 땅을 짚어 산을 올랐다.

수다쟁이였던 그의 입은 어두운 숲속에 묻힌 듯 조용했다. 그럼에도 그의 발걸음은 산길이 훤히 보이는 것처럼 거침없었다. 그렇게 10분정도 걷자, 어둑한 숲속 한 가운데 우두커니 서 있는 낡은 빌라 한채가 보였다. 그러자 그는 대뜸 돌아보며 물어보았다.

"혹시 귀신 무서워해요?"

"?!?!"

순간 뭔 헛소리야라는 표정으로 쏘아보자 진지함이 묻어난 얼굴이 보였다.

"그게 무슨 말씀이세요?"

"어…그러니까 겨울양이 빌라에서 살아야 하는데 귀신이 살수도 있잖아요?"

"저…아직 빌라에서 살꺼라고 말한 적 없는데요."

단호하게 말하자 그는 혀르차며 다시 앞을 향했다.

그는 대체 무슨 생각인걸까?

내가 저 빌라에서 살길 바라는 것 같은데….

이윽고 그의 어깨너머로 뚜렷하게 보이기 시작한 빌라를 응시했다. 점차 가까워짐과 동시에 산의 한기가 발목을 스쳤다.

[오싹]

다시 빌라를 바라보자 4층 베란다 창가에 누군가 서 있는 실루엣이 보였다. 사실 아무도 안 살고 있으리라 생각했는데 누가 살고 있긴 한가보다.

"저기 혹시…4층에는 어떤 분이 살아요?"

그는 앞을 주시한 채 갸우뚱하며 말했다.

"흠…지금은 아무도 안 살고 있는데요?"

"네?!"

내가 본 것은 무엇이란 말인가? 일전에 기사님이 누군가 쳐다보는 것 같다고 말씀했던게 이건가?

"아니 분명 누가 있었다니까요?!"

"귀~신인가 보네요."

그는 태연하게 나를 놀리듯 말했다. 도무지 이해가 되지 않는 그의 태도에서 당혹감만 커져갔다.

올라오기 전까지만 해도 입주시키려고 안달이더니…지금은 겁줘서 도망치게 하려는 건가?

혹시나 내가 입주하면 4층에 살게 될 텐데, 그는 대체 무슨 생각인지 가늠할 수 없다.

"다 왔네요. 여기에요!"

도착하자 숲과 철책에 둘러 쌓여 감옥을 연상케하는 빌라가 눈에 들어왔다. 산속이라 야생동물이 들어올까봐 이렇게 해둔건가싶었고 설마 사람들을 가둬두고 그런건 아니겠지라고 속으로 혼자 생각했다. 빌라에 외관을 유심히 둘러보자 중개사는 철책 가운데로 다가갔다. 그리곤 출입을 위해 만들어둔 것 같은 낡은 철문을 열어 냉큼 들어갔다.

그를 뒤 따라 들어가자 빌라의 완전한 모습이 눈에 들어왔다. 빌라는 숲에 그림자와 옅은 안개에 휩싸여 있었고, 어스름한 노을빛만이 그 모습을 간신히 드러내고 있었다.

외관은 서울에서 흔히 볼 수 있는 빨간 벽돌로 쌓아 만든 건물들과 다르게, 날것의 콘크리트 벽돌로 쌓아 만든 4층 구조의 낡은 빌라였다.

"여기가 「JS빌라」인가요?"

"올라가시죠! 404호로."

그는 철책을 넘어선 순간부터 자신만만한 태도로 나를 빌라로 이끌었다. 빌라에는 별다른 보안장치는 없는 듯 흔한 인터폰 하나 안 보였다. 심지어 들어서는 문도…설치가 안 되어 있었다. 보아하니 처음부터 없었던 듯하다. 그는 내부 입구에 들어서자 빌라 구조를 설명하기 시작했다.

"1층은-이렇게-2층은-."

그에 말은 두서가 없어 귀에 잘 들어오지 않았다.

언뜻 보았을 때 복도식 아파트와 비슷한 형태로 한쪽으로 복도가 나 있는 구조이고, 복도에 창문이 없는 개방된 형태였다. 오르내리는 계단은 건물 우측 한편에만 있고 충격적이게 엘리베이터는 없었다.

101호부터 404호까지 각층마다 4개 호수로 총 16가구가 들어와 살 수 있는 구조였다.

적막한 기운만이 감도는 구조다.

"자! 이제 올라갈까요?"

앞장서는 그의 어깨너머로 층층이 쌓인 각진 계단이 보이자, 한동안 근육통에 시달릴 것 같다는 생각이 들었다.

계단을 오르려던 찰나 1층에 설치된 우편함이 눈에 들어왔다. 우편함은 나무로 짜인 미니멀한 구조로 중개사 사무실에서 보았던 책상과 같은 색상으로 보였다. 우편함엔 각 호수에 맞게 '101'부터 '404'까지 두터운 먹글씨가 쓰여 있다.

"호오….."

흥미로운 듯 우편함을 바라보자 그가 발걸음을 멈추고 말했다.

"이거 괜찮죠? 제가 만든 거예요."

색상부터 그의 취향이 들어간 것이 맞구나 싶어 우편함을 들춰보는데 102호 우편함에 서류봉투가 하나 들어 있는 것이 보였다. 신기하게도 누군가 살고 있긴 한가보다.

"가시죠!"

그는 발걸음을 재촉했고 대수롭지 않게 생각하고 다시 계단 향했다. 콘크리트로 짜여진 계단엔 밖에서 불어온 낙엽이 굴러다녔고 층과 층 사이 마다 창문이 있어 바깥을 내다볼 수 있었다. 계단엔 조명 장치랄게 없어서 한 계단, 한 계단 천천히 벽을 집어 4층까지 올라야했다.

4층에 도착하자 산기슭에 그림자와 달빛이 오묘하게 섞인 스산한 기운이 복도 바닥에 흘러넘치고 있는 게 보였다. 창문 없이 개방된 복도엔 바깥바람이 서

습없이 불어왔다.

"저 끝에 있어요. 404호!"

그는 마치 깜짝선물이라도 준비해둔 것처럼 기대 가득한 목소리로 복도 끝을 가리켰다. 복도에도 조명 장치는 없었다. 오직 은은한 달빛과 차가운 공기의 싸늘한 침묵이 복도를 가득 채운 듯 했다.

나도 모르게 그 분위기에 압도되어 숨을 크게 들이마시며 복도 끝을 향해 나아갔다.

그간 앞장서던 중개사는 뒤로 물러나 내 뒤를 따라왔다. 404호 문앞에 도착하자 왠지 모를 긴장감에 손에 땀이 나기 시작했다. 중개사가 당연히 문을 열어주리라 생각했지만 그는 뒷짐을 지고 웃음 띤 얼굴로 '너가 열면 돼"라는 듯 나를 주시하고 있다.

이 문을 열게 되면 돌이킬 수 없는 어떤 일들이 시작될 것만 같았다. 땀에 젖은 손을 바지에 비비적 닦아내고 손잡이를 천천히 돌려 잡았다.

"후우…그래…역시 전진이겠지?"

눈을 질끈 감은 채 문을 힘차게 열었다.

[철컥]

"어?"

실눈을 사이로 익숙한 풍경이 눈에 들어왔다.

눈꺼풀이 모두 열리자 믿을 수 없는 광경이 눈앞에 펼쳐져 있었다.

"아니…이건…?"

우리 집이었다! 심지어 엄마가 쓴 「투데이」 달력도 거실에 걸려있다!

"이게 대체 무슨?"

이상하다는 생각이 들 만큼 내가 살고있는 집과 똑같았다.

"여, 여기 저희 집이랑 똑같은데요?"

믿기지가 않았다. 심플하고 정돈된 공간, 오래된 가구 몇 점과 함께 칠흑색 무거운 커튼 그리고 투데이 달력까지 그대로였다. 그는 경악한 듯한 내 모습을 보고 얕게 웃으며 끄덕이기만 했다. 그런 그에게 황당해, 격앙된 목소리로 따지듯 물었다.

"아니 이게 무슨 상황이냐고요!"

"자세한 건 겨울양이 여기 살게 되면 알려줄게요."

"네?!"

말문이 막혔다. 이런 외딴 마을, 산 중턱에 있는 낡은 빌라에 우리 집과 거의 99% 똑같은 집이 있다는 것이 말도 안 됐다. 경악스러운 상황에 말문을 잃은 나에게 그가 말했다.

"그리고 여기 살게 되면 가을씨에 대한 비밀도 하나 알려줄게요."

"네…? 엄마에 비밀이요?"

근래 수상한 것들만 가득한 가운데 가장 흥미로운 내용이었다. 하지만 그가 엄마친구라는 것부터 엄마에 비밀을 알고 있다는 것까지 전혀 신뢰가 가지 않았다. 심지어 수상하기 짝이 없는 404호를 앞에 두고 어떤 것도 믿을 수 없었다.

"이건 대체 뭐에요?!"

나는 「죽음빌라 입주자 주의사항」이라고 적힌 서류를 내밀었다. 부동산에 오게 되었을 때부터 줄곧 물어봐야 할지 고민이었다. 그는 서류 내용을 확인하더니 놀라며 말했다.

"오~혹시 그를 벌써 만난 건가요?"

"네…? 누구요?"

큰맘 먹고 내질렀지만, 그에게서 어떤 정보도 얻지 못했다. 심지어 이상한 사람 취급당할 것을 감수하고 이 '장난편지' 같은 것을 보여주었지만 능구렁이처럼 내 의도를 벗어나 알 수 없는 것들을 내뱉었다.

그는 정말로 죽음빌라와 엄마의 비밀에 대해 알고 있는 건지 의문이었다. 그는 나를 애간장 태우려는 건지 애매한 태도만 취하며 어느 것도 알려주지 않았다. 모든 것이 의문투성이더라도 최소한의 선택권은 주어져야 한다고 생각했지만, 이상하게 그의 손바닥 안에서 놀아나는 것 같았다.

욱하는 감정이 뒷골을 당기게 했다.

이제는 이판사판이다.

"중개사님. 여기가…「죽음빌라」인가요?"

그는 잠시 말 없이 내 눈치를 보며 대답했다.

"그것도…입주하면 설명해드릴게요."

악수였다. 판을 뒤집어 보고 싶었지만 결국 다시 휘말린 것 같다. 사실 죽음빌라든 뭐든 나한테 상관없었다. 그저 무시하고 집에 돌아가면 된다. 하지만 엄마가 물려주려고 하는 404호는 무엇이고 엄마의 비밀은 무엇인지 짚고 넘어가야 했다.

이번 장례를 통해 엄마의 짐을 정리하면서 깨달은 것이 있다. 나는 나의 엄마인 「이가을」에 대해서 잘 모른다는 것이었다. 엄마에 대해 잘 알고 있다고 생각했지만 정작 「이가을」이라는 사람에 대해 전혀 모르고 있었다.

간혹 이야기해준 과거사를 통해서 「이가을」이라는 사람을 상상할 수 밖에 없었다. 결국 나는 엄마라는 모습만 기억하는 것이다.

 이 사실은 의외로 엄마를 잃은 슬픔과 별개로 마음을 싱숭생숭하게 했다. 나에 엄마와 친구였다는 그의 말이 진실인지 아닌지 알 수 없다. 그의 손아귀에 놀아나더라도 부딪혀봐야 할 것 같다. 부딪혀 부서질 것을 알면서도 달려가야 할 때가 있다.

 그게 바로 지금인 것 같다.

 머릿속에서 온갖 생각을 거듭하며 그의 말에 따르는 것이 맞다고 합리화하기 시작했다. 그 사이 그는 신기하다는 듯 집안을 둘러보며 말했다.

 "겨울씨 사는 곳이 이렇게 되어 있나보군요."

 도통 알 수 없는 말만 늘어놓는 그에게 따지듯 대답했다.

 "무슨 소리에요? 중개사님이 저희 집이랑 똑같이 꾸며두신거 아니에요?"

 그는 턱을 괴고 고민하더니 집을 계속 둘러보며 대답했다.

 "반은 맞고 반은 틀려요."

 그는 계속해서 알 수 없는 말만 늘어놓는다.

 "그건 또 무슨…?"

 "인간은 참 대단한 것 같아요. 기적 그 자체랄까

요? 하하하."

 그의 끝도 없는 알 수 없는 말들에 질려, 더 이상 이해하기를 포기했다.

 "아직 다른 말은 몰라도 이 말은 확실하게 드릴 수 있을 것 같네요."

 둘 사이에 정적이 스치고 마른침이 넘어갔다. 그는 귀에 속삭이려는 듯 코앞까지 다가와 말했다.

 "좋던, 싫던 겨울양은 당분간 여기서 살아야 할 운명인가 보네요. 그래야 겨울양이 살 수 있어요."

 나는 억울했다. 대체 어떤 상황인지 정확히 알 순 없어도 거친 물살에 등 떠밀려 나에 의지와 상관없이 이리저리 휘말리는 것이 달갑지 않았다. 그럼에도 단 한가지라도 확인해보고 싶었다.

 "중개사님⋯"

 "네 겨울양."

 "저희 엄마랑⋯친구 맞아요?"

 그는 망설임 없이 대답했다.

 "그럼요! 분명 가을씨도 그렇게 생각할꺼에요."

 "⋯"

 내가 별 반응이 없자 그가 이어 말했다.

 "저를 못 믿겠으면 가을씨를 믿어보는 건 어때요?"

그는 내가 들고 있던 유언장을 손가락으로 가리키
며 말했다. 처음으로 그에게서 신뢰할 수 있는 말이
튀어나왔다.
그렇다.
엄마가 나에게 괜히 이걸 남겼을 리가 없다.
분명 어떤 뜻이 있을 것이다.
온통 의문투성이와 믿을 수 없는 것들의 연속이라,
불안하고 초조했던 마음이 가라앉기 시작했다.
병원에 실려 가기 전에 보았던 건 환상이 아니라는
확신이 다시금 들었다. 그리고 명확한 길이 보인 듯
했다. 이곳, 404호에 분명 답이 있다.

죽음빌라 입주자 주의사항

첫째. 출입은 해질 무렵에만 가능하다.

둘째. 해가 진 후 숲으로 나가면 이승과 저승 사이에
서 영원히 길을 잃는다.

셋째. 이승에서 생이 다하면 저승으로 가야 한다.
가지 않으면 악귀가 되어 지옥으로 간다.

넷째. 죽음빌라에서 다시 자살하면 영원히 소멸한다.

입주자 :   서명:

- JS -

제2부
죽음에 대해 묻다

3주가 흘렀다. 순식간이었다.

반 친구들은 수능을 마치고 각자에 길로 흩어지고 있었다. 대부분 대학에 진학할 준비를 하거나, 일찍이 일을 시작하거나 그간 못 갔던 여행을 떠날 것이라며 떠드는 것을 들었다.

심지어 전교 1등인 뒷자리 반 친구는 한국에서 내로라하는 대학교에 붙었지만, 전부 포기하고 댄서준비를 한다고 한다. 어렸을 때부터 댄서가 되고 싶었지만, 대학교에 붙을 때까지만 부모님이 바라는 삶을 살기로 합의했었다고 한다. 또 어떤 친구는 아이돌이 되겠다며 온 소속사를 돌아다니며 프로필을 돌리고 있다고 한다. 주변에서 뜯어말리는 듯하지만 훔쳐본 그녀의 눈빛은 누구보다 반짝이고 있었다.

열아홉… 우리는 10대의 마지막 계절을 맞이하며 인생에서 가장 중요한 분기점에 다가서고 있었다. 그리고 모두들 망설임 없이 각자의 삶을 자기 방식대로 나아가는 듯 했다.

[띠링!]

[256번 고객님, 4번 창구로 와주시기 바랍니다.]

내가 살던 곳 행정복지센터에 방문했다. 이사할 곳으로 전입 신고를 하기 위해서였다. 그 외에도 기존에 살던 집의 공과금을 정산해야 했다. 다행히도 엄마 유언장을 정리하면서 물려받은 현금 재산이 조금 있었다. 사실 19살인 나에게 금전적으로 여유롭게 다가오는 금액이었다.

갖가지 행정적인 문제들을 처리하고 밖을 나오니 소나기가 쏟아지고 있었다. 11월에 소나기를 보게 될줄은 생각도 못했다. 나는 아랑곳하지않고 집에 갈 생각에 옷을 동여매었다.

"겨울씨!"

유현씨였다. 그는 멀리서 손을 흔들었다. 파라솔같이 큰 검은 우산을 펼쳐 들고 내게 다가오고 있다.

나는 망설였지만 우산 안으로 들어오라는 듯 미간

을 찌푸리는 그를 마다할 수 없었다.

"겨울씨 올해 19살이죠?"

장례식 때도 같은 질문을 했었다.

"네. 맞아요."

"이사가는건 처음일텐데 어렵진 않았어요?"

아무래도 어릴 적부터 엄마가 아프셨기 때문에 익숙할 수 밖에 없었다. 병원 절차에서부터 분기마다 해야 하는 임대아파트 입주자격 갱신과 갖가지 은행 심부름까지 안 해본 것이 없었기 때문이다.

"네…뭐 어쩌다 보니."

유현씨는 뭐라도 도와주고 싶은 눈치였다. 하지만 생각보다 본인이 할 것이 없어 난감한 모양이다.

"그래도 제가 힘은 잘 써요! 이사는 언제 가세요?"

"내일이요!"

"네? 바로 내일이요?"

사실 3주 전 바로 이사 가려 했지만, 생각보다 정리할 일들이 많았다.

"짐 정리는 다 하셨어요?"

우리 집과 똑같이 차려둔 그 집에 굳이 같은 짐을 들고 이사할 필요는 없었다. 그래서 모든 짐은 버리거나 중고로 팔아버렸다.

"짐은 다 버려서, 옷만 몇 벌 들고가요."

"네…? 이사는 어디로 가는데요?"

"그냥 어디로 떠나요… ."

"아…넵."

내가 선을 그어 말하자 낙담한 눈치였다. 그는 더 이상 입을 열지 않았고 집까지 함께 걸어가는 길, 떨어지는 빗줄기와 함께 냉담한 침묵이 흘렀다.

"겨울씨."

"네."

"갑자기 비가 내리면 기다리세요."

"네?"

"갑자기 비가 내리는데 우산이 없는 날이면 잠깐 기다려보세요. 그럼 분명… 누군가 우산 들고 마중 나올 거에요."

우리 둘은 멈춰서 서로를 바라봤다. 소나기는 점점 거세지고 그는 본인의 어깨가 다 젖은지도 모른 채 나에게 우산을 좀 더 기대어 주고 있었다.

"쏟아지는 비를 애써 맞지 마세요. 겨울씨는 혼자가 아니잖아요."

집 근처에 도착하자 어느새 소나기는 그쳤다. 언제 봐도 쓸쓸한 기운이 감도는 듯한 단지 분위기가 우리를 반겼다. 가을과 겨울 사이, 11월 끝자락에 다다르고 있는 지금, 날씨가 대체로 흐려 어두컴컴한 날이 많았고 여름에 쏟지 못했던 늦깎이 비도 간혹 내려 거리가 늘 쓸쓸했다. 어느 계절이건 화창함이 있지만, 가을과 겨울 그 사이에서 유달리 우울해지는 때였다. 특히나 내가 사는 단지에선 가끔 선선한 바람이 스며들어오는 것이 좋았는데 그마저도 없을 땐 모든 것이 무미건조하게 느껴진다.

여기는 가을, 겨울을 제외하곤 주민들 대부분이 문을 활짝 열어두고 생활을 한다. 문이 활짝 열려있는 집은 열중에 아홉은 어르신이 혼자 사는 집이었다.

마치 언제라도 들어와도 된다며 누군가를 기다리는 듯한 풍경 속에 사무치게 외롭고 고독한 시간이 풍화되어 있었다. 그저 거실에 앉아 바깥을 바라보는 게 일상인 그들은 돌아오지 못할 누군가를 그리워하는 것 같았다. 지금에 와선 엄마와 함께 매주 석양을 바라보았던 것이, 그들과 크게 다르지 않았음을 깨닫는다.

집 앞에 도착해 들어가려던 찰나, 유현씨가 나를 불러세웠다.

"겨울씨. 이것 좀 보고 가요."

"네?"

뒤돌아보자 그쳐가는 소나기와 접혀가는 석양빛이 어우러져 무지개가 동그랗게 떠 있는 진귀한 풍경이 펼쳐져 있었다. 우리는 자연스럽게 복도 난간에 기대어 온통 회색뿐인 이곳에 오색 빛 석양이 물들어가는 풍경을 보며 감탄했다. 몇몇 주민들이 복도에 나와 작은 감탄을 쏟아내자 단지 주민들이 하나둘 따라 나오기 시작했다. 마치 작은 축제라도 일어난 듯 사람들은 오롯이 한곳을 바라보며 아름다운 풍경에 매료되었다. 누군가는 아름다운 순간을 기록하고 떠오르는 이들에게 보여주기 위해 사진을 찍기도 하고, 어떤 이는 몰래 눈물을 훔치기도 했다. 하나의 아름다운 풍경을 사이에 두고 사람들의 다양한 모습을 엿볼 수 있다는 것이 흥미롭게 느껴졌다.

문득 엄마와 석양을 바라보던 기억이 눈앞을 스쳤다. 눈부신 지평선이 거뭇해지도록 석양을 바라보던 엄마가 사뭇 그리워지는 순간이다.

"유현씨…."

"네 겨울씨."

"유현씨는 고3 이맘때 쯤 뭐하셨어요?"

그의 시선이 어두운 허공을 향했다.

"저는 이맘때쯤 부모님이 돌아가시고, 할머니를 돌봐야 했어요. 그때 한창 아르바이트를 시작했던 것 같은데, 일하면서 할머니도 챙기는 게 굉장히 힘들었던 기억이 나네요."

그는 아무렇지 않다는 듯 말을 꺼냈지만 여전히 시선은 어두운 허공을 향해 있었다. 그런 그에 표정은 듣는 사람의 마음을 무겁게 했다.

"아…."

툭 던진 이야기에 무거운 이야기가 나오자 잠시 침묵이 흘렀다. 그러자 그가 나에게 질문했다.

"그래서 겨울씨는 뭐하려고요?"

"사실…잘 모르겠어요. 반 애들은 각자 가야 할 곳을 아는 것처럼 나아가는데, 저는…잘 모르겠어요. 사실 열심히 살아봤자 언젠가 끝이 있는 거니까요. 꿈이라든지 자유라든지 소중한…사람들이라든지… 과연 이 모든 게 의미가 있는 걸까요?"

호응하듯 무거운 생각을 던지자 그는 골똘히 생각에 잠겼다.

"혹시 가을씨 때문에 그런 걸 까요?"

"아니요. 엄마가 돌아가시기 전부터 줄곧 그런 생각을 하곤 했어요."

"가을씨한테도 이야기한 적 있나요?"

"아니요. 아시잖아요. 보통 엄마들이라면 정신개조라도 할 듯이 잔소리하고 등짝을 때렸을 텐데. 엄마는 이 이야기 들으면 미안해하고 혼자 가슴 아파할 것 같아서 말 안 했어요."

이야기 나누는 사이 석양은 어느새 지평선 아래로 허겁지겁 떨어졌고, 단지는 어두운 색깔로 물들고 있었다.

"저 이만 들어가 볼게요."

그는 대답 없이 깊은 생각에 잠긴 듯 거뭇해진 하늘을 바라보고 있다. 그도 나름대로 고민이 분명 있을 것이다. 혼자 두기 망설여지는 표정이 얼굴에 담겨 눈에 밟혔지만, 눈을 질끈 감고 문을 닫았다.

내가 살아가고자 하는 세상은 온통 회색으로 물들어 그 어느 것도 구분되지 않아 부질없는 곳이다.

그런 의미에서 「JS빌라」는 내가 바라는 「회색세상」에 걸맞을 것이다. 여느 또래 사람들처럼 대학교 진학이나 하고 싶은 일은 없었다. 혼자라는 것에 익숙해져서 친구나 애인을 사귀고 싶은 마음도 없다. 그 외딴 빌라에 오롯이 혼자 있을 수 있는 기회는 앞으로 마주할 상실감에서 해방됨을 의미하기도 했다.

　누구나 살아가다 보면 먼 훗날 함께했던 사람들이 모두 떠나가고 결국 혼자 남게 될 것이다. 특히나 내가 살고 있는 단지에 어르신들만 봐도 홀몸으로 여생의 끝자락을 살아가는 게 얼마나 고달픈지 느낄 수 있다. 그들처럼 오래 살아갈 생각도 없거니와 어차피 혼자가 될 것이라면, 일찍이 혼자가 되길 자처하는 게 현명하다고 생각한다. 콘크리트 벽을 견고히 해 아무도 들이지 않는다면, 애초에 누군가 내 곁을 떠나갈 일이 없을 것 이다.

　결국…인간은 혼자로서 완전해진다.

　난 그렇게 믿기로 했다.

어쩌다 보니 뜬눈으로 밤을 지새웠다. 엄마가 돌아가시고 상처라도 벌어진 것처럼 불면증이 다시 도진 것 같았다. 부르튼 눈을 비비며 눈곱을 떼어내자, 일출의 눈부신 광휘가 집안을 가득 채우고 있었다.

"하…조만간 다시 병원 가야겠다."

몸과 정신이 갈라져 함께 서로를 거부하는 듯한 피로가 느껴졌다. 속이 비어 쭈그려진 학교 가방을 집어 들어 보이는 옷가지들을 구겨 넣었다. 그리곤 어딘가 좌표가 찍혀 움직이는 것처럼 현관을 향했다.

앞으로 무엇을 해야 할지 알 수 없지만, 어디로 가야 할지 알고 있다. 가슴 한쪽이 간질간질한 기분이다. 옅은 고양감이 차오르는 것을 느끼며 문을 열자 웬 쪽지 한 장이 발 아래로 떨어졌다.

보아하니 유현씨 쪽지 같았다.

[겨울씨, 저는 출근이라 배웅하지 못하네요. 다음에 또 봐요.][추신 : 겨울씨는 혼자가 아니에요!]

쪽지 구석엔 쓰다가 지운 듯 눈웃음 표시가 흐릿하게 남아있다. 주먹을 꽉 쥐자, 손바닥 위에 놓인 쪽지가 콩알 크기로 꾸겨졌다. 감사하지만 받을 수 없는 다정함을 주머니에 쑤셔 넣었다.

그것은 내가 받을 수 없는 것이었다. 모든 것엔 끝이 있다. 그리고 이 다정함의 결말을 잘 알고 있다.

그것은 찰나 달콤하지만 이내 나를 갈가리 찢어발길 것이다. 나를 단지 두려울 뿐이다.

생각을 꾸기곤 다시 발걸음을 옮겼다.

그러자 복도 쪽으로 당당히 열린 문이 내 앞을 막아섰다. 아무래도 어르신이 문을 열어두신 모양이다.

12월이 다 되어가도록 아직도 문을 열어두었다니⋯ 놀라울 따름이다. 열린 문에 좁아진 복도를 옆으로 몸을 돌려 '집게 걸음'으로 지나가자, 집 안 거실에 앉아 베란다 창가를 바라보고 있는 할머니의 뒷모습이 보였다. 할머니는 내가 지나가는 인기척을 느꼈는지 고개를 돌려 나를 바라보았다.

할머니와 눈이 마주치자, 고개가 숙여졌다.

그러자 주름진 얼굴엔 방긋한 웃음이 솟아났고 서로에게 처음이자 마지막 인사를 건네었다.

복도 바닥엔 찬 공기를 머금은 뱀들이 가득한 듯 한기가 발목을 스쳐 갔다. 문을 닫아야하나 생각했지만 방긋한 웃음 속에 머물고 있는 할머니의 눈동자엔 어느 추위와도 비교할 수 없는 무언가가 자리 잡고 있었다. 그것은 분명 어느 날엔가 엄마에게서 보았던 것과 다르지 않았다.

할머니는 누군가를 기다리는 듯 했다.

어쩌면 다시는 오지 못할 누군가를…

나는 생각이 깊어지는 것을 느끼자, 뭍에서 허우적거리는 것처럼 머리를 감싸안았다.

"김겨울. 이제 그만. 지금은 빌라에 가는 것만 생각하는거야."

엘리베이터 거울 속 자신을 향해 타이르듯 말했다. 그리곤 빌라로 향하는 길 내내 콘크리트 벽안에 숨은 겁먹은 쥐새끼 마냥, 발끝만 바라보며 어차피 사라질 모든 것들을 애써 외면했다.

아무래도 거의 도착한 모양이다. 택시를 타고 왔을 때 보았던 풍경들이 눈에 들어온다. 굽이굽이 늘어진 산속에 마을들이 빛의 알갱이들처럼 조목조목 박혀있다. 창문 틈새 사이로 수풀 특유의 신선한 공기가 홀로 남아있는 마을버스를 가득 맴돌았다. 버스를 몇 번에 걸쳐 갈아타고 나니, 어느새 모두 내리고 버스엔 기사님을 제외하고 아무도 없었다. 아무래도 이 저녁 버스를 타고 그곳을 향하는건 나밖에 없는 듯하다.

버스정류장에 내려 스마트폰을 확인해 보니 시간은 오후 7시를 알리고 있었다. 택시를 타고 왔을 때 보다 곱절은 걸려서 도착했다. 마지막으로 갈아탄 버스의 배차 간격이 2시간이었던 것이 한몫했다.

요즘 같은 세상에 배차시간이 2시간이라니…앞으로가 걱정이었다. 택시를 타고 왔을 때와 다른 도착지에 놓인 나는, 버스정류장의 옅은 조명 아래에서 주변을 둘러보았다.

바로 앞엔 이 마을에서 가장 큰 것으로 생각되는 소나무 있고 그 아래로 오래된 편의점이 하나 있었다.

편의점 앞엔 주인으로 보이는 어르신이 널찍한 평상에 홀로 쭈그려 앉아 콩나물을 손질하고 있다.

"언니~뭐해요! 진지 잡수셔야지."

동생뻘로 보이는 어르신이 살갑게 굴며 다가왔다.

냄비와 도시락통을 챙겨온 것을 보니, 저녁을 챙겨 주기 위해 온 모양이다. 다들 저녁 먹을 때가 되었는지 은은한 찌개 냄새가 코를 넘나 들었다. 편의점 할머니는 익숙하다는 듯 시큰둥하며 콩나물을 계속 손질하고 있다.

"어휴 언니! 왜 또 반찬하고 있어! 내가 꼬박꼬박 챙겨주는데 증말!"

그녀가 언성을 높여 타이르자 편의점 할머니는 손질하던 콩나물을 바구니에 집어 던지며 말했다.

"너가 해주는 반찬은 너무 짜!"

"어머머 이 언니봐라! 얼마나 오래 살려고 그런데 증말?!"

"이거나 가져가. 오이김치야. 이번에 새로 담갔어."

편의점 할머니는 준비해둔 것처럼 큰 반찬통을 꺼내 들었다. 그러자 동생뻘 어르신의 뾰로통한 표정이 환하게 풀렸고 아무 일도 없었다는 듯 반찬통을 바로 열어 맨손으로 오이김치를 베어 물었다.

금방이라도 싸울 듯한 분위기는 오이김치로 종결된 듯 하다.

"역시 오이김치는 언니가 최고에요. 잘 먹을게요."

"썩꺼져."

엄마는 오이김치를 진짜 맛없게 했었는데…별개 다 그리워진다.

편의점 할머니는 고약한 말투와 다르게 다정한 눈동자로 동생뻘 어르신의 뒷모습이 사라질 때까지 바라보고 있다.

"와….."

내가 그동안 살아왔던 세상과는 사뭇 다른 풍경에 감탄스러웠다.

이웃끼리 서로의 저녁을 챙겨 주다니…

욕이 저렇게 다정하게 들릴 수 있다니…

나로선 또 다른 세계를 마주한 듯한 신선한 충격으로 다가왔다. 꽃내음을 맡은 꿀벌처럼 자연스레 평상에 앉자, 너는 누구냐는 듯 나를 응시했다.

"안녕하세요."

내가 인사하자 편의점 할머니는 주머니에서 안경을 꺼내 쓰고는 나를 위아래로 훑어보았다.

"못 보던 학생인데."

"아…네 오늘 이사를 와서요."

"어디로?"

"저기 산 중턱에 있는 빌라에요."

"그 귀신 빌라에 산다고?"

나는 갑자기 튀어나온 이야기에 미간을 찌푸렸다.

"아…근데 저기에 진짜 귀신이 살아요?"

그녀는 놀란 토끼 눈으로 대답했다.

"이것아 귀신은 고사하고 빌라 자체가 '신출귀몰'하니까 그렇지! 해가 질 때만 보이는 빌라가 세상에 어디 있어!"

"아하하하하…그렇긴 하죠."

빌라에 이디 가봤지만 나도 아직 정확한 정체를 알지 못한다. 정체도 알 수 없는 그곳에 산다고 말하는 내가 이상하게 느껴졌다.

"그럼 혹시 여기 아세요?"

「JS부동산」 명함을 보여드렸다.

그러자 그녀는 눈을 찌푸리며 명함을 유심히 들여다보았다.

"이런 곳은 처음 듣는데?"

"아…역시 그렇죠?"

예상했지만 「JS부동산」과 「JS빌라」에 대해 알지 못하는 듯하다. JS…대체 무슨 뜻일까? 사람 또는 어느 지역의 이니셜 같은데…결국 모든 답은 「귀신빌라」라고도 불리는 저 곳에 있을 것 이다.

"어르신. 말씀 감사합니다! 저는 이만!"

고개 숙여 인사드리며 하늘을 바라보자, 석양이 어느새 지고 있었고, 편의점 할머니는 말없이 흐릿한 눈동자로 허공을 쏘아보고 있다. 더 어두워지기 전에 부지런히 가봐야 할 것 같다.

"내가 가끔 지나가다 그 빌라를 몇 번 본 적 있어."

멍하니 하늘을 쏘아보던 편의점 할머니가 말을 꺼냈다. 나는 가던 발걸음을 멈추고 귀를 기울였다.

"사람들은 「귀신빌라」라고 하면서 쉬쉬하는데, 흠… 나는 뭐랄까… 그 빌라가 슬퍼 보였어… 매일매일을 산속에서 우두커니… 누군가를 기다리는 것처럼… 그리워하는 것 같이 보였어."

석양빛이 물든 편의점 할머니의 얼굴엔 주름이 자욱했다. 나는 그녀의 말이 끝나기를 기다리며 참아왔던 질문을 준비했다.

"어르신…"

"오야."

편의점 할머니는 다정하게 대답했다.

"어르신은 왜 살아가세요?"

"너 지금 몇 살이니?"

"열아홉이요. 이제 곧 스무 살이에요."

"홀홀홀홀홀."

고개를 잠시 갸웃거리더니 내 나이를 듣자 재미있다는 듯 웃었다.

"에구 미안하다. 비웃은 건 아니다. 그냥 내가 네 나이 땐 어땠나 싶어서 웃었다."

"사는 게 힘들지 않았어요? 어느 책에서 그러더라고요. 사는 게 고통이라고."

"…그치 힘들지."

"그러니가 제 말은…고통으로 가득한 삶을 왜 살아가야 하는지 모르겠어요…."

"그 책. 끝까지 안 읽어봤구나. 홀홀홀."

"네?"

"고통이 있기 때문에 의미 있는 것도 있단다."

"무슨 말이에요?"

내가 격앙된 목소리를 대답하자 손질하던 콩나물을 내려두고 바구니를 집어들었다.

"그 답은, 네가 직접 찾으렴."

"후우…"

한숨을 내쉬며 양손으로 머리를 감싸 안았다. 콩나물 손질하던 애꿎은 사람한테 무엇을 바라고 이러는 걸까 자책하며 스스로 진정될 때까지 고개 숙였다.

"죄송해요. 큰소리해서. 저 이제 진짜 가볼게요."

다시 고개 숙여 인사한 뒤 도망치듯 산을 향해 달려갔다.

마을 입구에 들어서자 좁은 시골길이 구불구불 이어져 있다. 길가에는 오래된 돌담과 기와집들이 늘어서 있었고 담 너머로 가족들끼리 오순도순 저녁 먹는 모습이 보인다. 무슨 이야기를 하고 있는지 왁자지껄한 집도 있고 엄숙하게 밥만 먹는 집도 있다.

모든 집이 투명하게 비치는 마을이다. 저렇게 가족들끼리 한데 모여 앉아 밥 먹을 땐 무슨 이야기를 나눠야 하는걸까…? 부모님이 살아계셨으면 우리 집은 어떤 풍경이었을지 상상해본다.

잠시 발걸음을 멈춰 요란스럽지 않게 밥 먹는 집을 들여다보니, 어머니가 어린 딸에게 햄 하나를 집어주고 있다. 아빠는 말이 없는 듯하지만, 눈빛은 언제나 가족들을 향해 있다.

그 광경을 지켜보자, 눈이 따가운 듯 비비적거렸다. 그리곤 옅은 한숨이 세어나왔다.

[스읍-후우]

내가 앞으로 가려고 하는 길은 어두 캄캄한 산속에 홀로 들어가는 듯 외롭고 힘든 시간이 될 것이다.

저 일상을 가질 순 없어도 빌라에 다다르면 어떤 해

답이 나올 스 있을 것이라 믿고 싶다.

날이 어둑해지는 것을 느끼며 가족들과 오순도순 앉아 저녁 먹는 상상을 꾸깃꾸깃 접었다. 이럴 때일수록 현실을 직시하고 들이닥친 문제에 집중하는 게 현명하다.

날이 더 어두워지기 전에 빠르게 움직여야 한다.

시간을 다시 살펴보니 오후 7시 20분이다. 옅은 스마트폰 조명에 의지해 빠르게 걸음을 옮겼다. 몇 개 없는 나에 장점이 하나 있다면 '길을 잘 찾아간다.'는 것이다. 고작 길을 잘 찾는 것이 무슨 장점이냐고 할 수 있겠지만, 지금 이 순간 만큼은 필요하다.

왜냐하면 지금 여기서 길을 잃게 되면 영락없이 어두컴컴 산속에 고립될 것 이기 때문이다. 아찔한 걱정이 머릿 속을 스칠 때쯤 저 멀리 석양빛에 흐릿하게 걸쳐있는 빌라가 보이기 시작했다. 안도에 한숨을 내쉬며 오아시스라도 발견한 듯 발걸음을 빠르게 옮겼다. 이윽고 낡은 철문 앞에 다다랐고 기름이 닳아 기괴한 소리를 내는 철문을 밀어내며 빌라 정문에 들어섰다.

어둑한 구름 사이로 석양빛과 함께 희미한 달빛이

어우러져 빌라를 비추고 있었고, 내가 온다는 걸 반기는 듯 마당에 낙엽들이 쌀쌀한 바람에 흩날리며 춤추는 듯했다.

빌라는 밤이 되어가는데도 불이 켜진 곳은 없었다. 적어도 102호는 불이 켜져 있을 것이라 생각했는데 외출이라도 한 걸까?

빌라 1층 출입구에 들어서자 공허하고 막역한 공기만 감돌고 있다. 중개사가 직접 만들었다는 나무 우편함엔 여전히 102호의 우편물만 꽂혀 있다.

"흠…아직도 그대로 있네. 왜 안 가져가는 거지?"

의아함을 뒤로 한 채 우편함에 꽂힌 서류봉투를 꺼내 보자, 직사각형으로 된 흰 봉투 겉면엔 큰 글씨로 「JS」라는 상호만 적혀 있다. 내용물이 궁금해 뜯어 볼까 했지만, 열어볼 순 없는 노릇이다. 벌써 3주째 방치되어 있는 걸 보았을 때 102호에는 아무도 안 살고 있을 가능성도 있다. 하지만 이상하게도 신경 쓰이는 것이 서류봉투를 어디로든 치우고 싶다는 생각이 들었다.

"문에 조용히 꽂아 놔야겠다."

사실 빌라에서 조용히 지낼 생각이기 때문에 이웃 주민들과 얼굴을 틀 생각은 없었다.

뭐…아무도 살고 있지 않은 것 같긴 하지만.

우편함을 등지자 바로 앞에 102호가 보였다. 복도는 이상하리만치 어둑하고 길게 느껴진다. 천천히 다가가자 한기가 짙어지는 게 느껴진다.

"산속이라서 그런가…생각보다 춥네."

괜한 오지랖을 부렸다며 얕게 후회하며 102호 문앞에 도착했다.

문은 언뜻 봐도 단단해 보이는 두꺼운 철문으로 되어있고, 안에서 밖을 내다보는 「도어스코프」나 물건을 넣어 둘 만한 보자기는 보이지 않았다.

잠깐의 고민 끝에 문틈 사이로 봉투를 끼워 넣기로 결정하고 무릎을 구부리던 찰나 철문이 열리는 소리가 들렸다.

[철컥]

철문은 기괴한 소리를 자아내며 천천히 열렸다.

[끼이이이이이이이이이이익….]

열리던 문이 멈춰서자 문틈 사이로 서늘한 바람이 온몸을 덮쳤고 이내 알 수 없는 소름이 돋았다. 손가락 한 마디만큼 벌어진 문틈 너머, 검은 눈동자를 가진 사내가 나를 천천히 내려다보고 있었다.

빨려 들어갈 것같이 짙은 어둠을 등지고 서 있는 그

는, 머리카락이 어깨에 닿을 만큼 길고 너저분했으며 얼굴은 세상 모든 행복을 빼앗긴 듯 생기 없이 창백하다.

검은 눈동자가 나를 향해 뚜렷하게 마주치자 시간의 농도가 짙어지며 억겁의 시간이 흘렀다. 동공의 작은 움직임부터 온몸에 마디마디가 굳어버렸다.

그의 어두컴컴한 눈동자에 빨려 들어갈 듯한 어지러움과 공포가 정수리까지 차올랐다. 그러자 그는 나를 내려다보며 검은 입을 열었다.

"꺼…져…안 간…다고…!!!!!"

"흐에에에엑!"

그가 소리치자 세상 모든 걸 거부하는 듯 거센 바람이 문틈 사이로 뿜어져 나왔다. 굳어있던 몸은 그대로 뒤로 고꾸라지고 말았고 서류봉투는 복도 바닥에 내동댕이치고 말았다. 공포에 사로잡힌 나는 너무 놀란 나머지 그 자리에서 일어나 계단으로 뛰어 올라갔다. 정신없이 뛰어 올라가며 원래 쓰던 집 열쇠를 바지 주머니 속에서 꼼지락거렸다. 무언가 생각할 겨를도 없이 문 앞에 도착하자 떨리는 손을 겨우겨우 잡아가며 문을 열었다.

[철컥]

문이 왜 열린 건진 나중에 생각할 일이었다.

우선 404호에 빨려 들어가듯 들어와 현관에 그대로 주저앉았다.

"하…대체 뭐야 저 사람."

살면서 저렇게까지 소름 끼치는 사람을 본 적 없다. 아니…사람은 맞나 싶을 정도로 소름이 피부에 겹겹이 끼쳤다. 검은 눈동자, 창백한 얼굴, 기괴한 목소리까지 사람이라기보단 귀신에 가까운 모습이었다.

[까악-까악-]

"꺄아아아악!"

웬 까마귀가 베란다 창가에 들어 앉아 울었다.

"뭐…뭐야!"

괜히 놀라며 까마귀에게 분풀이 하듯 소리쳤다.

하지만 까마귀는 아랑곳하지 않고 베란다 창가에 앉아 나를 환영하는 듯 울고 있다. 이놈의 빌라는 환영식이라도 해주는 것처럼 계속 놀라게 했다.

놀란 가슴을 진정시키고 다시 일어나 거실 소파에 몸을 던져누웠다. 흠칫 너무 자연스러운 내 행동에 놀라 몸을 일으켜 세웠다.

오늘 분명 입주한 지 첫날인데…너무 익숙한 이 공간은…대체 뭘까? 문은 왜 열린거지? 누군가 나와 엄마가 살던 집을 따라 꾸몄다고 하기엔 이상하리만치 수상하다. 특히 눈앞에 있는 「투데이」 달력이 그 증거이기도 하다. 서툴지만 정성스럽게 눌러쓴 엄마의 「투데이」 메모는 내가 알아볼 수 있었다.

그러면 엄마가 여기를 준비해둔걸까?

아니다. 엄마는 돌아가셨고 생전, 심장병 때문에, 멀리 다니도 못하고 집에만 있었다. 그렇다면 남은 건 알 수 없는 말만 늘어놓으며 엄마의 친구라고 하는 중개사 말곤 없다. 더불어 이 문제가 아니고서도 석연찮은 점이 너무 많았다. 여전히 모든 것이 의문투성이다. 그럼에도 이곳에 오게 된 명확한 이유는 있다. 아니 명확하다기보단 믿고 싶은 이유랄까…?

이곳에 오면 병원에 실려 가기 전 보았던 엄마를 다시 마주할 수 있을 것만 같다. 그리고 엄마를 마주하게 된다면 묻고 싶었다.

엄마가 돌아가시기 전날 나에게 했던 질문…그리고 대답 못했던 그 질문을 엄마에게 되려 묻고 싶었다.

내가 왜 살아가야하는지, 무엇으로 살아가야 하는지 말이다. 엄마를 본 이후 유언장을 통해 이곳까지 등 떠밀려 오게 되었다는 생각이 든다.

분명 엄마가 나에게 전하고자 하는 무언가가 이 곳

에 있을 것이라 믿는다. 모든 비밀과 의문을 알고나면 분명 내 삶의 해답을 찾을 수 있지 않을까?
설령 그것이 죽음일지라도…

[까악-까악-까악-까악]

커튼 사이로 내리쬐는 잔혹한 햇살이 얼굴을 따갑게 달궜다. 정신이 흐릿하게 들었지만 눈을 감은 채 아침이란 것을 음미해본다. 눈을 감고 있어도 주변은 온통 밝은 빛으로 가득하다. 팔을 눈 위에 받쳐 올리자 고요한 이명이 귀에 흘러들어온다.

[까악-]

시야가 회복할 때쯤 까마귀 울음소리가 다시 들린다. 까마귀는 어제부터 있었던 건지, 어딘가 다녀온 건지 알 수 없다. 자기 집으로 결정한 듯 자연스레 베란다 창가에 앉아 있다. 잠시 후 시야가 회복된 것을 느끼고, 실눈을 뜨자 옅은 먼지가 햇볕에 그을리며 흩날리고 있다. 고개를 바짝 들어 보니 현관에서 거실까지 뱀이 허물을 벗은 듯 짐이 널려있다.

"어제 많이 피곤하긴 했지… ."

짐은 거의 없었지만 오랜 이동시간과 산악구보 그리고 소름 끼치는 102호 사건까지 혼비백산한 하루였다.

 막상 이곳으로 오긴 했지만, 무엇부터 해야 할지 알 수 없었다. 의식의 흐름을 따라 소파 틈새에 끼어 있는 스마트폰을 꺼내 들어 시간을 확인했다.

 [2023년 11월 29일 수요일 오전 11시]

 평소 같으면 등교하기 위해 일찍이 일어났겠지만 이제 늦잠을 자도 누구 하나 타이를 사람이 없다.

 학교는 고사하고 앞으로 인생에서 무엇을 할지는, 영원히 풀기 싫은 숙제처럼 접어두었다.

 스스로 애석하지만 엄마가 돌아가시고, 진정한 의미로 혼자가 되었다. 하지만 혼자가 되었다는 건 슬프기만 하지 않았다. 외로움과 쓸쓸함 그리고 그리움은 홀로 자유롭다는 것을 동시에 느끼게 한다.

 엄마가 계셨다면 잔소리를 들었겠지만, 이제 내가 어떻게 살던 내 마음이고 내 자유다. 또래 누구나 나와 같은 상황이라며 같은 생각일 것이다. 이래저래 각자 상황은 다르겠지만 「자유」라는 날개를 얻어 세상에 던져졌음을 느꼈을 것이다. 그들은 그 날개를 활짝 펼쳐 꿈을 향해 날아가거나, 거센 바람에 날개가 꺾여 추락해 보기도 할 것이다.

하지만 그 풍경 속에 내 모습은 어디에도 없다.

"하…모르겠다. 애들은 뭐 하고 있으려나….'

 일어나다 말고 다시 소파에 드러누웠다. 소파에 옆으로 쪼그려 누워 누군가의 일상을 훔쳐보았다.
 모두들 각자의 길을 성실히 달려가고 있다. 화면 속 그들의 모습이 사뭇 반짝였다.
 어떤 이는 세상을 가진 듯 웃고 있었고.
 어떤 이는 세상을 잃은 듯 울고 있었다.
 그럼에도 전혀 불행하거나 과해보이지 않았다.
 그들은 자신의 삶을 살아가는 것 같았다.
 반짝이는 사람들이 별똥별 쏟아지듯 이어졌다.
 '월천'은 기본이고 슈퍼카에 건물까지… 도무지 와 닿지 않는 세상 앞에 스스로가 초라했다. 세상이 이리도 넓었던가 싶다.

 [띠링]
"헉!?"
 잠시 잠이 들었던 모양이다.
 언제 설정했는지 모를 알람이 울렸다. 시간은 오후 7시를 가리키고 있었다.
 [2023년 11월 29일 수요일 오후 7시]
 "하아… 뭐야"

소파에서 하루를 다 보냈다. 딱히 할 게 있는 건 아니였지만, 속절없이 지나간 하루가 허망했다.

하루 끝에 남은 거라곤 소파 구석에 쌓인 비교 의식과 자괴감 정도였다. 무언가 불편한 느낌에 미간을 찌푸린 채 주방을 향해 냉장고 문을 열어 보았다.

아무것도 먹지도, 마시지도 않고 쓸데없이 공기를 낭비했어도 목은 말랐다. 나는 자연스레 일회용 페트병에 든 먹다 만 물통을 꺼내 들어 마셨다. 갈증이 해소되고 물통을 돌려 넣으려던 찰나 엄마가 만들어 두었던 반찬이 눈에 들어왔다.

그리곤 생각이 멈췄다.

"엥? … 에엑?! … … 아니 이게 뭐야?"

엄마가 만들어둔 반찬, 먹다가 만 물병까지 이렇게 똑같이 해둘 순 없다! 404호가 살던 집과 이상하리만치 똑같이 해두었다고 하지만 이럴 순 없었다. 물병의 출고 일자를 확인해보니 대략 3주 전이다. 이쯤이면 엄마가 돌아가시고 내가 쓰러졌을 때와 비슷한 날 이었다. 믿기지 않아 반찬 통을 열어보니 엄마가 해두었던 맛 없는 오이김치가 있다. 하나 베어 먹어보니, 색깔은 빨갛지만 밍밍한게 엄마가 만든 반찬이 확실했다. 이상함을 눈치채고 집안 곳곳에 흔적을 유심히 관찰하기 시작했다. 아무리 살던 집과 똑같이 해두었다고 하더라도 「사용흔」마저 같을 순 없다. 현관으로 달려가 신발장을 열어보니 내가 꾸깃꾸깃 신었던 학교 실내화가 그대로 있다.

분명 이사 오기 전에 버린 실내화였다.

있을 수 없는 상황에 입을 다물 수 없었다.

마치 3주 전의 집을 그대로 옮겨온 듯한 느낌이다.

이건 빌라에 대한 비밀과 관련이 있을 것이다. 중개사는 분명 입주하고 나면 비밀에 대해 말해주기로 했었다. 지금은 그에게 물어볼 수밖에 없을 것 같다.

[똑!똑!똑!]

"겨울양! 집에 있어요? 중개사에요~!"

중개사다! 그가 기다렸다는 듯 찾아왔다.

"네 있어요. 잠시만요."

놀란 마음을 진정시키고 집안에 널려있는 짐을 작은 방에 던져두었다.

"네 들어오세요."

그는 오늘도 등산복 차림이다. 한 손엔 서류봉투를 들고 있다.

"방금 일어났나 보네요."

그가 내 얼굴을 유심히 들여다 보며 말했다.

"아…네."

현관 거울을 돌아보니 내 꼴이 가관이었다.

헝클어지고 기름진 머리카락, 푸석한 피부, 통태눈깔에 끼인 눈곱까지 어떤 의미로 완벽했다.

얼굴을 비비적거리자, 눈곱이 손끝에 달라붙었다.

"겨울양, 어제 이사는 잘 하셨어요?"

"아…네. 근데 몇 가지 물어볼게 있는데…."

"네. 뭐죠?"

"입주하면 알려주신다고 했던 비밀이요. 지금 전부 말씀해주세요. 저 입주했잖아요."

내가 묻자, 그의 표정 속에 웃음이 새어 나왔다.

그는 재미있는 이야기를 혼자 알고 있는 것처럼 입술을 깨물어가며 웃음을 숨기려 했다.

"왜 그러세요?"

"크흠. 네 그럼요. 약속대로 알려줘야죠. 다만 제가 아니라 이 빌라의 관리인이 곧 알려줄 거에요."

"네? 그럼 엄마에 대한 비밀은요?"

그는 잠시 고민하더니 나에게 말했다.

"그건 천천히 알려드리도록 하죠."

"네?! 그런 게 어딨어요? 알려주시기로 했잖아요!"

그에게 따져 묻자, 그는 검지손가락을 세워 흔들며

대답했다.

"겨울양, 너무 급하게 가다간 정작 중요한 걸 놓칠 수 있는 법이에요."

"아니 무슨….'

황당함에 미간이 찌푸려졌다.

"음…그러면 다른 비밀 하나 알려드릴게요."

"네? 무슨?"

그는 귀에 속삭이려는 듯 가까이 다가와 말했다.

"102호 다저씨는 입주 기간이 지났는데도 저승에 안 가고 이승에 머무는 귀신이에요."

"…엥?!"

순간 멈칫거리며 몸이 들썩였다.

"네…? 무슨 말씀이세요? 장난치지 마세요."

그는 들고 있던 서류봉투를 건내며 말했다.

"어제 마주친 것 같아서 말하는 거에요. 그리고 102호가 생각보다 귀여운 구석도 있으니까. 너무 무서워 말아요."

어이가 없어 그를 바라보자 내 품에 서류봉투를 밀어 넣었다.

"한번 읽어보고 내일 다시 이야기해요."

"네? 아니 잠깐만요! 102호 아저씨 이야기는 뭐고

이 서…서류는 또 뭐에요?"

당황한 기색을 감추지 못해 말을 절어가며 그에게 따지듯 물었다. 그러자 괜찮다는 듯 다정한 미소를 띠며 내게 말했다.

"겨울양, 읽어보고 내일 연락주세요."

자기 할 일은 끝났다는 듯 떠나려는 그에게 좀 더 따져 묻고 싶었다. 하지만 망치로 뒤통수를 맞은 것처럼 온몸이 얼얼했다. 정신 없던 찰나 그는 말을 끝내고 어느새 현관문을 열어 나가버렸다.

결국 이번에도 그 무엇도 알아내지 못했다. 문득 억울한 심정이 턱밑까지 차올랐다. 나는 금방이라도 욕을 토해낼 기세로 문을 나섰다.

"엇…?"

그는 복도 창틀에 올라 지고 있는 석양을 바라보고 있었다.

"뭐 해요? 거기서?"

내가 묻자 그는 뒤돌아 말했다.

"겨울양?"

"네?"

"죽음빌라에 온 것을 환영해요."

그는 말이 끝나기 무섭게 하늘을 향해 뛰어올랐다.

그가 뛰어오르자, 어디선가 나뭇잎들이 바람을 타고 쏟아져 나왔고 그를 떠받듯이 둘러쌌았다. 그는 석양 속으로 몰들어가는 것처럼 유유히 사라졌다.

"이, 이게…이게 뭐지? 내가 대체 뭘 본거지?"

순식간에 일어날 일은 내가 바보가 된 것 같은 착각을 주었다. 머리로 이해할 수 없는 비현실적인 광경을 목격하고 나니, 어떤 생각도 들지 않았다. 양쪽 볼을 꼬집자- 얼얼한 고통이 생생하게 느껴졌다.

반쯤 접힌 석양에 어둑해지는 복도를 가만히 보고 있자니 102호 아저씨의 섬뜩한 얼굴이 떠올랐다.

"이게 뭔…대체…무슨 상황이지? 일단 들어가자."

집 현관에 들어서며 일어난 일들을 되새김질했다.

[이 빌라에 관리인이 곧 알려줄 거에요…]

[102호 아저씨는 입주 기간이 지났는데도…]

[저승에 안 가고 이승에 머무는 귀신이에요…]

[한번 읽어보고 내일 다시 이야기해요…]

그가 건낸 서류봉투엔 역시나 「JS」라는 문장이 찍혀 있었다. 이젠 어떤 상황이 벌어질지 가늠이 안된다.

엉킨 호흡을 정리하고 서류봉투를 뜯자 「죽음빌라 입주자 주의사항」이라고 적힌 서류가 나왔다.

"어…? 이거?"

—

죽음빌라 입주자 주의사항

　첫째. 출입은 해가 떠 있을 때만 가능하다.

　둘째. 해가 진 후 숲으로 나가면 이승과

　　　　저승 사이에서 영원히 길을 잃는다.

　셋째. 이승에서의 생이 다하면 저승으로 가야 한다.

　　　　거부할 경우, 악귀가 되어 지옥에 간다.

　넷째. 죽음빌라에서 다시 자살하면 영원히 소멸한다.

입주자 :　　　　　　　　　서명 :

　　TS

—

　유언장에 있던 서류와 같은 내용이었다. 하지만 이 서류에는 사인하는 칸이 추가되어 있다. 유언장에 내용은 이 서류의 내용을 옮겨쓴 듯하다.

　누군가의 장난이라고 넘겼던 내용을 이렇게 다시 마주하니 사뭇 다르게 다가왔다. 왠지 나를 옭아매는 듯한 규칙들은 섬뜩하게 다가오기도 했다.

　비현실적인 사건의 연속은 우연이 아니었던 것 처럼 느껴진다. 와닿지 않는 상황은 마치 다른 세계에 놓여진 듯한 기분을 주었다.

　[똑!똑!똑!]

난데없이 누군가 문을 두드렸다. 놀란 나머지 신발을 신은 채 거실까지 뒷걸음질 쳤다.

[똑!똑!똑!]

"404호! 안에 있는 거 알아! 문 열어!"

누군가 문 너머로 다짜고짜 반말이다.

[쾅!쾅!쾅]

"크흠."

성질이 급한지 그새를 못 참고 문을 다시 두들겼다. 이놈에 빌라는 잠시도 생각할 틈도 없이 나를 몰아세웠다. 이제는 이판사판이다. 더 놀랄 것도 없다.

"누…누, 누, 누구신데요…?"

드센 포부와는 다르게 목소리는 기어가듯 나왔다.

"빌라 관리인이야. 바쁘니까 문 열어!"

중개사가 말했던 관리인? 하지만 돌다리도 두들겨 보고 건너라고 했었다.

"알…알겠어요. 근데 허튼짓하면 큰코다쳐요! 내 친구 막 날아다녀요!"

석양 속으로 날아가던 그의 모습이 스쳐 가며 막말이 튀어나왔다.

"엥? 날아가는 친구? 참나! 하하하하하하."

그는 어이없다는 듯 호탕하게 웃었다.

그러더니 어딘가 떠나갔는지 웃음소리가 멀어졌다. 포기하고 떠났나 싶어 안도의 한숨을 내쉬었다.

"후…여기 사람들은 다들 자기 할 말만 하네… 아!…사람이 맞긴 하겠지?"

"음…사람이긴 한데 정확히는 살아있진 않아!"

[?!?!?!?!?!?!?!?!]

"꺄아아아아아아악!"

그는 어느새 베란다 까마귀 자리에 쭈그려 앉아, 나를 내려다보고 있다.

"뭐, 뭐, 뭐, 뭐…뭐에요?!"

너무 놀란 나머지 말을 절어가며 성을 냈다.

"뭐긴 「죽음빌라」 관리자."

"그렇다고 막 이렇게 들어오면 어떻게 해요!"

놀란 나머지 격앙된 말투로 따져 물었다.

"너도 막 들어오고 그랬잖아!"

"네?"

"됐고! 나 진짜 바쁘니까 한번 만 이야기 할게."

그는 자연스럽게 까마귀자리에서 내려와 거실로 들어왔다. 검은 셔츠와 슬랙스, 검은 구두를 신고 있는 그는 검은색으로 온통 칠하기라도 한듯 눈도 검은색이었다. 102호 사람…아니 귀신과 같은 존재로

보인다. 그는 가늘게 날이 선 검은 손톱으로「죽음빌
라 입주자 주의사항」이 적힌 서류를 툭툭 건들였다.

"입주자 주의사항. 읽어봤어?"

"네. 지금 막 읽고 있었어요."

서류봉투를 앞으로 내밀자, 그가 한쪽 눈썹을 치켜
올렸다.

"사인했어?"

"아직이요."

"흐음…그래?"

그는 잠시 생각하더니 손가락을 튕기며 말했다.

"지금부터 네가 거기에 사인할 수밖에 없는 이유를
설명해줄게. 잘 들어."

그는 자연스레 거실에 들어와 소파에 앉아 설명을
시작했다.

"죽음빌라는 이승에서의 자기 명(命)을 남기고「자
살한 영혼」들이 속박되는 장소야."

"네? 속박이요?"

"응 맞아 속.박."

그는 유치원 선생님이 아이에게 교육하듯 또박또박
말했다.

"인간들은 정해진 수명이 있고 본래 명(命)이 다했

을 때 저승으로 가야만 하는 운명이야."

 그의 말이 거짓이 아니라면 「저승」이라는 곳이 있긴 한가보다. 이제는 뭐…놀라울 것도 없다.

 그런 운명은 저승에서 정한 걸까?

 [따악!]

 "아야!"

 그가 갑자기 딱밤을 날렸다.

 "정신 차리고 똑바로 들어!"

 이번엔 엄한 고등학교 선생님처럼 말했다.

 "무조건 저승에 가야 해요?"

 학생처럼 손을 들어 질문하자, 그는 한숨을 내쉬며 말을 이어갔다.

 "하…가야만 해! 그게! 저~분이 정한 운명이야!"

 그는 손가락을 튕기며 위를 가리켰다.

 "운명대로 저승에 가지 않게 되면 이승에 돌아다니는 악귀들한테 먹힐 위험이 있어. 아니면 그들처럼 되거나."

 "악귀요?"

 "그래. 악귀. 자살한 영혼들에 불과했던 그들이 이승에 집착과 욕망으로 남아 인간의 운명을 끝내 부정하면서 악귀로 변해갔지. 그 결과 자신들과 같이

생(命)이 남아있는 영혼들을 잡아먹어야만 이승에 존재할 수 있는 불쌍한 존재가 되었지만….'

"잡아먹는다고요?"

"그래. 참고로 잡아먹히면 그 영혼은 소멸이야."

나는 잠시 경악했다.

"헐…그럼 그 영혼들은 잡아 먹히기 전에, 저승으로 바로 가면 안돼요?"

그는 검은 눈을 게슴츠레 뜨며 말했다.

"세상 돌아가는 건 이승이나 저승이나 비슷해."

그는 골똘히 생각하더니 말을 이었다.

"네가 타야 할 비행기가 저녁 7시 비행기로 예약되어 있는데, 네가 멋대로 2시간 일찍, 저녁 5시에 오면 어떻게 해야겠어?"

"2시간 기다려야죠 뭐."

"그치! 기다려야지! 근데 그냥 기다리고 있으면 무서운 아저씨들이 데리고 가요! 그래서 어떻게 한다?! 나처럼 잘생긴 아저씨가 안전한 공항대기실로 데리고 온다!"

"근데 예시랑 말이 조금 달라요! 속박된다면서요."

"음…사실 공항대기실로 끌고 가는 격이지….'

나는 다시 손을 들어 질문했다.

"근데 왜 자살한 영혼만 이 곳에 오는 거에요?"

"좋은 질문이야. 404호 잘 들어."

"모든 인간은 반드시 제 명(命)에 따라 살아. 신이 그걸 운명으로 정해 두었지."

그는 사뭇 진지한 표정으로 말을 이어갔다.

"하지만 신은 인간에게 「자살」이라는 선택지를 준 적이 없어. 오롯이 인간들 스스로가 선택한 거지. 그래서 저승엔 그런 영혼들의 자리가 당장에 없어. 이승에서 제 명(命)이 다해서, 저승에 자리가 생기는걸 기다릴 수밖에 없는 거지."

"그럼 여기가…? 그 대기실 같은 곳이에요?"

"응 맞아. 나는 인간이 자살하면 악귀들에게 잡아 먹히기전에 죽음빌라로 데리고 오고 있어. 그리고 때가 되면 저승으로 보내는 일을 하고 있지."

"오! 그러면 저승사자 같은 건가요?"

"읔! 됐고! 이제부터 하는 이야기가 본론이야!"

중개사님도 그렇고 그도 말이 참 많은 느낌이다.

"여기는 죽음빌라야. 자살한 영혼들이 오는 곳!"

"네. 그렇죠."

"근데 너는 왜 있는거야? 너는 죽었니? 살았니?"

"네?"

그렇다. 이곳 죽음빌라가 자살한 영혼들, 즉 죽은 사람들이 오는 곳 이라면 나는 이미 죽었다는 건가?

"어떻게 된 거예요? 전 분명 살아있는데? 아니 그 전에 저는 자살한 적이 없어요!"

"잘은 모르겠지만, 저승빌라는 너를 자살한 영혼으로 취급하고 여기를 만든 것 같아."

"뭐지 대체?"

"3주 전에 병원에 실려간 적 있었지?"

"맞아요."

"죽음 빌라는 자살할 영혼이 생기면 그 장소를 그대로 재현해줘. 그리고 너가 쓰러지던 날 404호가 생겨났지."

그는 자연스럽게 나를 가로질러 거실 장 왼쪽 서랍을 열었다. 그리곤 이미 한번 꺼내 본 것처럼 무언가를 꺼내었다.

"그게 왜 여기에?! 그건 제가 가지고 있는데?"

내 신분증이었다. 분명 집을 나올 때 내가 챙겼던 신분증이 그의 손에 들려있다.

"자살했을 시간 때의 장소가 그대로 재현된 거야."

그는 내 신분증을 나에게 건넸다. 그가 건넨 신분증과 내가 가지고 있는 현재의 신분증을 나란히 두고 비교했다. 나만 알고 있는 긁힌 흔적까지 일치한다. 더 이상 놀랄 일이 없다고 생각했지만 충격적이었다.

"나는 죽음 빌라에 죽을 장소가 재현되면 거기서 단서를 찾아. 그리고 자살한 영혼을 데리러 가지. 3주 전에도 어김없이 방이 재현되었고, 너를 찾으러 갔을 때 이미 병원에 실려가고 있더군."

그는 다시 한번 나를 가로질러 소파에 앉았다.

"너는 살아있지만, 결국 죽음빌라가 자살했다고 판단한 것 같아. 그 말은 너는 살아있기도 하지만 죽어있기도 하다는 뜻이야."

"그게 무슨 말이에요?"

어리숙한 표정으로 말하자 그가 당황했다.

"아….그러니까 이게 어떤 뜻이냐면, 너가 이승과 저승 사이에 있다는 뜻이야. 그동안 못 보던 세상을 볼 수 있게 되었고, 그 세상에 존재들도 너를 볼 수 있다는 뜻이야. 특히 악귀 같은 놈들."

분명 그는 악귀에게 잡아먹히면 소멸한다고 했다.

"악귀들이 저도 잡아먹을까요…?"

그는 주머니를 뒤적거리더니 낡은 볼펜 두개를 꺼내 들었다.

낡은 볼펜 촉 부분을 돌리며 몸과 심을 분리하더니

안에 들어있는 볼펜 심을 꺼내 들었다.

"자! 여기 볼펜에 몸은 육체이고 심은 영혼이야. 몸은 썩어서 땅으로 가고 영혼은 저승으로 떠나."

그는 볼펜 몸을 바닥에 내려두곤 볼펜 심을 들어 올렸다.

"이야기했다시피 악귀들은 떠도는 영혼들을 끝없이 먹어가면서, 이승에 표류할 수밖에 없어. 그 이유는 육체가 없기 때문이지."

그는 내려놓았던 또 다른 볼펜을 집어 들었다.

"이 볼펜은 너야. 볼펜의 몸과 심이 하나지. 그런데 만약에 몸이 없는 심이 너의 심을 잡아먹거나 밀어낸다면?"

그는 짝이 다른 볼펜 몸과 볼펜 심을 억지로 합쳐 보여줬다.

"육체가 없어 끝없이 영혼을 섭취해야 하는 악귀는 육체가 생겨 편법으로 이승에서 새로운 삶을 살게 되는 거지."

"네?… 뭐에요 그게? 무슨 GTA처럼 몸을 강탈한다는 거에요? 그러면 악귀들은 구태여 일찍이 죽어서 나돌아 다니는 영혼들을 먹을 것이 아니라, 사람들 몸을 강탈하면 되잖아요?"

그는 검지손가락을 좌우로 흔들며 아니라는 듯 말을 이었다.

"그러면 온 세상이 난리였겠지. 이승과 저승 그 사이 세상에 살고있는 악귀들은 같은 세상에 있는 것들만 간섭할 수 있어."

그에 이야기를 듣다 골똘히 생각에 빠졌다.

"설마 제가…「이승과 저승 사이」인지 뭔지 거기에 있어서 악귀들이 저를…?"

그는 손가락을 튕기며 말했다.

"정답! 악귀들은 널 볼 수 있고 너도 악귀들을 볼 수 있으니, 다들 너를 잡아먹고 이승에 나오려 안달나 있을 거야."

"그게 진짜에요…?"

"애석하게도 그게 사실이야."

"음…그래도 여기 있으면 안전한 건 맞죠?"

"어. 그건 보장할 수 있어."

"혹시 악귀들이 대낮에도 돌아다녀요?"

"아니 밤에만. 그들은 해에 노출되면 소멸해."

"아하! 그러면 저는 크게 상관없을 것 같은데요?"

"무슨 말이야?"

"여길 나가지만 않으면 악귀들 걱정은 없잖아요?"

"무슨 소리야. 넌 무섭지도 않아? 그리고 저녁 없는 삶이 뭘 뜻하는지 알아?"

그는 부모라도 된 것처럼 잔소리를 시작했다.

"좋아하는 사람이랑 근사하게 데이트하고, 친구들이랑 새벽까지 술도 마셔보고, 선선한 밤공기에 달빛 구경하면서 산책도 하고! 그래야 할 거 아니야?"

"…혹시 그쪽이 하고 싶은 거 아니고요?"

그는 찔렸는지 검은 눈을 동그랗게 떴다.

"그건 뭐…걱정 마요. 어차피 만나고 싶은 사람도, 친구도, 달밤에 하고 싶은 것도 없으니까. 그냥 저는…지금까지처럼…혼자가 좋아요. 그런 삶은 제 것이 아니거든요."

나도 모르게 말끝에 옅은 한숨이 새어 나왔다.

"404호. 사람은 사람 속에서 살아야 해. 저승이니, 악귀니 너와는 다른 세계에 숨어 살아봤자 좋을게 없어. 사람한테 상처받고, 사람 때문에 힘들어지는 것도 맞지만, 결국 사람 때문에 살아지기도 해."

"…"

그의 말이 무엇인지 잘 알고 있다.

나를 죽어가게 하는 사람들이 온 세상에 가득해도 나를 살아가게 하는 사람이 한 명만 있어도 괜찮다.

하지만 그 한 명은 이제 없다.

"그러면…나를 살게 하는 그 사람이 다…다 죽어버리면 어떻게 살아야 해요?"

"그…그건."

그는 말문이 막혔는지 쉽사리 대답하지 못했다.

"하…아니에요. 저승사자한테 별말을 다 하네요."

"404호. 너는 네 삶을 살아."

말문이 막혔던 그는 꿋꿋하게 말을 이었다.

"그냥 하는 말 아니야. 다행히도 이곳에서 벗어날 기회가 한 번 있어!"

"뭔데요?"

"올해 12월 12일 19시 30분, 이 세계에 특별한 개기일식이 한번 일어날 거야. 그날 죽음빌라의 속박에서 벗어나면 이 세계를 벗어날 수 있어!"

"속박에선 어떻게 벗어나는데요?"

"…사실 그건 몰라."

"뭐에요 그게. 난 또 다 아는 줄?"

"그래도 명심해. 만약 네가 속박에서 해방되는 방법을 못 찾고 개기일식을 놓치게 되면, 너는 죽을 때까지 죽음빌라에 갇혀 살아야 해."

"흐음…그건 그거대로 나쁘지 않은데요?"

예상과는 다른 반응이었는지 그의 검은 눈이 휘둥 그레졌다.

"너 제정신이야?"

"어쩌면 여기가 더 좋을 수도 있잖아요?"

"무슨 소리야?"

나는 거실 탁자에 놓여 있던 「죽음빌라 입주자 주의사항」서류에 내 이름을 적고 서명했다.

"바쁘다고 하지 않았어요? 이거 받아요."

그는 이해가 되지 않는다는 듯, 황당한 표정으로 나를 가만히 바라보았다.

"뭐야…너 대체?"

내가 갑작스럽게 상황을 마무리하려고 하자 그는 조심스럽게 서류를 가져가며 말했다.

"404호, 네가 무슨 생각인지 모르겠지만 네 생각대로 되진 않을 거야. 여긴 그리 호락호락한 곳이 아니거든."

"네 알겠습니다."

딱딱하게 대답하자 그는 답답한 듯 베란다 창가를 향했다.

"하…됐다. 바쁘니까 일단 가볼게. 내일 이 시간에 다시 이야기하자."

"뭘 또 와요!"

그는 내 말을 귓등으로 듣곤 베란다 창가에 다급히 뛰어 올랐다. 그리곤 순식간에 달빛이 쏟아지는 하늘 가운데로 사라졌다.

"저렇게 날아왔구나…."

아무렇지 않게 날아다니는…사람들.

아니…저승사자? 중개사는 뭐 하는 분이지?

그의 이야기를 종합해보면 석연찮은 점이 많다.

자살한 영혼들이 죽어서 저승에 올라가지 못하고 속박되어 머무는 죽음빌라 그리고 그곳을 관리하는 저승사자. 살아있지만 죽어있기도 한, 설명할 수 없는 내 존재와 나를 노리는 악귀들. 엄마의 옛친구라며 엄마에 비밀을 알고 있다는 중개사.

엄마가 돌아가시고 죽음빌라에 오기까지 말도 안되는 일들이 가득했다.

하지만 어렴풋이 생각했다.

어쩌면 이곳보다 현실 속에 말도 안 되는 것들이 가득했다고. 오히려 여기서 살아가는 것이 더 현실 같다고 말이다.

오늘도 한숨을 못 잤다. 어떻게든 자보려고 눈을 감아도 머리는 꺼지지 않는 엔진처럼 뜨거웠다.

온갖 생각이 출력되며 마음이 뒤숭숭했다. 정리할 수 없는 생각들이 머릿속을 헤집었다. 기어코 아침 해가 뜨는 것을 보고 졸음이 몰려오는 듯했지만, 이젠 몸이 깨어버려 정신만 피폐해진 기분이다.

"하아…."

한숨을 내쉬며 스마트폰을 열어보니 시간은 9시를 나타내고 있다.

[2023년 11월 30일 목요일 오전 9시]

모두 각자 본분에 맞게 자리로 돌아갈 시간이다.

[까악~까악~까악~]

시답잖은 생각에 잠긴 사이 까마귀가 베란다 창가에 앉아 인사하듯 울었다.

"안녕 까마귀…."

보통 새들은 무리 지어 어딘가 떠날 때인데 저 까마귀는 왜 여기 있는 걸까? 새들은 무리에서 벗어나면 생존확률이 급격히 낮아지기 때문에 늘 함께 날아다닌다고한다. 그런데도 그 무리를 벗어났다는 건 그 세계가 위협적으로 다가왔다는 뜻일 것 이다.

이상하게 동질감이 느껴지는 까마귀다.

베란다 창가에 들어서 까마귀를 자세히 들여다보니 양쪽 눈 색깔이 달랐다. 왼쪽 눈은 회색에 검은 눈동자를 가지고 있고, 오른쪽 눈은 파란색에 흰색 눈동자를 가지고 있었다.

"와…신기하다."

이곳저곳 유심히 관찰해보니 새들에게 쪼인 듯 몸 구석구석 상처가 나 있다.

아무래도 무리에서 다른 개체로 인식하고 공격을 당한 것 같다. 어쩌면 무리를 떠나 홀로 있는 것이 생존확률이 높다고 판단한 것일 수 있다.

이렇게 놓고 보면 까마귀나 인간이나 「우리」와 다른 것에 대한 「배척감」은 별반 다르지 않은 것 같다.

괜히 애잔해지는 까마귀다.

"이름이나 지어줄까?"

[까악-까악-]

"뭐지? 좋다는 건가?"

 정말 좋아하는 건진 알 수 없다. 하지만 우리 집 베란다 창가를 자기 집처럼 오고 가는 걸 보니 자주 볼 사이가 될 것 같다.

 "음….."

 어떤 이름이 좋을지 고민하다 파란 눈동자가 눈에 다시 들어왔다.

"라일라, 왠지 밤에 비치면 엄청 아름다울 것 같아!"

[까악--]

 까마귀는 이름이 마음에 든다는 건지 힘차게 울었다. 정말 좋아하는 것인지 알 순 없다.

"라일라, 나 앞으로 괜찮을까?"

 창문 너머 라일라에게 속삭이듯 말했다. 어제 찾아온 그에게 괜찮다고는 했지만, 사실 19살 학생이 덤덤하게 받아들일 만한 상황은 아니었다. 19살이면 아직 엄마에게 안겨 울어도 괜찮은 나이가 아닌가 싶은 마음이다.

 그저 이곳에서 아무것도 아닌 채로, 세상에서 열외

된 듯 조용히 있고 싶을 뿐이었다.

문득 라일라를 어루만져 보고 싶다는 생각에 조심스레 다가갔다. 베란다 창문을 열어 손가락을 가까이하자 라일라가 거부하는 듯 손가락을 쪼았다.

"앗! 따가!"

왠지 모르게 생각보다 아프고, 서글프게 느껴졌다.

"너도 참… 너도 친구없지?"

라일라가 알아들었는지 발톱을 내세웠다.

나는 놀란 나머지 급히 베란다 창문을 닫아버렸다.

라일라는 날카로운 발톱을 창문에 몇 번 부딪히다가 어딘가로 날아가버렸다.

"기분 나빴나보다… ."

라일라와 친해지기까지 생각보다 오랜 시간이 걸릴 것 같다. 베란다 창문을 다시 열어 창가에 기대자 어둑했을 때만 보았던 죽음빌라의 스산한 풍경과는 다르게, 조용한 마당에는 약간의 이슬이 내려앉아 풀잎과 흙을 촉촉이 적시고 있는 게 보였다.

"화분 좀 키워 볼까?"

혼자 사는 집이 너무 삭막하다고 느껴졌다.

"일단 대청소부터 해볼까."

오늘 하루를 어떻게 보내야할지 가닥이 잡히지 않

앉지만 계획하지 않았던 대청소는 이곳에서 살아가기 위해선 꼭 필요한 일이다. 그렇지 않으면 엄마와 함께 살았던 집에 그리움과 외로움이 가득한 이곳에 파묻혀 죽어버릴 것 같았다.

원래 살았던 집을 떠난이유이기도 했는데, 이곳을 와보니 다시 난감할 따름이다.

대청소는 순조로웠다. 집에서 엄마와 살고 있을 때도 엄마를 도와 청소를 자주 했었다. 엄마는 늘 집이 청결하고 정돈되어야 좋은 것들이 집에 들어온다며, 필요 없는 것들은 곧장 버리셨다. 그래야만 모든 일을 올바르게 할 수 있다고 하셨다.

도통 이해할 순 없었지만 그저 엄마와 함께하는 시간이 즐거웠다. 대청소를 마치고 나면 한결 산뜻해진 집안 공기를 만끽했었다. 그리곤 베란다에 마련해둔 간이 의자에 엄마와 나란히 앉아, 창밖을 바라보며 차를 마셨었다.

그랬던 대청소였는데… 오늘은 처음으로 혼자 대청소를 하게 되었다. 안방을 창고로 활용해 앞으로 혼자 사용할 가구를 제외하곤 엄마냄새가 풍기는 가구들을 밀어넣었다. 그리곤 집안 가구들의 배치를 미묘하게 틀어가며 새로운 집인 것처럼 연출했다.

평소보다 대청소는 오래 걸렸고 몇몇 가구를 정리하고 보니 집이 더 넓어 보였다. 집안 곳곳 햇살 사이로 먼지투성이가 흩날리는 게 보였고, 환기시키기 위해 열어둔 베란다 창문 너머로 화창하고 메마른 하늘이 유난히 선명해보였다. 그 와중에 고요함과 적적함이 함께 묻어나는 구름이 홀로 떠다니고 있다.

"오늘은 혼자인 애들이 많이 보이네."

[띠링-][2023년 11월 30일 목요일 오전 11시]

스마트폰 알람이 울렸다. 딱히 알림을 맞춰둔 것은 아니었다. 엄마 약 먹을 시간을 놓치지 않기 위해서 맞춰둔 알림인 것 같다.

매일 같이 약을 먹어야 하는 엄마와 함께 살았다 보니 생긴 버릇이다. 엄마의 컨디션이 좋지 않은 날엔 학교에 등교하자마자 조퇴하는 일이 종종 있었다. 그런 날이면 모두 열심히 달려갈 때 나 혼자 뒤돌아가는 듯한 기분이 들었다.

그런 기분을 달리기 위해서라도 엄마를 챙기고 다시 학교로 돌아갈 때면 적막한 단지 안을 일부러 빙 둘러 다녔다.

소소한 일탈감은 모두에게서 뒤처진 것이 아니라 자유로워진 것이라는 착각을 주었다.

어느 날엔 엄마를 챙기고 복도에 나온 찰나 문을 어정쩡하게 열어 복도를 좁게 하는 집이 보였다. 문의 호수 번호를 보니 「1004호」라고 적혀 있다. 저 문을 지나야 중앙 엘리베이터에 도착할 수 있는데 괜히 가로막힌 것 같은 불편함에 인상이 찌푸려졌다.

"에효."

지나며 집안을 들여다보자 연로한 할머니가 거실 바닥에 무릎을 괴고 앉아 복도를 빤히 바라보고 있다. 그녀는 놀랄 만큼 공허하면서도 슬픈 눈빛이다.

깊은 후회나 고독이라는 감각이 처음으로 피부에 와닿았다. 마치 돌아오지 않는 누군가를 기다리듯 하염없이 밖을 바라보고 있는 그녀의 모습에서 엄마의 모습이 겹쳐 보였다. 하지만 저렇게까지 어두컴컴하진않았다. 마치 찬란하게만 보였던 세계의 그늘진 이면을 마주한 것 같았다.

청소를 마무리하자 사뭇 새로운 집에 온 것 같은 상쾌한 기분이 들었다. 진작에 느껴야 했을 기분을 만끽했지만, 이상하게 적막한 것이 2% 부족한 느낌이 들었다.

"이제 화분을 들여볼까?"

그동안 식물을 키워본 적은 없었다. 금방 시들어 죽어버리는 식물 따위 곁에 두지 않는다. 하지만 누구나 그럴 때가 있다. 평소라면 절대 하지 않은 짓을 저질러보겠다며 나답지 않은 행동을 할 때가.

어제 다르고 오늘 다른 매일을 살아오며, 단 하루도 같은 날은 없었다.

바로 집을 나서자 문득 102호가 떠올랐다. 그와 같은 존재가 이런 대낮에도 있을까 싶지만 조심해서 나쁠 건 없었다. 이곳은 어떤 일이 일어나도 이상하지 않은 곳 이다.

햇살을 등진 채 차가운 아침 공기를 가르며, 조심스럽게 걸었다. 404호에서 401호까지 10걸음 정도에 거리지만 한 없이 멀게만 느껴졌다. 나는 깊게 숨을 들이쉬고 빠르게 401호를 지나 건물에 내려가는 계단 앞에 도달했다. 그리곤 참았던 숨을 내쉬며 마른 침을 삼켰다.

[후우…][꿀꺽]

"이게 뭐하는 건지…."

이런 대낮에 혼자 생쇼를 하고 있는게 스스로 황당했지만, 그 소름끼치는 모습이 잊혀지지 않았다.

칠흑같은 검은 눈동자, 기괴한 목소리와 용모는 공

포 그 자체였다. 아마도 나를 제외하고 여기 주민들은 모두 귀신일 것이다.

대낮임에도 불구하고 마치 사주를 경계하듯 벽을 짚어가며 계단을 한칸한칸 사뿐히 즈려 밟았다. 이내 1층과 2층 사이 중간계단에 다다르자 102호가 보이기 시작했다. 굳건히 닫혀있는 문이 언제든 벌컥 열리는 상상이 머릿속에 가득했다. 설마 문을 벌컥 열고 뛰어나오진 않을 것이라고 믿으며 조심스럽게 한발한발 내딛었다. 화분을 만들기 위해 챙긴 모종삽과 빈 화분은 나를 지켜줄 칼과 방패라도 되는 것처럼 102호를 향해 있었다.

"잠깐… 내가 이렇게까지 무서워해야해?"

문득 내 모습이 한심한 것 같아 자세를 고쳐잡았다.

"그래… 그래 봤자 귀신이잖아!"

순간의 패기는 바람 앞에 등불과도 같다는 것을 그 땐 몰랐다.

[끼이익-텅!!]

102호에 굳건했던 철문이 참아왔던 숨을 갑자기 뱉어내듯 순식간에 열렸다.

어느새 나는 벽과 한 몸이 되었고 스스로도 알 수 없는 방언들이 쏟아져 나왔다.

"꺄아으우으어버버버"

 내가 기괴한 방언을 쏟아내는 사이 102호의 어두운 어둠 속에서 누군가 앓는 소리가 들려왔다.

 "끄으으으으으응 흡! 후오오오- 어우 피곤해."

 102호 아니⋯저승사자가 기지개를 캐며 복도 창가로 나왔다.

 "저⋯승사자?"

 "음?"

 그는 벽과 하나가될 듯 달라 붙은 나를 발견했다.

 "404호? 거기서 뭐해?"

 "당신이 왜 거기서 나와요?"

 "내 집이니까."

 "그럴 리가 없어요! 거기 엄청 기괴하고 이상한 아저씨 귀신이 있었다고요!"

 "이 자식⋯대놓고 그런 실례되는 말을."

 "네⋯? 그 아저씨가 당신이라고요?"

 "으⋯아저씨라니 또 실례되는 말을."

 "그럼 그때 왜 그렇게 무섭게 소리 질렀어요?"

 "졸려 죽겠는데 출근하라고 깨우는지 알았지!"

 "하⋯어이가 없네⋯."

 황당함에 온몸에 힘이 풀렸고 들고 있던 모종삽과

빈 화분이 바닥에 굴러 떨어졌다.

"뭐야 그건?"

"알아서 뭐 하게요."

"이런 싸가지…따라와."

그는 눈곱도 떼지 않은 채 1층 현관을 지나 빌라 뒤편을 향했다. 그에 뒤를 따라 빌라 뒤편에 도착하자 숲과 빌라를 사이에 두고 햇빛이 잘 드는 마당이 보였다.

"여기 흙 퍼다 써."

"와…이런 곳이 있었네요."

한쪽에 쌓인 흙더미에서 흙을 한 움큼 집어 들고, 주변을 둘러보았다. 음습하고 어두운 분위기와 달리, 신선한 아침 공기와 이슬이 맺힌 자연의 모습이 마치 또 다른 세계처럼 느껴졌다.

"그래서 뭘 키울려고?"

"모르겠어요. 그냥 아무거나?"

"이런… "

흙을 마저 퍼 담고 자리에서 일어나며 말했다.

"근데 아저씨는 이름이 뭐에요?"

"아저씨 아니라니까… ."

"그래서 이름이 뭐에요!"

"태…."

그는 갑자기 쑥스러운 듯 말을 흐렸다.

"네? 뭐라고요?"

"태양. 내 이름은 「태양」이야 그래서 너는?"

"저는 「김겨울」이요"

"호오…태양과 겨울이라 뭔가 비슷하네. 혹시 봄, 여름,가을,겨울 말할 때 그 「겨울」인건가?"

그는 검은 눈을 동그랗게 떴다.

"너는 어때, 네 이름?"

"제 이름이요? 별생각 없는데요?"

"그래? 나는 네 이름 괜찮다고 생각해."

"무슨 뜻인지 알고요?"

그는 하늘을 올려다보았다.

"무슨 뜻인지 뭐가 중요한가? 어떤 이름이건 누군가 잊지 않고 기억해주면 그걸로 의미있는거야."

"….."

그는 눈이 부시지도 않는지 뜨거운 태양을 똑바로 바라보며 말을 이었다.

"이름은 사람이 홀로 존재할 수 없다는 증거야."

"네?"

엄마에게 내 이름 뜻을 물어본 적이 있었다. 이름은

한글 이름이라 말 그대로 계절인 「겨울」을 뜻한다고 했었다. 그러곤 그게 뭐가 중요하냐며 웃어보이던 엄마의 표정이 아직 선명하게 떠오른다.

"나는 이제 가본다."

그는 오늘 출근해야 할 일이 생겼다며 아침 일찍 일어났다고 했다. 저승사자에게 할 일이 생겼다면 좋은 일은 아닐 것이라는 예감이 든다.

흙을 조심스레 화분에 담은 후, 집 안에서 가장 환하고 따뜻한 창가로 옮겼다. 죽음빌라 마당에서 가져온 식물은 이름 모를 야생화였다.

파묻힌 모래 밑에 콘크리트 바닥이 있었는데, 그 작은 틈새를 비집고 꿋꿋하게 자라난 야생화가 대단해 보였다. 야생화를 창가에 자리 잡게 하고, 그 앞에 서서 잠시 야생화를 바라보았다.

어디서 어떻게 흘러와 이곳에 뿌리를 박았는지 모를 이 아이는 틈도 보이지 않는 아스팔트 바닥을 뚫고 올라와 누구 못지않게 푸릇푸릇했다. 모진 환경에도 올곧고 바르게 자란 아이를 보는 것 같아 가슴이 뭉클했다. 단단한 벽돌을 비집어 뚫고 올라오기 위해 얼마나 애를 쓴걸지 알 수 없지만 세상을 보기 위해 꿋꿋하게 솟아올라온 이 아이에게 세상은 따뜻한 햇살, 선선한 바람 그리고 맑은 비로 반겨주었을 것이다. 이런 야생화가 꺽이고 시든 모습은 보기 싫을 것 같다.

 집 정리를 마치고 난 후 갑자기 피곤이 쏟아졌다. 내리쬐는 햇살을 이불 삼아 푹신한 소파에 누웠을 때 느껴지는 푹신함은 모든 걱정들을 잠시 내려놓아도 된다며 속삭이는 것 같았다. 동시에 눈꺼풀이 천근만근 무겁게 느껴지며 주변이 흐릿해져갔다.
 "그래…이…렇게 살아도…괜찮…겠어… ."

[오싹]
 오싹한 기운에 물을 끼얹은 듯 정신이 번뜩였다. 해는 이미 저물어가며 스산한 기운이 베란다 창가를 비집고 들어와 거실 바닥을 시리게했다.
 "몇시지?"
[2023년 11월 30일 목요일 오후 7시]
 깜빡 잠이 들었다. 오늘 하루가 눈 깜빡할 새에 지나간 기분이 들었다.
 "오늘 하루가 그냥…끝나버렸네."
 무언가 굶주린 것처럼 가슴속이 텅텅 빈 느낌은 뭐라도 해야 할 것 같은 조급함으로 채워졌다. 그렇다고 무언가 할것이 있는 건 아니었다. 나는 무작정 복도를 나와 생각했다.

"산책이나 해볼까."

아직 죽음빌라에 온 이후로 주변을 둘러본 적이 없었다. 집에 들어가 모자만 눌러쓴 채 복도에 다시 나왔다. 복도 창가에 기대어 죽음빌라를 둘러싸고 있는 숲을 하염없이 바라보았다.

"흐음…여기는 공기가 좋네."

숲속에 스산한 기운이 감돌기 시작했는지 옅은 산안개가 주변을 메워가고 있었다.

[번쩍]

멍하니 숲속을 바라보고 있던 찰나 어디선가 희미한 불빛이 숲속을 비췄다.

"음?"

복도 창가에 머리를 내밀어 두리번거리자 바로 아래층인에서 희미한 불빛이 세어 나오고 있었다.

"어? 저기는?"

아직까지 3층을 가본 적이 없어서 어떤 일이 일어날지 예상할 수 없다. 무서운 귀신이라도 있는 건 아닐까 걱정되지만, 태양씨처럼 예민한 귀신만 아니라면 나쁘지 않을 것 같다.

조심스레 발걸음을 옮겨 3층에 도착하자 불빛의 근원지로 보이는 302호의 문 틈새 사이에서 무언가 뿜어져 나오는 것이 보였다.

내가 다가서자 반짝이는 먼지와도 같은 빛의 알갱이들이 순식간에 사그러들었다.

"인사라도 드려볼까."

302호 현관 문앞에 도착하자 기다렸다는 듯 문이 천천히 열렸다. 문은 완전히 열리지 않고 바람결에 열린 듯 손바닥 한 뼘 만큼 열렸다.

"문을 열어 둔 건가?"

저절로 열린 문틈 사이로 보이는 집안의 모습은 차갑고 무거운 기운이 감돌고 있었다. 문을 조금 더 열어보자 집에서 넘쳐흐르는 한기가 내 뺨을 스쳐갔다. 동시에 커튼이 흩날렸고, 그 사이로 달빛이 집안 풍경을 은은하게 비추었다. 거실 탁자엔 다 먹은 듯 찌그러뜨린 캔맥주가 널브러져 있다. 앞에 놓인 TV엔 화면조정구간의 RGB화면이 나오고 있다.

이 공간의 첫인상은 굉장히 고독한 누군가의 시간을 마주하는 듯 쓸쓸함이 전해졌다. 거실엔 환기를 잘 안 시키는 건지 텁텁한 먼지가 가득했다.

"왠지 우리 집이랑 구조가 같은 것 같은데…."

혼자 중얼거리며, 서서히 안으로 들어섰다. 하지만 아무도 없는 건지 고요한 적막함만 흘렀다.

"이 집…정말 우리 집과 비슷해."

주인도 없는 집에 있을 순 없었다.

"에휴…가자."

오지랖은 여기까지라고 생각하며 302호를 나서려던 순간 TV 옆에 놓인 액자가 하나 눈에 들어왔다.

그리고 나는 경악할 수 밖에 없었다.

분명히 죽음빌라는 자살하게 될 영혼이 생기면 그 공간을 재현한다고 했다. 새로운 주민이 오기 전에 그들의 공간을 재현하는 것이다. 죽음빌라가 302호에 재현한 이 장소는 누군가 곧 자살할 예정이라는 뜻이란 것이 불현 듯 떠올랐다.

불길한 예감을 뒤로 한 채 액자를 집어들자 그 사진 속엔 내가 알고 있는 그 사람이 있었다.

"유, 유현씨?"

바로 유현씨였다! 사진 속엔 할머니로 보이는 사람과 유현씨가 함께 나란히 앉아 웃고 있었다.

불안한 예감이 가슴에 날카롭게 박힌 것 같은 고통에 액자를 쥐어 잡은 두손이 떨려오기 시작했다.

"어째서 유현 씨가…여기에?"

사진 속 어린 시절 유현씨의 모습은 어느 때와도 비교할 수 없이 밝은 표정으로 웃고 있었다. 잠깐이지만 내가 봐왔던 슬픔, 피로, 무기력함이 담긴 눈동자는 보이지 않았다. 굉장히 자연스럽고 아름다운 모습이었다. 그랬던 그가 왜 이곳에 오게 될 예정인지, 스스로 자살을 선택하게 될 예정인지 이해가 되지 않았다.

하지만 지금은 그런 게 문제가 아니다. 아직 유현씨가 이곳에 없다는 건, 그가 살아있다는 뜻일 것이다.

나는 바로 스마트폰을 꺼내 들어 유현씨에게 전화를 걸었다.

[뚜르르…]

역시 전화를 받지 않는다. 이어서 112에 전화를 걸었다.

[뚜르르…]

"네 XX서입니다."

"여보세요, 경찰서죠?"

떨리는 목소리를 가다듬어 말했다.

"여보세요, 경찰서입니다. 무슨 일이신가요?"

수화기 너머로 차분한 목소리가 들려왔다.

"친구가 자살을 시도하려고 하는 것 같아요. 주소

는 XXX아파트 1006호에요!"

나는 간절하게 외쳤다.

"잠시만요, 친구분의 이름이 어떻게 되시죠?"

"유현이요. 지금 전화도 안 받고 어떻게 된 건지 알 수가 없어요!"

경찰관은 잠시 머뭇거리다 의심스러운 듯이 물었다.

"잠시만요. 신고해주신 분은⋯친구분이 자살한다는 걸 어떻게 아시죠?"

"네?!"

충분히 의심할 수 있었다.

문제는 죽음빌라에 대한 이야기를 떠들면 분명 장난 전화라고 생각할 것이다.

"그⋯그게.."

"혹시 지금 장난전화 하시는 건 아니죠?"

경찰관의 질문에 나는 놀라서 말문이 막혔다.

"장난전화라뇨? 지금 사람이 죽으려고 한다고요! 이게 장난 같나요?"

경찰관의 의심스러운 태도에 답답함을 느꼈다.

"요즘 이런 전화가 많이 와서요. 친구 분이 자살을 시도하는지 확인할 수 있는 방법이 있을까요?"

경찰관은 여전히 의심스러운 태도로 물었다.

"제가 당장 확인할 수 있는 방법은 없지만…제발…제발 믿어주세요."

나는 얼굴도 모르는 경찰관에게 수화기 너머로 간절하게 호소했다. 경찰관은 잠시 고민하더니 말을 이었다.

"알겠습니다. 현재 친구분의 정확한 위치와 상황을 알려주실 수 있나요?"

경찰관은 말을 되풀이하듯 차분하게 다시 물었다.

"XXX아파트 1006호, 이름은 최유현이고 현재 어떤 상황인지는 알 수 없어요! 제발, 시간이 없다고요!"

나는 거의 절규하다시피 이야기했다.

"신고는 접수되었고, 순찰차를 보내도록 하겠습니다. 하지만 출동 가능한 인원이 제한적이라…."

경찰관의 목소리는 냉정했다.

"그게 무슨 소리죠? 지금 사람이 죽으려고 한다니까요! 절차 따지다가 늦으면 어쩌려고요!"

나는 속이 터질 것 같았다.

"알겠습니다. 최선을 다해 빠르게 출동하도록 하겠습니다. 조금만 기다려 주세요."

경찰관은 마지못해 대답했다.

"기다리라니요! 지금 누군가 죽으려고 한다고요!"

알 수 없는 분노가 턱 밑까지 차올랐다. 그러자 경찰관은 옅은 한숨을 내쉬며 대답했다.

"후우…지금 다른 신고를 처리 중이라 바로 출동하기 어렵습니다. 최선을 다하겠으니, 조금만 더 기다려 주세요."

그 말을 끝으로 어떤 말도 할 수 없었다.

내가 실수를 했다는 생각이 들 정도로 어이가 없어 주먹이 꽉 쥐어졌다. 결국 유현씨가 나를 구해주었듯이 직접 가야만 할 것 같다. 앞길이 가로막힌 듯 막막하지만 일단 가야만 한다. 곧장 문을 박차고 빌라를 빠져나왔다. 밖을 나오자 해를 바꿔치기 한 듯 하늘 위로 우뚝 더 있는 달이 눈에 먼저 들어왔다.

"잠깐만…설마"

―

[죽음빌라 입주자 주의사항]
둘째. 해가 진 후 숲으로 나가면 이승과 저승 사이
       에서 영원히 길을 잃는다.

―

해는 이미 완전히 지고 안 보인다. 그리고 숲속은 한점의 달빛도 허용하지 않는 듯 어두컴컴했다.

지금 나간다면 저 숲속에서 영원히 길을 잃을 수도

있을 것 같다. 빌라를 에워싸고 있는 철책 가운데 정문 앞에 도착했다. 문을 열어보려 손을 가까이하자 만질 수 없는 벽이 거부하듯 가까이할 수 없었다.

"뭐야 왜 안 만져져?!"

"그럴 것 같아서 막아놨어요."

누군가 뒤에서 덤덤히 말을 꺼냈다.

"중개사?"

뒤를 돌아보자 중개사가 나를 갸우뚱 보고 있었다.

"열어줘요. 저 지금 나가야 해요."

"죽음빌라에 규율은 절대적이에요. 아무리 겨울양이라도 어겨선 안 돼요."

"그렇다고 사람이 죽는 걸 두고 볼 순 없어요!"

그는 자신의 품에서 내가 사인한 「죽음빌라 입주자 주의사항」 서류를 꺼내 들며 말했다.

"죽음빌라의 규율을 잊은 건가요? 지금 나가도 그 사람한테 갈 수 없어요. 오히려 숲속에서 영원히 길을 잃을 뿐이에요."

나는 그 자리에 주저앉아 말했다.

"정말…정말 방법이 없는 건가요?"

"애석하지만 아침 해가 뜨기를 기다릴 수 밖에요."

"말도 안돼! 당신이라면…당신이라면 뭐든지 할 수

있죠? 그렇죠?"

 나는 신에게 구걸하듯 그에게 다가가 말했다. 그러자 내가 다가간 만큼 뒷걸음질 치며 그가 대답했다.

 "제가 무엇이든 할 수 있는 신이라도 되는 것처럼 말씀하시는군요. 뭐…제가 할 수 있는 게 많긴 합니다만… ."

 그는 갑자기 말끝을 흐렸다.

 "그럼! 유현씨 좀 구해주세요! 그 정도는 할 수 있잖아요?! 하다못해 구급차라도 유현씨집으로 보내주세요. 제발요."

 나는 점점 빌다시피 말하기 시작했다. 내 곁에 있던 사람들이 죽어가는 건 더 이상 볼 자신이 없다. 나에겐 그것보다 더 고통스러운 지옥은 없을 것이다.

 그는 고민하더니 게슴츠레 눈을 떠 보였다.

 "그래요. 그러죠. 대신 그를 살릴 수 있다고 단정할 순 없어요. "

 나는 망설일 기미 없이 대답했다.

 "좋아요! 뭐든 상관없어요! 당장 구급차만이라도 불러주세요!"

 그는 고개를 끄덕이고 마법 판타지에서나 나올법한 자세로 한 손을 하늘로 뻗었다. 그러곤 집중하는 듯 눈을 감았다가 몇초 지나지 않아 들었던 손을 내리며 말했다.

"그 인간의 생사는 내일 확인해 보시길."

그가 무엇을 한 것인지 알 수 없었지만 믿어볼 수 밖에 없었다.

"그럼 이만."

그는 볼일이 끝났는지 어느새 아득히 먼 하늘로 올라가 달빛 속으로 사라졌다. 이제 내가 할 수 있는 건 해가 뜨길 기다리며 유현씨가 무사하길 기도할 수 밖에 없다.

102호에게 또 다른 도움을 부탁해 볼까 했지만, 일하러 나갔는지 보이지 않았다. 그는 분명 자살한 영혼을 죽음빌라로 데리고 오는 일을 한다고 했었다.

혹시나 출근할 일이 생겼다는 게 유현씨 일은 아니길 바래야만 했다.

소파에 들어누워 천장을 바라보니 태양씨에게 이끌려 죽음빌라에 들어오는 유현씨의 모습이 상상되었다. 그리곤 결국 아무것도 하지 못했다는 무기력함과 불안함에 짜증이 밀려왔다.

"젠장…젠장…."

역시나 그랬다.누군가를 알게 된다는 건 또 다른

고통을 마주하는 것이었다. 뜨거운 한숨이 턱끝까지 차오기를 계속 반복하며 가슴 한켠에 무언가 차오르는 것을 느꼈다.

그것은…후회였다.

어느새 날이 밝았다. 마음이 놓여지지 않아 뜬눈으로 밤을 지새웠다. 역시 유현씨는 전화를 받지 않았고 결국 그의 집으로 발걸음을 옮길 수밖에 없었다.

집을 나오다 현관 거울에 비친 내 초라한 꼴은 며칠 밤을 지새운 티가 역력했다.

하지만 나는 가야만 했다. 빌라를 빠져나와 철책 문 앞까지 뛰어가 어제처럼 보이지 않는 벽이 있는지 손을 내밀어 보았다.

[끼이이이익-]

다행히 그 벽은 사라졌고 철문은 보란 듯이 열렸다. 산을 내려가며 일전에 기사님이 주신 명함을 지갑에서 꺼내 들었다. 수신음이 몇 번 오가는 사이 숨은 점점 가쁘게 쉬어졌다.

"네 콜택시입니다."

"여보세요. 기사님이시죠! xx동 가려고 하는데 빨리 와 주실 수 있으세요?"

"네~ 저번에 내려드린 곳으로 갈게요~!"

택시를 기다리는 매 순간 양쪽 발은 쉬지 않고 동동 거렸다. 머릿속엔 최악의 상상으로 가득했다. 마음이 점점 급해지던 와중 그 마음을 알았다는 듯 택시가 도착했다.

"반가워요~ 학생!"

기사님이 넉살 좋게 인사했짐만 반갑게 인사나눌 겨를이 없었다.

"빨리 가주세요. 제발요."

두서없이 뚜렷하게 말하자, 분위기를 파악하려는 듯 백미러를 통해 나를 바라보았다. 나와 눈이 마주친 그는 더 이상의 불필요한 대화를 접어두고 곧장 엑셀을 밟았다.

택시는 금세 외진 시골길을 벗어나 무수히 많은 자동차가 스쳐가는 큰 도로에 들어섰다.

문득 어제 어떻게든 나왔어야 했다는 생각과 함께 지금 상황에 대한 의문이 머릿속을 스쳐갔다.

유현씨는 왜 그런 선택을 하려고 하는 걸까? 간혹 겉으로는 아무렇지 않아 보여도 속은 썩어 문드러진 사람들이 있다. 겉으로는 알 수 없었지만 속은 달랐던 걸까? 내가 지금 달려 간다고 해서 뭐가 달라질

까하며 오만가지 생각이 들었다.

"후우-"

한숨을 밖으로 내뱉자 내 얼굴 위로 강렬히 타오르는 햇빛이 내비쳤다.

잠시 후 택시는 내가 살던 예전 집에 도착했다.

나는 지갑에서 쥐어지는 대로 현금을 꺼내들었다. 그리고 인사할 겨를도 없이 택시를 뛰어나왔다.

여전히 고요하고 적막한 단지는 아무일도 없다는 듯 조용했다. 아파트에 들어서자 엘리베이터는 세월아 네월아 오르 내리고 있고 각층마다 멈춰서는지 내려올 기미가 보이지 않았다. 느릿한 엘리베이터를 보다 못해 비상계단으로 발을 옮겼다.

첫 계단을 내뛰며 들이쉬었던 숨을 마지막 계단에서 내쉬자 가슴 속 폐가 생생하게 느껴질 정도로 숨이 가쁘게 쉬어졌다. 처음이었다. 이렇게 뛰어본 것은.

숨을 잠시 고르고 복도에 들어서자 알 수 없는 불안감과 함께 적막한 분위기가 귓등을 스쳐갔다.

"유현씨! 유현씨! 문 열어주세요!"

"..."

현관을 인정사정없이 두드렸지만 아무런 대답도 돌아 오지 않았다. 그럼에도 더 세게 두드리며 외쳤다.

"제발…유현씨!"

 열리지 않는 굳건한 문은 나를 전전긍긍하게 만들었다.지금 이 순간에도 사선을 넘나들고 있을 유현씨에 얼굴이 상상되었다.

"하아…어쩌지."

그때였다.

누군가 복도 끝에서 걸어오는 기척이 느껴졌다.

"저기…무슨 일이세요?"

돌아보니 단정히 차려입은 30대 중년여성이 서 있다.

"유현씨를 만나러 왔어요. 급한 일이 있어서요."

나도 모르게 둘러대듯이 대답했다.

"혹시 유현씨 지인분이신걸까요?"

"네 맞아요."

"안녕하세요 저는 유현씨 직장동료에요."

 직장동료라고 말하는 그녀는 억지로 웃어 보이곤 고개 떨구며 말을 이었다.

"유현씨는 지금 집에 없어요…."

"네? 그럼요? 지금 어디에 있어요?"

그녀는 눈물을 훔치는 듯 고개를 들지 못했다.

"유현씨…어제 세상을 떠나셨어요. 지금은 장례를 치르고 있어요."

"거짓말이죠…? 그렇죠?"

"저도 오늘 아침에 출근하면서 알게 된 거라…자세히는 모르지만, 듣기론 어젯밤….."

"혹시 구…구급차는 오지 않았나요?"

"도착했을 땐 이미 늦었다고 해요."

그녀는 울먹이며 말을 이었다.

"몇 년을 같이 일했는데…유현씨가 왜 그런건지 모르겠어요. 유현씨가 어째서…흐윽."

유현씨의 자살 소식은 주변 사람들에게도 의외의 충격을 준 것 같았다. 그녀는 잠시 울음을 삼키며 주머니에서 명함을 꺼내 들었다.

"이거 제 명함인데 받아주세요. 연락 주시면 유현씨 장례식 안내문자 보내드릴게요. 유현씨 장례를 치러 줄 가족이 없어서 회사에서 진행하기로 했거든요."

유현씨는 가족 없이 홀로 살았나 보다. 어떤 사연인지 가늠할 수 없지만 앞으로 혼자 살아가야 하는 나에게 그의 소식은 충격적으로 다가왔다.

내게 놓여진 결말이 이렇게 될 수도 있겠다는 이기적인 두려움이 몰려왔다.

"웁!"

그 순간 속에서 무언가 뒤틀린 듯한 느낌이 들며 헛

구역질이 올라오기 시작했다.

"괜,괜찮으세요?"

놀란 그녀는 어쩔줄 몰라하고 있다.

나는 그를 구할 수 있었다. 하지만 그를 구하지 못했고 그녀 앞에 떳떳이 서 있을 수 없었다. 점점 머리가 쥐어짜여지듯 아려오고 도저히 그 자리에 있을 수 없었다. 눈앞이 흐리고 숨이 잘 쉬어지지 않았다.

마치 시간이 느리게 흐르는 것처럼 주변의 소리가 희미해졌다.

순간 등이 뜨겁게 타오르는 듯한 느낌이 들었다. 뒤돌아보자 어느새 그 현장을 빠져나와 뜨거운 햇살 아래 홀로 서 있었다.

정신이 차려지자 헛구역질이 나오기 시작했다. 이내 길가에 역겨운 마음을 쏟아내듯 토해냈다.

속을 모두 게워낼 때 쯤 유현씨가 남겼던 쪽지 말이 떠올랐다.

[추신 : 겨울씨는 혼자가 아닙니다]

그 순간 알 수 있었다. 그 말은 유현씨가 분명 스스로가 혼자라고 생각하기 때문에 도리어 전해줄 수 있는 슬픈 위로의 말이었다.

그 말은 스스로를 위로하듯 내게 건넨 말이었다.

누군가의 아픔을 들여다 본다는 것은 자신의 아픔도 들여다 주길 바라는 신호일지도 모른다.

그에 죽음으로 미숙한 민낯이 드러나는 것 같았다. 지금 내가 느끼는 감정이 이기적인 혐오감인지 유현씨를 죽게 내버려 두었다는 죄책감인지 구분할 수 없다. 이 상태로 유현씨 장례식은 고사하고 죽음빌라에서 그를 마주할 자신이 없다. 하지만 애석하게도 돌아갈 곳은 죽음빌라 밖에 없다.

단지를 빠져나와 버스를 타고 나왔던 그 길로 다시 돌아갔다. 처음엔 노선을 착각해 조금 돌아갔지만, 망설임의 깊이 만큼 더욱 돌아가야할 것 같다.

돌아가면 유현씨를 마주해야 한다는 사실은 화창한 하늘을 똑바로 바라볼 수 없게 했다.

선선한 시골의 풀내음이 버스 창문을 비집고 답답한 마음을 관통했다. 네모난 버스가 시골의 거친 아스팔트 길에 덜컹거릴 때마다 보지도 못한 유현씨의 마지막 모습이 자꾸만 상상되었다. 상상 속에 그가 겉으론 괜찮은 척 애써 미소 짓는 게 미련하게만 느껴졌다.

[덜컹…덜컹……덜컹]

[2023년 11월 30일 목요일 오후 3시 52분]

시간을 확인해보니 오후 4시가 다 되어갔다.

결국은 돌고 돌아 느즈막하게 정류장에 도착했다.

버스에서 내리자 편의점 할머니가 오늘도 가을물이 적당히 물든 소나무 그늘 아래 앉아 있다. 그녀는 평상에 무릎을 괴고 쪼그려 앉아 빨간 바구니 안에 손을 주물럭 거리며 반찬거리를 만들고 있는 듯 했다.

조용히 지나가려 했지만 인기척을 느낀 건지 어느새 곁눈질로 나를 쳐다보고 있었다.

"안녕하세요."

"홀홀홀홀. 저번엔 성난 고구마 같더니, 오늘은 풀죽은 콩나물 같네."

그녀는 나를 보며 놀리듯 말했다.

"성난 고구마…풀죽은 콩나물이라뇨…."

"차라리 세상을 미워해 요 녀석아."

그녀는 갑자기 주물럭거리던 정체 모를 반찬거리를 앞으로 내세워 흔들었다.

"그래봤자 뭐해요. 어차피 변하는 건 없잖아요."

그녀는 답답하다는 듯 한숨을 내쉬었다

"쯧쯧…이래서 요즘 것들은 안된다니까! 에휴휴."

"아휴…저 가볼게요."

머릿속에 돌덩이가 들어앉은 것 같았다. 피곤함에

자리를 떠나려 하자 그녀가 말했다.

"너 잘못아니여."

발걸음을 멈춰 말없이 그녀를 돌아보았다.

"너 얼굴에 딱~써 있어! 세상 모든 일이 너 때문이라고 생각해야 맘이 편한겨?"

나도 모르게 주먹을 쥐어잡았다.

"그럼 제 탓이지 누구 탓을 해요?"

그녀는 고개를 절레절레 저으며 대답했다.

"네 탓 아니여. 너무 자책하지말어. 그 누구도 네 탓이길 바라진 않을 것 이여."

옅은 미소를 품고 있는 그녀의 모습에서 엄마가 겹쳐 보였다.

"할머니."

"오야~."

"할머니는 소중한 사람들이 곁을 떠나면 어떻게 했어요?"

그녀는 놀란 듯 눈을 동그랗게 떠보였고 무언가 이해했다는 듯 고개를 기울였다.

"에고…가여운 것."

그리곤 잠시동안 나를 유심히 바라보았다.

"세상에 아주 너 혼자인줄 알겠구나. 에고고."

"네?"

"너는 사람이 언제 죽는다고 생각하니?"

뜬금없는 질문에 그녀를 쳐다보자 자욱한 주름이 그늘진 얼굴에 가득했다.

"나이가 많이 들거나…아플 때요."

내가 덤덤히 대답하자 그녀는 숨을 깊게 내쉬고 잠시 눈을 감았다.

"사람은 잊혀지면 그때 비로소 죽는거라는 이야기…들어봤니?"

이해할 수 없는 이야기에 미간이 찌푸려졌다.

"네? 아니요?"

"나이들고 아파서 죽는다고 그게 끝은 아니란다."

"무슨소리에요?"

내가 따지듯 묻자 그녀는 편의점을 바라보며 대답했다.

"다~떠나고 여기 혼자 남겨졌다고 생각했을 땐 모든게 무서웠는데, 떠난 사람들이 남겨놓고간 것들을 보고있자면 곧장 마음이 편안해졌지."

그 순간 바람이 세차게 불더니 무수히 많은 낙엽이 편의점 앞에 유유히 떨어지기 시작했다.

"그러면 어떻게 하셨다는거에요?"

"하긴 뭘 했겠니. 그저 슬프면 슬퍼하고 그리우면 그리워했지. 이건 아주 자연스러운거란다. 예전엔 몰랐지만."

"…"

고개를 갸우뚱하자 그녀가 말을 이었다.

"억지로 무언가 받아들이라는 충고가 아니라…나는 단지…곁에 모두가 없다고해서, 너를 떠난게 아니라는 말을 해주고 싶었단다."

이해할수 없는 말들 투성이었지만 그녀의 눈빛에서 어떤 마음을 전하고 싶은지 어렴풋이 느껴졌다.

"우리는 홀로 있을 수 없는 법이란다."

복잡하던 마음이 차분해지는 것을 느꼈다. 편의점 앞에 널부러져 있던 낙엽은 쌀쌀한 바람과 함께 다시 한번 흩날렸다.

"아직은 잘 모르겠지만…감사합니다. 좋은 말씀해 주셔서…."

소나무 그늘 사이로 듬성듬성 내리쬐는 햇빛이 할머니의 얼굴을 뚜렷하게 비췄다. 그런 할머니는 햇살을 머금은 표정으로 말했다.

"오야~."

　11월 끝자락, 선선한 공기가 산기슭에 내리쬐는 햇빛과 오묘하게 어우러져 청명한 풍경을 자아냈다.
　구름 한 점 없는 하늘을 올려다보자 연거푸 한숨이 나왔다. 혼잡스런운 마음을 주머니 속으로 꾸겨 넣고 싶었다. 하지만 마음 정리는 종이 접듯 간단하지 않다. 저 멀리 배배 꼬인 죽음빌라의 낡은 철책이 보이자, 발걸음이 잠시 멈칫했다.
　그와의 재회를 상상하며 어떤 말을 먼저 꺼내야 할지 고민이 들었다. 그 어떤 말들도 그의 죽음 앞에 어떤 의미가 있을까싶다.
　애써 외면해 왔던 것들을 마주한다는 건 발걸음을 점차 무겁게 했다. 한걸음 한걸음 내디뎌 갈수록 앞으로 마주해야 할 것들이 또렷해진다.

그간 내쉰 한숨이 크나큰 구름이 되어 나를 그늘 속에 가두어 줬으면 싶을 정도로 가슴이 메어왔다.

철책을 넘어선 발걸음은 곧장 302호를 향했다.

철책을 넘자 죽음빌라의 고고한 풍경이 한눈에 들어왔다. 휘갈기는 바람에 낙엽이 데굴데굴 굴러다니고 스려 밟힐 때마다 바스락거렸다. 3층 복도에 들어서 발을 털어내니, 희미하게 구릿빛으로 물든 낙엽 쪼가리가 적막한 복도 위에 사뿐히 들어앉았다.

"어…?"

302호에 문이 열려있다. 그리고 열린 문틈 너머로 인기척이 새어 나왔다.

문 앞에 다가서자 어떤 말을 해야 좋을지 모를 부질없는 망설임이 곱씹어졌다.

[스읍-후우-]

조심스레 들어서자 어제와는 다르게 따뜻한 공기가 귓등을 스쳤다. 그리고 거실 한 가운데 유현씨가 앉아 있었다.

"유현 씨…."

내가 부르자 유현씨는 천천히 고개를 들어올렸다.

마주한 그의 얼굴 속엔 이미 망자가 되었다는 걸 증

명하듯 검게 물든 눈동자가 박혀있었다. 두 뺨엔 검은 눈물이라도 흐른 것처럼 거뭇한 자국이 흐릿하게 보였다.

"겨울 씨… 여긴 어떻게… ."

"죄송해요… ."

"네? 겨울씨가 왜요?"

"그냥… 제 탓인 것 같아서요…죄송해요."

"아니에요. 겨울씨가 자책할 필요 없어요. 저희는 알게 된 지도 얼마 안 됐고…결국 제 선택인걸요."

그는 덤덤하게 말했다.

"그래도…미안해요."

"흠… ."

잠시 정적이 흘렀다. 잠시 후 그는 고개를 끄덕이며 자리에서 일어났다.

"겨울씨 잠깐 이쪽으로?"

"네… ."

그는 내게 손짓하며 베란다를 향했다. 그를 따라 주황색으로 물든 베란다로 나가자, 창틀 아래로 사라져가는 석양이 보였다.

"겨울씨, 전에 한번 물어봤죠? 왜 살고 있는지."

"네… ."

"겨울씨는 답을 찾으셨나요?"

"아뇨⋯아직."

"그렇군요."

"그때 제가 그랬죠. 옳은 답은 따로 없지 않냐고."

"⋯"

 그는 눈 한번 깜빡이지 않고 석양을 뚫어지게 바라보았다.

 "사실 저는⋯옳은 답이 있다고 생각했어요. 부모님도⋯할머니도 모두 떠나고 그 누구도 곁에 남아있지 않은 제 삶에 무언가 해답이 필요했어요. 살아야 할 이유같은 것 말이죠."

 그는 입을 꾹 다물어 나오던 한숨을 삼켜냈다.

 "대체 이런 삶에 무슨 의미가 있는지⋯내가 왜 살아가야하는 건지 누가 알려줬으면 참 좋았겠죠?"

"⋯"

 그는 다시 차오른 한숨을 삼켜내곤 눈웃음지었다. 그리곤 부족했는지 덤덤하게 말을 이어갔다.

 "결국 저는 포기했어요. 답을 찾을 자신이 안 생기더라고요. 근데 포기하고 보니까 정작 중요한 걸 다 놓친 기분이 들었어요. 소중한 것들은 이미 다 떠나가고 주변엔 아무것도 남아있지 않은 기분이었어요.

심지어 자기자신조차도. 내가 뭘 좋아하는지, 내가 누구인지, 무엇을 하고 싶은지 전혀 모르겠더라고요. 그래서 결국…이렇게 된 것 같아요."

그는 뒷주머니에서 담뱃갑을 꺼내 들었다.

"한대 좀 필게요."

"원래…피셨나요?"

"아뇨 원래 안 피워요. 그냥…이렇게 왔는데 향 한 번 태워주는 것도 좋을 것 같아서…하하."

그는 멋쩍은 웃음을 지어냈다. 비닐도 뜯지 않은 담뱃갑을 주섬주섬 만지고 있는 그의 표정엔 쓸쓸함이 묻어났다.

"저 세상 가는길에 한 대 피어볼까 생각하고 챙겼던 건데 이렇게 피게 되네요."

그는 멋쩍은 미소를 보이며 담배를 입에 물었다. 그러나 그는 잠시 당황하며 잃어버린 무언가를 찾는 것처럼 주머니를 뒤적였다.

"어? 아…라이터."

그는 어이없다는 듯 물고 있던 담배를 뱉어내며 호탕하게 웃음 지었다.

"하하하하…이렇게 웃어본 게 얼마 만인지….”

웃어보이던 그가 사뭇 진지한 표정으로 말했다.

"지금 생각해보면 겨울씨 처음에 보고 반가웠던 것 같아요."

"네? 어째서요?"

"왠지 모르게 저랑 비슷하게 보였달까? 제가 부모님이 일찍 돌아가시고 어려서부터 할머니 손에 자랐는데, 할머니도 20살이 될 무렵 돌아가셨어요."

"그러셨…군요."

"네. 저라면 겨울씨한테 위로가 될 꺼라고 생각했나봐요. 뭐 결국엔 이렇게 되었지만요. 하하."

그는 손에 들고 있던 담배 한 개비를 부러뜨렸다.

"저는 겨울씨가 천천히 찾아봤으면 좋겠어요. 우리가 왜 살아야하는지."

위로를 주려다 되려 위로를 받는 상황이 의아했다. 그는 이곳이 어디인지 상상조차 못할 것이다. 마치 꿈이라도 꾸고 있다고 생각하는지 이렇게 말이 많은 사람이라곤 생각하지 못했다.

"만약…유현씨가 그 해답을 찾았다면 죽지 않고 살아 있었을까요?"

그는 잠시 망설이더니 하늘을 바라보며 한숨을 내쉬었다

"솔직히…잘 모르겠어요. 제가 답을 찾는 모습이 상

상이 안 되네요. 이렇게 될 운명이었나 싶어요."

모든 것을 내려둔 듯한 그에 표정은 생각보다 자유롭지 않아 보였다. 그 무엇도 마음처럼 되는 일이 없는 삶에서 유일하게 포기할 수 있었던 건 「자신」밖에 없었을지 모른다. 자신을 포함한 모든 걸 내려놓은 그는 지는 석양을 바라보며 기지개를 크게 접었고, 굉장히 시원한 듯한 목소리로 말했다.

"누구나 가슴 속에 질문 하나쯤은 품고 사는 것 같아요. 마치 각자에게 주어진 질문이 있는 것처럼요. 저는 결국 풀지 못했지만 제 삶도 이렇게 끝이 있긴 한가 보네요."

"유현씨…."

"고마워요. 겨울씨."

말을 끝으로 이미 접히고 어둑해진 하늘을 하염없이 바라보았다. 그는 미소지었다. 그의 미소 끝으로 어둑해진 하늘의 검은 그림자가 드리웠다.

그가 캐냈던 기지개는 전혀 개운해 보이지 않았다.

그의 목소리는 여전히 먹먹했다.

그의 검은 눈망울은 옅게 반짝였다.

그는 왠지 모르게 여전히 괴로워 보였다.

하염없이 밖을 바라보는 그의 뒷모습을 뒤로 한채

집을 나왔다.

"404호, 네가 왜 여기에서 나오는 거지?"

태양씨가 스산한 기운을 풍기며 다가왔다.

"아는 사람이라서요."

"맞네. 네 옆집 사람이더라?"

"근데 왜 저한테 미리 이야기 안 했어요?"

그는 이해되지 않는지 미간을 찌푸렸다.

"무슨 말이지?

"제 옆집 사람이 자살하게 될 예정이면 미리 이야기라도 해 주던가! 자살을 막던가! 해야 하는 게 맞지 않아요?"

"너 내가 누군지 알고 하는 소리야? 그를 살려야 될 명분도, 이유도 나한텐 없어. 나는 내가 할 일을 하는 것뿐이야."

"뭐라고요?!"

내가 언성을 높여 대꾸하자 그도 언성을 높이기 시작했다.

"그리고 너희 인간들! 옆집에 누가 사는지, 어떤 사람인지 관심도 없으면서, 이건 무슨 위선이야!?"

그의 말이 틀리지 않았다.

엄마 장례식이 아니었다면 지금까지도 유현씨를 몰

랐을 것이다. 몇 년을 바로 옆집에 살았지만 누가 살고 있는지 몰랐다. 아니 관심 가질 겨를조차 없었다.

앞만 보며 바쁘게 살아가는 현대인들에 지극히 당연한 일상이다. 옆을 바라볼 필요가 없다.

그런 우리는 각박한 세상을 너무나도 태연하게 살아가고 있었다.

"제가 위선자여도 상관없어요. 그래도 가만히 있진 않을 거예요."

그의 검은 눈과 입이 동그랗게 뜨였다.

"뭐…? 너 그게 무슨 뜻 인지 알고 하는 말이야?"

"어처피 죽음빌라에 입주하는 사람들은 자신의 운명을 거슬러 오는 사람들이잖아요. 그러니까 제가 설득이라도 해볼 거에요."

"그럴 수 있었으면 내가 했겠지."

그는 냉소한 태도로 말을 이었다.

"그들한테 최선은 그 영혼들이 애꿎게 소멸하지 않도록 죽음빌라로 인도하는거야!"

"태양씨는 최선을 다해본 거예요? 끝까지 해본 거냐고요?!"

엄마가 나에게 꾸짖듯 그에게 말했다. 그러자 그는 굳건한 태도로 대답했다.

"너는 단단히 잘못 생각하고 있어! 그들이 자신의 운명을 거스른 건 맞지만, 그것도 결국 본인이 선택한 거야. 네가 오지랖 부리면서 참견할 권리는 어디에도 없다고!"

나는 단호한 표정으로 그에게 말했다.

"그래도 그 사람들이 죽게 내버려 둘 순 없어요."

"하…너 정말 누굴 닮았는지 똥고집이구나."

그는 잠시 질렸다는 듯 나를 바라보다 말을 이었다.

"그럼 앞으로 네 마음대로 하더라도 내 방해는 하지마! 나는 때가 되면 영혼들을 거두러 갈 테니까."

"네 알겠어요."

그는 말을 끝내고 나를 지나쳐 유현씨가 있는 302호로 들어갔다.

그는 저승사자로서 해야할 일에 충실할 뿐 이다. 그런 그를 비난할 순 없었다. 사실 그에 입장도 이해가 안되는건 아니다. 내가 억지스럽다는 걸 알지만, 누군가 죽어가는 걸 지켜만볼 순 없다. 이곳에 얼마나 있었는지 모를 그가 어떤 시간을 보내왔을지 가늠할 수 없지만, 오히려 나보다 더한 노력과 간절함으로 누군가에 죽음을 막아보려 했을 것이다.

그는 생각보다 다정한 저승사자인 것 같다.

302호에 들어서며 정중히 고개 숙여 인사했고, 현관에 신바을 가지런히 벗고 들어가는 모습을 보고 있자면 망자들을 존중하고 있다는 것이 느껴진다.

태양씨와 유현씨가 마주한 모습을 마지막으로 집에 들어와 거실 소파에 몸을 던졌다. 입주한 지 고작 이틀째이지만, 체감상 2년은 흐른 것 같았다.

더불어 며칠 밤, 잠을 못 잔 탓에 손가락 하나 까딱할 힘이 없었다. 여전히 머리는 복잡하고 마음은 혼란스럽지만, 몸은 피곤하다고 절규하는 듯했다.

"하…이게 대체 다 무슨 일이야…이것도 망할 운명 같은 건가?"

나는 거실 탁자에 놓인 엄마의 유언장을 보았다.

"엄마….."

엄마가 돌아가신 이후 말도 안되는 일들의 연속이었다. 저승이나 악귀 그런 것들보다 엄마의 유언장을 통해 죽음빌라에 오게 되었던 것 그리고 옆집에 살던 유현씨가 죽음빌라에 들어온 기이한 우연들이 더욱더 놀랍기도 하다. 이번 일로 알게 된 것은 중개사와 저승사자인 태양씨는 사람들에 자살을 막을 수 없다는 것이다.

아니 정확히는 막을 생각이 없다는 것이다. 분명 내

가 이곳에 오게 된 것엔 어떤 뜻이나, 쓰임새가 있기 때문이라고 생각한다.

[까악~까악~]

소파에 누워 곁눈질로 베란다를 바라보자 라일라가 창가에 들어앉아 울고 있다. 하늘은 어느새 주황빛으로 물들어 있었고 라일라는 지는 석양을 등지고 나를 바라보고 있다. 시들어버린 잎사귀가 적적히 축 처지는 것처럼 눈꺼풀이 감기며 눈앞에 모든 것이 흐릿해지며 광야의 잔상만이 아른거렸다.

일주일이 지났다. 302호가 당분간 혼자만의 시간을 보내야 할 것 같다며, 나에게 얼쩡거리지 말라고 당부했다. 살아있는 인간과 죽은 망자가 함께 있으면 부정 탄다며 당부하던 게 누구를 향한 걱정인 건지 의아했다. 사실 그가 당부하지 않았더라도 유현 씨에겐 당분간 찾아가지 않을 생각이었다. 정확히 말하면 당분간 내가 집을 나가지 않을 생각이다.

[까악~까악]

아침부터 라일라가 울고 있다. 천근 같은 이불을 걷어내고 소파에서 일어나자 오랫동안 접혀 있던 허리가 비명을 질렀다.

"에고고고고."

나는 편의점 할머니처럼 애늙은이 소리를 내어가며

일어나 냉장고를 향했다. 1.5L짜리 페트병에 절반 정도 남아있는 생수를 벌컥벌컥 들이마시며 베란다 바깥을 바라보니 강렬한 햇빛이 집안으로 내리쬐는 게 보였다. 주방 식탁에 앉자, 햇볕에 그을린 노트 북 화면 속으로 그 무엇도 느끼지 못하는 듯 흐리멍 덩한 표정을 짓고 있는 내 얼굴이 비쳤다. 하지만 스 페이스바를 눌러 세상을 훑어볼 수 있는 창문이 열 리자, 입이 점차 벌어지기 시작했다.

"헐…말도 안돼."

주간 뉴스가 말하는 세상은 말도 안 되는 일들의 연속이었다. 온갖 부정부패와 안타까운 죽음들 그 리고 발전하는 신기술에 대비되는 경제침체, 연애와 결혼을 멀리하고 점점 혼자가 되려는 사람들 속에 기적과 불행이 뒤섞여 있었다.

마치 재미있는 소설이라도 읽는 것처럼 감탄과 탄식 을 연신 쏟아냈다.

"와…어이가 없네."

정신없이 읽다보니 베란다 문틈사이로 들어온 찬바 람이 발가락 사이를 스쳐가는 서늘함이 느껴졌다.

베란다 창가엔 일주일 동안 햇살을 등지고 있는 야 생화가 어느새 손가락 한 마디만큼은 자란것 처럼 보였다.

"언제 이렇게 큰거야."

 뉴스를 읽어보니 근래 나와 같은 세대의 젊은 사람들이 「식물을 키우는 사람」이라고해서 「식집사」라고 불린다고 한다.

 2030세대를 중심으로 「식물 키우기」가 하나의 트렌드가 되어가고 있었다. 요새 사람들이 살아가는게 오죽 힘들면 「반려식물」이라며 지친 일상에 대한 보상을 바라는 것 같다. 사람이 나이가 들수록 식물이나 꽃을 좋아한다던데 지금은 「애늙은이」들의 시대인가보다.

 저렇게까지 열심히 「힐링」을 한들 「삶」이라는 놈은 끝없이 불행과 고난을 들이밀며 '이것도 잘 해결해봐~!'라면서 팝콘이나 씹고 있을 것 이다. 노트북 화면 너머로 본 세상은 팍팍하게만 느껴진다.

 학업에 치여, 부모님 등쌀에 치여 꿈과 희망을 잃어가는 친구들. 생업에 치여, 조직의 가스라이팅에 의해 영혼을 잃어가는 직장인들. 생존에 치여, 자식들 눈칫밥에 고개 못 드는 노인들. 내가 봐왔던 현실은 전 세대에 걸쳐 고통받고 있었다.

 그나마 이것도 열심히 살아 잘 된 경우의 이야기라

는 것이 서글프게만 느껴진다. 여기에 운이 없어 불행까지 겹치면 내가 지금 마주하고 있는 「죽음빌라」보다 비현실적인 삶을 연맹하게 된다.

 어쩌면 운명을 거스른 영혼들이 모이는 이 곳이 조금 더 현실적일 수도 있다.

"에휴~."

 습관적으로 한숨이 새어 나왔다. 이상하게 가슴이 답답했다.

"물 줄까?"

"…"

"그래 물 줄게."

 야생화가 물을 달라며 말하는 걸 상상하곤 혼잣말을 되네엇다. 그러자 실없는 웃음이 세어나왔다.

"헤헤."

"야 404호! 뭐해 거기서!"

 태양씨의 목소리였다. 목소리가 들리는 곳을 내려다보자 야생화를 퍼 날랐던 흙밭에서 나를 올려다보고 있다. 태양씨는 가끔 저 흙밭에 가만히 서서 아침을 맞이했다.

"오늘도 저기 있네."

 그는 못마땅한 듯 양미간을 찡그리며 말했다.

"야!"

"네."

"너 오늘 뭐해."

"네? 저는 집에서 이것저것이요."

"저녁…7시 30분! 그때 쯤 옥상으로 올라와"

"옥상이요? 싫어요. 저 바빠요."

"바쁘긴…쯧 너는 뭐가 되려고 집에만 있냐."

"남이사 무슨 상관이에요! 저는 식집사에요!"

"남…이사? 식…집사? 뭐라는거야?"

"저승사자가 모르는 것도 많네요. 아무튼 집에 있을 꺼니까! 찾아오지마요!"

[스르륵…탕!]

나도 모르게 다소 격앙되게 말하곤 힘껏 창문을 닫았다. 창문을 닫은 직후에도 나를 올려다보고 있는 그를 무시한 채 거실 소파에 몸을 던져 누웠다.

"뭔데 오라가라야? 저승사자면 다야?"

나를 좀 가만히 내버려 뒀으면 좋겠다. 저승사자와 엮인다는 게 그닥 반가운 일은 아닌 것 같다.

"옥상이 있었나?"

이곳에 온 이후로 주변을 크게 둘러보지 않았었다.

유현씨가 죽음빌라에 온 이후로 새로운 입주민은

없었다. 참 다행이었다. 시간은 녹아내듯이 순식간에 지나갔다. 눈꺼풀이 몇 번 오르락내리락하면 해가 지고 밤이 찾아왔다.

어둠 속에서 스마트폰 화면과 한참을 눈 맞춤하면 따가운 잔상이 눈앞을 맴돌며 스스로 눈감는 법을 잊어 갔다. 스마트폰과 포근한 소파와 어두컴컴한 어둠에 뒤섞여 혼잣말조차도 하지 않았다. 입에 거미줄이 쳐질 정도로 허구한날 시간을 태웠다.

햇볕 아래 그늘지듯 누군가 열심히 살아갈 때 누군가는 그냥 쉴 수도 있다고 생각했다. 왠지 모를 조급함이 마음을 간지럽힐 때면 그저 야생화를 바라보거나 펼쳐진 모든 생각을 꾸깃꾸깃하게 접어내며 소파에 얼굴을 파묻기도 했다.

나는 무언가 되고 싶다고 생각해 본 적이 없다.

아니 어쩌면 무언가 될 수 없다고 생각한 걸지도 모른다. 언제인지 모를 천진무구한 시절을 지나 머리카락이 어깨를 간지럽힐 때쯤 무언가 되고 싶다는 생각을 내려놓았던 것 같다.

무언가 되겠다는 고민은 부질없게만 생각했다.

하지만 아이러니하게도 '왜 살고 있는지?'에 대한 엄마의 유언과도 같은 말이 가슴 한쪽에 시리게 박혀있다.

"어휴…부질없다."

손바닥으로 얼굴을 가려 주변을 깜깜하게 하자 미세한 소음들이 점차 뚜렷해지기 시작했다. 그리곤 내 심장소리와 폐를 넘나드는 숨소리를 제외하곤 그 어느것도 느껴지지 않았다.

세상에 홀로 존재하는 듯한 기분이 죽음 너머를 상상하게 하며 정신이 또렷해짐을 느꼈다. 줄곧 상상해왔던 죽음 너머의 감각은 굉장히 차갑고, 쓸쓸하기만 하다. 하지만 죽음빌라에 오게되면서 그 감각들이 설명할 수 없는 오묘한 것들로 채워지는 것 같았다. 「죽음빌라」라는 또 다른 세상을 알게 되면서 어쩌면 부모님을 마주할 수 있지 않을까 기대하게 되었다. 0%였던 것들이 1%로 바뀌는 기분은 100%와 다르지 않게 다가왔다. 비록 자의적으로 오게 된 것은 아니었지만 오길 잘한 것 같다는 생각이 든다.

덧없는 공상을 멈추고 차츰 눈을 떠 옆으로 기대 누웠다. 옆으로 기대 눕자 거실 탁자에 놓여진 엄마의 유언장이 보였다.

"엄마…우리 언제 만날 수 있어요?"

"…"

"엄마…보고…싶다."

"…"

 적막한 공기가 가득한 가운데 몇일 만에 열린 입으로 마음을 토해냈다.

[삐빅]

[2023년 12월 7일 목요일 오후 7시]

 소파에서 그대로 잠이 들어버렸는지 어느새 스마트폰 알람이 저녁 7시를 가르키고 있었다. 배터리가 항상 1%인 것 같은 위태로운 스마트폰 처럼 몇십분 씩 새우잠을 자는 게 일상이 되었다. 근 일주일 사이 모든 일상을 소파에서 시작해 소파에서 끝냈다.

 눈을 뜨자 집안의 눈부신 광채는 사라지고 대낮과 다르게 그늘이 집안 이곳저곳 어둑하게 들어서있다.

 산뜻했던 집안의 공기는 어느새 12월의 쓸쓸한 공기로 변해 내가 혼자라는 것을 새삼 일깨워주는 것 같았다.

"어우…답답해."

 너무 집에만 있었는지 좀이 쑤셨다. 그래도 엄마랑 같이 살고 있을 때는 주기적으로 산책도 했는데, 지금은 방구석 멍청이 수준으로 집에 틀어 박혀있기만 했다. 엄마의 부재 때문일 수도 있지만 내가 원래 이런 성격일지도 모른다는 생각이 들었다.

"흠…올라가볼까?"

문득 태양씨가 옥상으로 올라오라고 했던게 기억이 났다. 바쁘다며 안 간다고 큰소리쳤는데 불쑥 올라가면 이상한 취급 당할 게 뻔했다.

그런 의미에서 통보한 저녁 7시 30분이 되기 전까지 잠시만 올라갔다 오면 된다는 생각이 들었다. 왠지 모르게 민망한건 비밀이지만 마주치지만 않으면 괜찮을 것 이다.

"지금 빨리 다녀오자."

혼잣말이 익숙해진 나는 눈곱을 떼어내곤 현관으로 향했다. 현관에 널부러진 아무 신발이나 꾸겨 신고 나가려는 찰나, 현관 거울엔 끔찍한 귀신몰골의 내 얼굴이 목격되었다.

떡진 머리, 푸석한 얼굴, 꼬질꼬질한 매무새, 헝클어진 머리, 넋이 나간 눈동자는 그야말로 이 곳 죽음빌라에 어울리는 행색이었다.

"…"

잠시 멈춰서 거울 속 충격적인 몰골에 감탄했다.

"어우…이게 사람인가…이야."

나는 잠시 고민하다 결심한 듯 말했다.

"괜찮아 빠르게 다녀오면 돼!"

살면서 이렇게까지 꼬질꼬질했던 적이 있었던가 싶었다. 현관문을 조심스레 열자 어둑한 복도가 기다리고 있다. 나도 모르게 벽에 밀착해 주변의 기척을 최대한 느끼려 귀를 쫑긋 세웠다. 한발 한발 발끝을 세워 한 계단씩 올라서 옥상층 문 앞에 도착하자 마른침이 꼴깍 넘어갔다.

"설마 잠겨 있는 거 아니겠지?"

조심스럽게 문 손잡이를 잡아 천천히 돌려 보았다.

[철컥]

문은 열려있었고 문틈 사이를 비집고 그의 말이 들려왔다.

"뭐야 바쁘다더니 변덕은 쯧!"

일찍이 올라와 투덜거리는 그를 애써 외면하며 입을 꾹 다물곤 눈을 바닥에 깔았다.

"그래도 시간 맞춰 잘 왔네."

그의 말에 고개를 들자 어깨 너머로 보이는 풍경에 꾹 다문 입술이 동그랗게 벌어졌다. 눈앞에 펼쳐진 아름다운 풍경은 그의 투덜거림 따윈 무시할 정도로 충격적이었다. 눈앞에 풍경 홀린 듯 천천히 옥상 난간에 이르렀다.

 석양이 지면, 태양이 물러나고 그 자리를 달이 채우며 떠올라야 하는데, 달이 태양과 부딪히듯 반대편에서 떠올라 하나가 되어가고 있었다.

 이내 석양의 뜨거운 노을빛과 달의 차가운 월광이 정확히 절반으로 맞물려 하나의 형태를 이루고 있었고, 마치 절대 마주할 수 없는 두 세계가 하나로 어우러지는 듯한 광경이었다.

 "태양씨…이게 뭐에요?"

 그는 나와 같은 시선으로 눈 앞에 펼쳐진 아름다운 현상을 바라보며 말했다.

 "이건 여기서만 볼 수 있는거지."

 나는 시선을 떼지 못한 채 끄덕였다.

 "…"

 "우리가 속해 있는 「이승과 저승 그 사이 세계」는 이승을 거울처럼 마주 보고 있는 것과 같아. 그래서 저런 풍경을 볼 수 있는 거야."

 나는 여전히 넋이 나가 입을 다물지 못하고 있었다.

 "진짜 아름다워요. 제가 살면서 봤던 것 중에서 제일로요."

 "녀석 아주 그냥 판박이네"

"네? 뭐가요?"

"아니…그냥 너 꼴이 귀신이랑 판박이라고."

"윽…귀신이라뇨."

그는 은은하게 눈웃음 지으며 나를 바라봤다. 의아함을 뒤로한채 그와 나는 다시 떠오르는 풍경을 바라보며 시간을 달랬다. 이내 달이 완전히 떠오를 때쯤 차가운 바람과 함께 그가 입을 열었다.

"404호."

"네."

"너 계속 여기 있을 생각이야?"

"음…지금은 그래요."

"너 나이 때면 친구들 만나는 거 좋아하고, 여행도 다니기 시작하고, 학교도 다녀야 하는거 아닌가?

"아니 갑자기 웬 잔소리에요?"

"내 말은 너 삶을 살아가야하는 거 아니냐고."

"참견 좀 하지 마요."

"대체 너는 왜 그 모양이냐…?"

"내가 이 모양 이 꼴인데 뭐 보태준 거 있어요?!"

"…하아."

점점 감정이 격해졌다.

그는 검은 눈동자 속에 이글거리는 분노가 눈에 보

일 정도로 미간을 찌푸리고 있다. 그와 마주하기만
하면 감정적으로 행동하게 되는 것 같다. 나는 가슴
에 손을 얹고 숨을 들이쉬었다.

"무슨 말 하는지 알아요. 그런데요…사람은 결국
모두 죽잖아요. 사는 것도 너무 힘들고요. 제 삶을
살아간다는 게 무슨 의미가 있겠어요. 저는 이렇게
생각해요. 그러니까 제 삶을 살아가라느니 잔소리
하지 말아 주세요."

내가 차분하게 말을 풀어내자 그의 찌푸러진 미간
은 점점 풀리고 있었다.

"저는 그냥 여기서 조용히 살다가 갈게요."

"죽을 때 까지 여기 있겠다고?"

"뭐…가능하면요."

나는 퉁명스럽게 대답했다.

"404호. 잘 들어. 죽은 자의 입장에서 말해줄게."

"아저씨도 사람이었던 시절이 있었어요?"

"으… 당연하지."

"오~!"

"뭘 '오~!'거리고 있어!"

내가 놀리듯 반응하자 그가 버럭했다.

"최선을 다해보지 않으면 어떤 식으로든 후회가 남

기 마련이잖아. 그리고 보통 그 기회는 한 번뿐인 경
우가 많지. 그걸 놓치고 누군가는 후회라는 지옥 속
에 평생을 살기도 하고, 죽어서 저승도 안 가고 악귀
가 되기도 하지."

"흠…그쵸."

"그래서 너는 네 삶에 최선을 다했나?"

"…"

머리를 한 대 얻어맞은 것처럼 아무 말도 나오지 않
았다. 아니 할 말이 떠오르지 않았다. 내가 했던 말
을 고스란히 돌려주는 그가 유치하게 느껴지지만,
예전에 엄마가 나에게 물어봤을 때도, 지금도 전혀
입이 떼어지지 않았다. 마치 모든 걸 포기하고 제자
리에 주저앉은 것 같은 기분이었다.

"그러니까 악귀 되기 싫으면 열심히 살아라~ 뭐 그
런 말이에요?"

"윽…너 머리가 단순해서 고민은 없겠다."

"그런 무례한 말을 면전에서….."

이번에 내가 미간을 찌푸렸다.

"보통 사람들은 너처럼 생각하지 않을 거야."

"그럼 제가 좀 특별한가 보죠!"

"모든 사람은 특별해. 너도 특별하긴 한데…너는

좀 특이한 거 아닐까?"

 마치 내가 다른 존재인 것처럼 밀어내었던 반 친구들의 모습이 스쳐 갔다. 나는 얼굴 가운데로 표정을 찌푸렸다.

"웩!"

"하이고…됐다. 난 이제 출근한다."

"저는 누구 때문에 기분 망쳐서 들어가야겠네요."

 그는 질렸다는 듯 고개를 절레절레 저으며 옥상 난간에 사뿐히 올라서며 말했다.

 "너는 어떻게 잘 살아야할지보다 어떻게 죽어야할지 고민하는 것 같네."

"네?"

"너가 왜 여기 오게 된 건지 알 것도 같다."

"무슨 소리에요?"

"말.안.해."

 그는 단호하게 말하곤 순식간에 하늘로 뛰어들 듯 사라져버렸다.

"뭐야…대체."

 중개사 아저씨가 말했던 귀여운 구석은 하나도 없다는 생각이 들었다. 그저 유치할 뿐이었다.

 인간 시절이 있다는게 신기하지만 분명 유치한 인간

이었을 것이다.

 나는 바로 집으로 내려와 소파에 다시 몸을 던져 누웠다.

 "하…뭘 했다고 피곤하지."

 갑자기 잔소리를 들어서 그런지 하루 내내 잠만 잤는데도 다시 피곤함이 차오르며 눈꺼풀이 무거웠다.

 "그래도 달은 진짜 이뻤다. 사진 좀 찍어둘걸."

 눈을 감고 아름다웠던 풍경을 회상하려고 하자 그가 던질 말들이 함께 떠올랐다.

 [너는 어떻게 잘 살아야할지보다 어떻게 죽어야할지 고민하는 것 같네.]

 "하아…왜 그런 소리를 늘어놓는거야…."

 나도 모르게 한숨이 가슴 깊이 내쉬어지며 머릿속이 깜깜해지는 것 같은 기분이 들었다.

 "하! 어이가 없네."

 돌이켜보면 죽음빌라에 들어오긴 했는데 유현씨 사건 이후로 어느새 허구언날 잠이나 자다 저승사자와 티격태격하는 「식집사」가 되어 있었다.

 현관에 들어설 때 다시 마주한 거울속 귀신을 씻어내야 할 것 같았다.

 이런 산속에 어떻게 나오는지 알 순 없지만 따뜻한

물은 끝인 없이 쏟아졌다. 무수히 많은 물줄기가 이마에 부딪혀 발 아래 까지 흐르기를 반복하며 머릿속에 무언가가 씻겨져가는 것을 느꼈다.

그러자 스스로 솔직해진 듯 근래 행보에 대해 돌아보았다. 처음 왔을 때의 긴장감은 온데간데 없었고, 일단 오면 뭐라도 있을 줄 알았던 얄팍한 마음가짐이 드러나는 것 같아 스스로 민망했다. 삶에 해답을 찾을 것 처럼 죽음빌라에 왔지만 지금은 길잃은 꼬맹이마냥 죽음빌라에 눌러 앉아 엄마를 기다리는 것 같았다.생각보다 나는 게을렀고 의지가 굳건하지 못했다. 최선은 다 해봤냐는 그의 질문에 대답하지 못한 것도 당연한 것이었다. 나는 크게 노력하지 않았다. 줄곧 그렇게 살아왔고 그저 주어지는대로 될대로 되라는 듯 무기력한 자세였다. 스스로를 기만하며 최선을 다해본들 돌아온는 건 공허한 결말뿐이란걸 알고 있다.생각의 꼬리는 끊임없이 물고 늘어지기 시작했고 뜨거운 물이 미지근하게 느껴질 정도로 온몸의 감각이 무뎌졌다. 이내 몸 구석구석 뜨거운 물줄기가 녹아들어 시꺼먼 하수구 구렁텅이로 빨려 들어가는 것 같은 기분이 들었다.

제3부
진실에 대해 묻다

아침 해가 뜨기 시작했다. 눈부신 햇살의 온기가 이마를 뜨겁게 타고 내렸고, 나도 모르게 정신이 번쩍 들어 눈이 뜨였다. 가물가물하지만 머리가 눅눅하게 엉겨 붙은 것을 보니 샤워를 마치고 소파에 기절하듯 쓰러졌던 것 같다.

잠에서 깨면 항상 눈 밑이 파르르 떨리던 것이 전혀 없다. 시야가 또렷하다.

머리뼈안 쪽으로 달라붙던 찐득찐득한 이물감이 전혀 없다. 머리가 상쾌하다.

나도 모르게 개운한 미소를 숨기곤 고개를 치켜들자, 초록빛으로 빛나고 있는 야생화가 보였다.

"물 줄까?"

"…"

"응. 잠시만."

오늘도 대답 없는 야생화를 상대로 혼잣말을 하며 하루가 시작되었다.

"오늘은 뭐 할까?"

"…"

이상하게 태평한 기분은 몸 속에 신나는 리듬이 들어온 것 처럼 어깨를 들썩이게 했다.

[오싹]

"어…?"

오싹한 기분과 함께 몸 속을 휘젓던 리듬이 뚝 끊겼다. 이 느낌은 유현씨가 있는 302호가 생길 때 느꼈던 오싹함이었다.

"설마…?"

나는 곧장 일어나 주방 식탁에 놓인 지갑만 챙긴 채 현관을 나섰다. 문을 나서 곧장 복도 난간에 머리를 들이밀자 직감적으로 어디로 향해야 할지 알 것 같았다. 오직 감에 의지한채 발걸음을 옮길 때마다 오싹한 기운은 선명해져갔다.

"204호 였구나… 설마 여기도 그냥 열리는 건가."

[철컥]

손을 문고리에 가까이하자 들어오라는 듯 문이 열렸다.

"헐…또 열렸어."

102호, 302호에 이어 204호도 열릴 수도 있겠다고 생각했지만 이게 무엇을 의미하는지 아직은 가늠할 수가 없었다.

문을 열고 들어서자 가장 먼저 보인건 눈에 띄게 익숙한 집 구조였다. 집 내부의 가구 배치나 삶의 흔적은 다르지만, 집의 골격이나 구조는 분명히 우리 집과 같았다.

"뭐야 또 불안하게….."

손가락 끝이 미세하게 저려오는 것을 느끼며 눈 앞에 보이는 것들을 하나둘 뒤져보기 시작했다. 우선 눈앞에 놓인 주방탁자에는 처방받은 온갖 약가지와 조금씩 먹다가 남은 생라면 흔적이 먼저 보였다. 그리고 수저와 숟가락은 하나밖에 없었고 거실 수납장 위엔 오래된 구식 TV가 놓여져 있다.

"하…이래서 누구인지 어떻게 알아."

무작정 안방으로 들어서자 방 한켠을 가득 채우는 오래된 옷장이 하나 있었고, 옷장 하단에 수납장이 겸비되어 있었다. 오래된 옷장의 수납장을 차례로 열어보자 칫솔, 수첩, 병따개, 우산, 술병 같은 온갖 잡동사니들이 쏟아져 나왔다.

"윽…이건 거의 쓰레기통인데"

경악스러운 수납장 안을 휘젓다가 깨끗해 보이는 깡통함 하나를 발견했다.

"오 저건가!"

누군가의 때 묻은 물건 같은 깡통함을 꺼내들어 뚜껑을 열어보자 손바닥 크기의 작은 스프링 노트 하나가 나왔다. 주변의 것들과는 다르게 반들반들한 표지엔 서툰 글씨로 이름이 적혀 있었다.

"노…순…자? 여기 사는 사람 이름인가?"

노트를 펼쳐보자 첫장에 어떤 글이 쓰여져 있었다.

내용은 이랬다.

[내 이름은 노순자입니다. 글은 잘 못 쓰지만 의사 양반이 일기 쓰는 게 치매에 좋다고 해서 써 봅니다. 일기는 처음 써보는 거라 뭐라고 써야 할지 모르겠습니다.]

"치매…?"

일기장으로 생각되는 노트의 다음 페이지를 넘겨보자 낙서인지 글인지 알 수 없는 것들이 쓰여져 있다.

여러 페이지를 움켜잡아 페이지를 빠르게 넘기자 읽

을 수 있는 내용이 다시 나왔다.

[내 아들에 대한 기억을 잠시 잊어버렸다. 언젠가 아들이 날 찾아왔을 때 내가 못 알아볼까 두렵다.]

[스르륵…탁]

무언가 떨어진 감촉이 느껴져 발밑을 내려다보자 낡은 사진 한 장이 발 옆으로 뒹굴고 있었다. 사진속에 엄마로 보이는 젊은 여성이 놀이공원에서 아들로 보이는 어린아이와 나란히 손을 잡고 찍은 모습이 담겨져 있다. 사진 속 아이의 표정엔 즐거움과 쑥쓰러움이 뒤섞여 있었고 무언가 숨기려는 듯 한쪽 손은 뒷짐을 지고 있었다.

"뭐지?"

여성은 그런 아이를 너무나도 사랑스럽다는 듯 바라보고 있다.

"미인이시네…근데 어디서 본 적이 있던가?"

알 수 없는 위화감을 뒤로한채 낡은 사진을 일기장에 다시 넣어두었다. 그들에 모습 속에서 나를 찾아보려했지만 그 어느것도 기억나지 않았다.

"내가…놀이공원은 가봤나?"

나는 사실 과거에 대한 기억이 별로 없는 편이었다.

옛 기억을 떠올리려고 할 때마다 뿌연 안개가 가로

막는 것 같았다.

"에휴….."

가슴이 답답해지는 것을 느끼며 노트를 제자리에 내려두려하자 그 아래 작은 액자가 눈에 들어왔다. 그리곤 액자 속에 사진이 선명하게 보인 그 순간, 온몸이 얼어붙은 것 같은 충격이 온몸을 덮쳤다.

그 사진 속엔 같은 층에 홀로 살고 계셨던 할머니가 있었다.

"1004호 할머니…? 말도 안돼!"

이 곳에 주인이 1004호 할머니라는 사실을 깨닫자 잠시 숨쉬는 것을 까먹은 것 처럼 입이 다물어지지 않았다.

"아, 아…안돼!"

순간 이성을 잃은 듯 그곳을 뛰쳐나왔다.

"나한테 왜 이러는 거야!"

나는 곧장 콜택시를 불렀고 신발도 어기적 구겨신은채 산기슭을 뛰쳐 내려왔다. 이성적인 판단은 전혀 서지 않았고 할머니를 구해야한다는 생각 한줄이 온몸을 지배했다. 물론 가족처럼 소중하거나 명분이 있는 건 아니었다. 그저 내가 알고 있던 사람들이 하나둘 죽어가는 걸 지켜볼 수 없다는 심경이었다.

잠시 후 산 아래에 도착하자 기다렸다는 듯 택시가 도착했다.

"학생? 괜찮아요?"

"기사님! 거기로요! 저번에 거기요!"

기사님의 걱정스러운 말을 뒤로한채 소리치자 죽음 빌라에서부터 산아래까지 쉬지 않고 뛰어오며 만신창이가 된 내 꼴이 백미러를 통해 보였다.

"또요?!"

"네! 빨리 부탁드릴게요!"

기사님은 당황스러움을 감추지 못했지만 백미러를 통해 나와 눈을 맞추더니 알겠다는 듯 고개를 끄덕였다. 택시가 출발하자 다급한 내 마음과 달리 택시 안은 고요한 적막함이 흘렀다. 그러자 어김없이 최악의 상상들이 내 머릿속을 스쳐가기 시작했다.

"하아….."

앞이 캄캄한 듯 답답한 심정이 가슴을 가득메웠고 절로 한숨이 쉬어졌다. 204호의 주인이 1004호 할머니란 것은 충격적으로 다가올 수 밖에 없었다.

유현씨에 이어서 할머니까지 몇 없는 주변 사람들이 죽음을 선택했다는 것이 서글프게 다가왔다.

택시는 어느덧 동네를 빠져나와 도심을 달리고 있

었다. 불안한 상상이 머릿속을 스쳐 가며 양쪽 무릎이 계속 떨리고 있었고, 쓸데없이 복이 달아날까 싶어 양손으로 무릎을 쥐어 눌렀다. 무심코 창밖을 바라보자 뜨거운 햇살이 세상을 뚜렷하게 비추고 있다.

["너는 단단히 잘못 생각하고 있어! 그들이 자신의 운명 을 거스른 건 맞지만, 결국 본인이 선택한 운명인거야. 너가 오지랖 부리면서 참견할 권리는 어디에도 없다고!"]

문득 태양씨의 말이 머릿속을 맴돌았다. 다른 사람들에 운명을 바로잡겠다고 당차게 말했으면서도 제대로 반박할 수 없었던 것이 마음에 걸렸다.

사실 할머니와는 친분이 있진 않았다. 그저 복도를 지날 때면 항상 문이 열려있어 눈인사를 나눈 게 전부였다. 심지어 대화 한마디 나눠본 적이 없었다.

내 곁은 떠나가는 것들을 그리워하는 것은 초라하기 짝이 없었으며 죽음 앞에 아무것도 할 수 없다는 무력함은 뚜렷한 뿐이다.

어쩌면 나는 바짓가랑이 잡는 심정으로 기적을 바라고 있는 것일지도 모르겠다.

지독한 희망 뒤에 어떤 결말이 있을지 뻔하다.

유현씨때처럼 이미 늦어버리는 건 아닌지, 무작정

달려간다하더라도 할머니를 살릴 수 있는지 스스로 의구심이 들었다.

[할머니를 살린다고 해도 과연 기뻐하실까?]

[내가 괜한 짓을 한건 아니겠지?]

[내가 못살리면 어떻게 하지?]

애꿎은 손톱을 오돌토돌해질 정도로 물어뜯다 보니 어느새 택시는 멈춰 서 있었다.

"…"

"저기…학생. 도착했어요."

"네? 벌써요?"

온갖 생각에 잠겨 있던 사이에 목적지에 도착했다.

"…"

"안 내리세요?"

"아…네 잠시만요."

나는 돌이킬 수 없는 선택의 기로에 서 있는 것처럼 택시 안팎을 사이에 두고 할머니의 운명을 목도 하기만 할지, 바로 잡을지 망설였다.

"에헴!"

기사님은 어서 선택하라는 듯 백미러를 통해 나를 바라보며 헛기침을 내뱉었다. 그리곤 잠시 후 답답했는지 고개를 뒤로 돌려 나에게 말했다.

"손님, 생각이 많아 보이네요."

"..."

"제가 몇십 년을 운전했는데 내비게이션 없이도 길 한 번 읽은 적 없죠. 그 이유가 뭔지 알아요?"

"네?"

그는 대뜸 이야기를 꺼냈다.

"도로 위에선 길을 잘못 들어도 후진할 수 없어요. 그대로 직진하다 길을 돌아서 가더라도 무조건 앞으로 나아가야 하죠."

"무슨…."

"처음에 미숙하게 운전을 시작했을 땐 잘못된 길로 가게 될까 봐 항상 두려웠어요."

"..."

그는 아랑곳하지 않고 말을 이었다.

"하지만 지금에 와서 생각해보면 틀린 길은 없는 것 같아요. 모르는 길로 잘못 들어서 틀린 길을 선택하더라도 멈추지만 않으면 어느새 하나 되는 길을 내가 가야 할 길에 들어서더라고요."

어느새 입술이 파르르 떨리며 눈앞을 흐리는 무언가가 떨어지지 않도록 미간에 힘이 바짝 들어갔다.

"그래서 제 말은… 어쩌면 모든 길은 결국 하나이지

않을까요?"

"저…괜찮은 걸 까요?"

"암~! 그럼요! 도로 위나 인생이나 후진은 없어요. 직진뿐이죠. 본인의 삶을 좀 더 믿어보세요. 언제가 옳은 길로 가게 될 것이라고!"

나는 그의 말에 끄덕였다. 그러자 그는 어서 가라는 눈짓을 주며 미소 지었다.

"가볼게요. 감사합니다."

"그래요. 다음에 또 봐요."

백미러엔 조금 전까지와는 다르게 뚜렷한 눈동자가 내비쳤다. 불현듯 절대 열수 없을 것이라고 생각했던 문이 가볍게 열렸다. 문이 활짝 열리자 복잡했던 머리와 마음에 찬물이 끼얹은 듯 시원한 공기가 내 머릿결 사이사이를 스쳐갔다.

나는 택시에서 뛰어내리며 곧장 119에 연락했다.

"네 119입니다."

"xx동 A 아파트 1004호요! 빨리요!"

"네 어디시라고요?"

의미없는 통화를 뒤로한채 1층 엘레베이터 앞에 도착하자 예상대로 엘레베이터는 도착할 기미가 보이지 않았다. 엘레베이터에 돌아서 계단 문을 박차며 뛰어 올라가자 금방 숨이 턱 끝까지 차올랐다.

하지만 힘들진 않았다. 오히려 더욱더 빨리 뛰어오를 수 있을 것 같은 고양감이 양쪽 폐에 차올랐다.

이 느낌을 두발에 있는 힘껏 모아 뛰어올랐다. 그러자 한 칸씩 오르던 계단을 한 번의 뜀뛰기로 모든 칸을 넘어 반 층을 뛰어올랐다.

"헐…이게 맞아?"

믿을 수 없는 순간을 넘겨 다시 뛰어오르자 어느새 10층에 도달했다. 계단 문을 박차고 복도에 들어서자, 오늘도 역시 할머니가 살고 있는 1004호에 문은 열려 있다.

"할머니!!"

정신없이 다시 달리기를 시작하며 엄청난 속도로 1004호 현관 앞에 도착했다. 열려있는 문을 비집고 들어가자 아무도 살지 않는다는 듯 적막함과 고요함이 어우러져 쓸쓸한 공기가 가득했다.

"할머니 어디 계세요?"

헐레벌떡 신발도 벗지 않은 채 거실까지 뛰어 들어가자 먹다 만 생라면 쪼가리가 발에 밟혔다. 거실 탁자를 바라보자, 라면 봉투가 처참히 찢겨있고 그 바닥으로 생라면 부스러기가 널려있다. 이상하게 부스러기가 줄지어 어딘가를 향하고 있다.

그것을 따라 시선을 안방으로 옮기니 이불을 고이 덮고 누워있는 할머니의 모습이 보였다.

"할머니!"

놀라며 방에 뛰어들어가자 어디선가 본적 있었던 풍경이 머릿속을 스쳐갔다.

부드러운 바람, 살랑이는 얇은 커튼, 얼굴에서 느껴지는 평온함…엄마가 돌아가셨을 때와 같은 모습이었다. 편안하기를 선택한 것 같은 할머니의 표정을 앞에 두고, 어떻게 해야 좋을지 알 수 없었던 찰나 머리맡에 놓인 다량의 약 봉투가 눈에 들어왔다.

"수면제?! 얼마나 드신거야?!"

그리고 그 옆에 놓인 깡통함이 눈에 띄었는데 죽음 빌라에서는 볼 수 없었던 편지 한 장이 나왔다.

언뜻보아도 유서로 보이는 편지에 내용은 이랬다.

[괜히 민폐 끼쳐서 죄송합니다. 모든 걸 잊기 전에 떠나고 싶습니다. 다시 한번 죄송합니다.]

봉투 속엔 쌈짓돈 몇 만원이 함께 들어 있었다. 그리고 어린 아들로 보이는 소년과 함께 찍은 사진이 들어 있었다. 힘껏 움켜쥐며 눈물을 흘리신 건지 꾸깃해진 사진엔 눈물 자국이 흐릿하게 보였다.

어떤 사연인지 알 수 없지만, 아들을 그리워 하고 있다는 것이 느껴졌다.

나는 할머니의 어깨를 있는 힘껏 흔들었다.

엄마가 돌아가시던 그 날.

죽은 사람은 절대 돌아올 수 없다는 당연한 진리를 눈앞에 마주했던 그 순간.

옆에 앉아 평온한 얼굴을 빤히 바라보고만 있던 그때의 무기력한 내 모습이 머릿속에 그려졌다.

그리고 그것을 부정하기라도 하듯 내 입에선 알 수 없는 말들이 쏟아졌다.

"할머니 이대로 가시면…아드님은 평생 후회하고 그리워하면서 살아야 해요! 그러니까 일단 일어나봐요! 제발!"

옳고 그름과는 상관없이 그 마지막 순간에 그들을 붙잡고 싶은 마음이 뚜렷해질 뿐이었다. 무엇이라도 해야한다는 대책없는 생각은 곧장 머리에서부터 어깨를 거쳐 손을 타고 내려가 할머니가 덮고 있던 이불을 걷어내고 심장의 고동을 느끼기 위해 가슴 중앙에 귀를 가까이 붙이게 했다.

하지만 들려오는 건 아무것도 할 줄 모르는 애송이의 거친 숨소리뿐이었다. 심장이 뛰든 안 뛰든 할머니가 지금 당장 눈을 뜨지 않는 이상 내 심장 소리는 멈추지 않을 것이다. 어렴풋이 학교에서 배운 심폐소생술을 떠올리며 할머니 옆에 무릎을 꿇고 앉아 가슴위에 두 손을 마주 올렸다.

[스읍-후우]

"어떻게든 해야해."

내 호흡은 정리되지 않은 채 어떤 시늉이라도 하듯 자세를 바로 잡았다.

"그래 일단 호흡부터!"

미세한 호흡이 있길 바라며 쓰러진 할머니 얼굴에 귀를 가까이 가져가자 호흡은 느껴지지 않았다

얼룩덜룩한 하얀 벽지 틈새 사이로 흘러내리는 적막함말고는 그 어느 것도 들리지 않았다.

[덜컹]

그 순간 적막함을 깨며 어디선가 소음이 들려오기 시작했다. 현관 밖으로 나가자 빨간남자 무리가 매섭게 복도 끝에서 달려오고 있는게 보였다.

"여기요! 여기에요!!"

그들을 향해 소리치자 같은 층 주민들이 놀란 듯 하나둘 문을 열어 주변을 둘러보고 있었다.

"어머. 누가 쓰러졌나봐요."

"저 집 할멈인가 보네."

사람들은 할머니가 쓰러졌다는 상황을 자연스레 짐작하고 있다.

"비키세요! 지나갈게요!"

복도는 점차 위급한 상황에 걸맞는 풍경을 자아내고 있었고 복도에 하나둘 나온 주민들 사이로 구급대원들이 빠르게 달려왔다.

구급대원들은 도착하자 내가 어렴풋이 시늉했던 그것을 능숙하게 시작했고, 「AED」라는 영어가 새겨진 네모난 상자를 열어 패드를 꺼내들었다.

잠시 후 대원들은 서로의 신호에 맞춰 잠시 물러나기를 수 차례 반복하며 할머니의 생명신호를 가늠했다. 넋을 놓고 한발자국 물러나 그들을 지켜보자 소생술을 펼치던 젊은 대원의 이미 늦었다는 눈빛 신호가 내 눈에 잡혔다.

"아…아직이요. 조금만…조금만 더 해주세요!!"

"윽…이미….."

"제발요…!"

이대로 포기할 수 없었기에 대원에게 사정하던 그때, 엄숙한 분위기를 풍기는 남자가 달려와 젊은 대원에게 소리쳤다.

"야 이 자식아! 너가 먼저 포기하면 어쩌자는 거야!"
 상사로 보이는 대원의 우렁찬 목소리는 아파트 단지가 전부 울리도록 우렁찬 목소리였다.
 "멈추지마! 살아날 때 까지 반복해! 당장!!"
 "하,하지만 팀장님…이 분은 이미… ."
 젊은 대원이 반박하자 그는 깊게 한숨을 들이 내쉬며 다시 소리쳤다.
 "사람들이 못하는 일이니까 우리가 어떻게든 해내야 하는거야! 못하겠으면 당장 때려쳐!"
 분노를 토해내듯 말하는 그에게서 일분일초를 다투는 구조 현장을 숱하게 다녀본 경험이 느껴졌다.
 어쩌면 그들의 일은 기적을 자아내는 것일지도 모르겠다. 그것은 분명 매 순간 간절하고 애절하게 다가오지만 도무지 손에 잡히지 않는 흩날린 꽃잎과도 같을 것이다. 그럼에도 그것을 잡기 위해 허공에 두 손을 허우적거리는 노력은 부질없게 다가온다.
 "일단 들것에 실어서 병원으로 옮긴다! 이동 과정에서 심폐소생술은 멈추지 않는다! 당장 움직여!"
 그가 말하자 대원들은 눈동자 속에 불이라도 집어넣은 듯한 표정으로 끄덕였다. 그리곤 준비해둔 들것을 순식간에 펼쳐 할머니를 조심스럽게 들것 위로 옮겼다.

"출발!"

"저..저기요! 대원님 저도 같이 갈게요!"

"가족이신가요?"

"아,아니요. 하지만 할머니가 가족이 없으세요."

"..."

그는 나를 위아래로 한번 훑어보곤 대답했다.

"그럼 일단 따라오시죠."

"네. 감사합니다."

나에게 대답하며 재빠르게 뒤돌아선 그의 어깨는 굉장히 든든하게 보였다. 만약에 아빠가 살아계셨다면 이런 모습일까 생각이 들었다.

"잠시만요. 지나갈게요!"

상사 대원 어깨 너머로 먼저 앞서 나간 대원들이 좁은 복도를 가득 채운 주민들 사이를 힘겹게 뚫고나가는 모습이 보였다.

일분일초를 다투는 순간 들것에 할머니를 들고 있는 대원들이 외줄을 타고 있는 것처럼 아찔하게 보였다. 분주히 움직이들 그들의 뒤를 따르며 내가 해야할 일을 생각하자 어느새 창문 없는 복도 난간 위에 내가 올라서 있었다. 그리곤 힘껏 소리쳤다.

"엘~레~베~이~터~~~!!!!!!"

처음이었다. 살면서 이렇게 크게 소리 질러본 것은.

[스읍--]

양쪽 폐가 생생하게 느껴질 정도로 숨을 들이쉬고 이어서 소리쳤다.

"타~지~~~마세요!!!!!!!!!!!"

"…"

괴성이 끝난 순간 복도에서 관망하던 주민들이 일제히 나를 응시했다.그리곤 고요한 단지 내에 메아리친 괴성이 모두의 귀로 돌아왔다.

[-----]

그러자 찰나의 적막을 깨고 내 발밑으로 엄마 손을 꼭 붙잡고 있던 소녀 아이가 작고 여린 목소리로 말했다.

"엘…엘리베이터…."

꼬마 아이가 말하자 이어서 손을 잡고 있던 엄마가 창가를 향해 소리쳤다.

"엘리베이터 타지마요!"

두 모녀는 나를 뚜렷한 눈빛으로 바라보며 고개를 끄덕이곤 다시 창가를 바라보며 소리쳤다.

"엘레베이터~ 타지마~!!!"

　그러자 복도에 어슬렁 서 있던 사람들은 일제히 창문 없는 복도 난간에 기대어 소리치기 시작했다.

"엘리베이터 타지말래요!"

"타지마요! 엘리베이터!"

"엘리베이터 타지마라!"

　어른, 아이 할 것 없이 모두가 소리치기 시작했고 서로 다른 목소리와 어투는 불협화음이 되어 아리러니하게도 『한마음 한뜻』이라는 단어를 연상케 했다.

　대원들이 복도 끝에 다다르자 엘리베이터는 기다렸다는 듯 도착했고, 대기하고 있던 구급차에 신속하게 할머니를 태워갔다.

　구급차 경광등이 쏘아내는 불빛이 복도 난간에 얼굴을 내밀고 있는 주민들의 눈동자에 빨갛게 내비쳤고 적막한 단지 안엔 사이렌 소리가 가득해졌다.

　그 사이 좁디 좁은 구급차 안에선 제자리에 앉아 있으면서도 바쁘게 움직이는 대원들의 얼굴엔 12월인데도 불구하고 땀이 비처럼 내리고 있었다. 구급차 내부는 뜨겁게 달궈지는 듯 했지만 할머니는 여전히 추운 겨울을 지내고 있는 듯 여전히 고요했다.

[삐이이이이----]

　할머니의 생면신호를 알려주는 기계음과 구급대원

들의 뜨거운 숨소리가 구급차를 가득 메워갈 때 쯤 어느새 내 두손은 서로를 감싸안듯 모여 있었고 내가 할 수 있는건 아무것도 없다는 좌절의 그림자가 드리우고 있었다.

"할머니…."

[삐~익]

그 순간이었다.

"어?"

할머니의 생명 신호를 나타내는 작은 모니터에서 신호음이 울렸다.

[삐~익]

그 순간 분주했던 구급차 안은 찰나의 순간 정적이 흘렀다.

"!!!"

"신호입니다!"

"그래! 나도 봤어."

[띠링]

"???"

[2023년 12월 8일 금요일 12시]

할머니의 생명 신호와 함께 큰 고비를 넘겼다는 듯 12시를 알리는 스마트폰 알림이 울렸다.

나는 속으로 환호성을 질렀다. 분명 무언가 바뀐 것이 틀림없다. 그제서야 구급대원들은 한시름 놓았다는 듯 목덜미까지 흐른 땀줄기를 닦아냈다.

"병원에 도착할 때까지 긴장 풀지마."

상사대원이 말하자 금방이라도 녹아 내릴듯한 대원들이 군기가 잡힌듯 허리를 바로 세워 대답했다.

"네!"

대원들은 작지만 명확한 어조로 대답하곤 다시 자세를 바로 잡았다.

구급차는 어느새 시내에 들어섰는지 사이렌 소리를 요란하다싶이 크게 켜내고 달리기 시작했다.

잠시 후 구급차가 멈추자 뒷문이 통째로 열리며 소란스러운 소음이 쏟아져 들어왔다.

대원들은 일사분란하게 움직여 할머니를 곧장 응급실로 이송하기 시작했고 순식간에 구급차 안에 혼자 남게 되었다. 문득 내 손바닥을 펼쳐 바라보니 무언가 송골송골 맺혀 빛나고 있다.

각자의 고민을 품고 살아가는 우리는 매 순간 각자의 선택에 따라 살아간다. 그런 우리들이 얽히고 섞이다 보면 혼자서 절대 맞이할 수 없었던 기적 같은 순간을 맞이할 때도 있다. 그리고 그 순간들이 절대 혼자만의 것이 아니란 걸 오늘 보았다.

"후… 나 잘한거겠지?"

[스읍-후우-]

깊은 안도의 한숨을 뜨거운 구름 사이로 뱉어내며 두 눈꺼풀을 살며시 감았다. 할머니의 운명이 바뀐 그 순간을 곱씹고 만끽하고 싶었다. 분명 할머니가 이대로 돌아가셨다면 태양씨가 데려갔을텐데 분명 허탕을 쳤다며 나에게 쓴소리를 할 것 같다는 생각이 들었다.

하지만 오늘은 달게 들을 수 있을 것 같다.

"저기 혹시… ."

누군가 말을 거는 소리가 들리자 눈이 번쩍 뜨였다.

"말 좀 여쭙겠습니다."

누군가 내 등 뒤에서 어눌한 말투로 말했다.

"아 네… ."

돌아보자 50대 후반으로 보이는 허리 굽은 아저씨가 서 있었다. 그는 내 눈을 똑바로 쳐다보지 못하며 조심스럽게 말을 이어갔다.

"혹시…저 할머니랑 어떤 관계이실까요?"

"네…?"

그에게 어떤 관계라고 말해야 할지 고민하던 찰나

금방 울기라도 했는지 붉어진 눈시울이 눈에 띄었다.

"아…저는 그냥 옆집 사는 이웃주민이었어요. 지금은 아니지만…."

그는 내 말을 듣곤 고개를 떨구며 깊은 한숨을 내쉬었다.

[후우-하아--]

제자리에서 한숨을 연신 내쉬던 그의 움켜쥔 주먹 사이에선 알 수 없는 분노가 세어나오는 듯 했다.

"저기…괜찮으세요?"

내가 묻자 그 순간 그가 고개를 치켜들며 말했다.

"저기…괜찮으시면 이걸로 병원비 수납 좀 해주시겠어요? 부탁드립니다. 부족하면 말씀해주세요. 바로 가져다 드릴게요."

그는 코트 안 주머니에서 묵직한 현금 봉투를 꺼내며 나에게 건넸다. 난데없이 돈 봉투를 건네는 그를 이해할 수 없었다.

"저기…이건 대체? 아니 누구신데요?"

"…"

그는 말을 마치더니 어딘가 죄지은 사람처럼 다시 고개를 숙였다.

"누구시냐고요."

"말씀드릴 수 없어요."

"그럼 이 큰돈을 어떻게 받아요."

"꼭 말씀드려야 할까요?"

"네."

누군가의 호의일지라도 요즘같이 눈 뜨고 코 베이는 세상에 최소한의 신원 파악은 필수였다. 세상에 공짜는 없다고 귀에 못이 박히도록 이야기했던 엄마의 모습이 눈앞을 스쳤다.

"후우…."

그는 다시 깊게 숨을 들이쉬며 골똘히 고민했다.

하지만 사실 그가 누구인지 짐작하고 있다. 그가 어디 굴러다니는 나쁜 인간이 아니라면 할머니에게 이런 호의를 베풀 사람은 세상에 단 한명 밖에 없었다.

"저는 사실…."

"아드님이시군요."

나는 그에 손을 붙잡고 말을 가로챘다.

"어…엇? 어떻게 아셨어요?"

"세상에 이런 큰돈을 누가 선뜻 주겠어요. 가족 말곤 없죠."

"아…."

그는 어리둥절한 표정으로 작은 감탄을 가지곤 나

에게 말했다.

"저기…그럼 이거 대신 전해주실 수 있죠?"

나는 단호한 표정을 지으며 말했다.

"아뇨! 제가 왜요?"

"아,아니. 왜요?"

"어떤 사정인지 모르겠지만 아저씨가 하세요."

"후…이게 사정이 있어서 그래요. 제발 부탁해요."

"그럼 조건이 있어요."

"네…?"

그는 당황스러운 표정으로 나를 쳐다봤다.

"제가 병원비 수납을 도와드릴테니까, 아저씨는 할머니 깨어나실 때까지 옆에 있어 주세요."

사실은 조건이랄 것도 없이 엄마가 쓰러져 입원하면 아들이 곁을 지키는 건 당연했다.

"아…안돼요. 엄마는 저 못 알아보신단 말이에요!"

"네?!"

"반년 전부터 저를 못 알아보시기 시작하셨어요."

예상되었던 그의 정체와는 다르게 예상치 못한 상황이 등장했다.

"그래도 그렇지 어떻게 할머니를 혼자 둬요?!"

"엄마가 그러길 원하셨어요."

"네…? 할머니가요?"

나는 입을 다물지 못했다.

"간혹 정신이 돌아오시면 저를 못 알아봤다는 걸 알고 집에 오지 말라고 그랬어요."

그에 말을 듣자 죽음빌라에서 보았던 할머니에 노트의 내용이 머릿속을 스쳐 갔다.

아들을 못 알아볼까 두려워하시던 것은 앞으로 일어날 일에 대한 걱정이 아니라 이미 일어날 일에 대한 죄책감이었다. 그 노트를 작성하던 그 순간마저 이 사실을 망각했을 할머니를 떠올리니 가슴이 먹먹해졌다. 할머니는 치매로 인해 그 죄책감마저 잊어가며 망가져 가는 자신과 매번 자신으로 인해 상처 입을 아들을 가만히 둘 수 없었던 것이다.

더욱이 아들에게 상처를 주는 자신을 용서할 수 없었을 것이라고 생각한다.

할머니는 치매 증상이 심해지면서 자신이 아들을 알아보지 못했다는 것을 깨닫게 된 후 마음에 문을 닫아버렸고, 아들에게 자신을 찾아오지 말라며 부탁했다고 한다.

이후 상황은 악화하면서 부탁은 사정으로, 사정은 절규로, 절규는 망각으로 이어졌다고 한다.

고통의 굴레 빠진 아저씨와 할머니는 서로를 위해 함께하면 안 된다고 생각했을지 모르겠다.

그렇게 아저씨는 한동안 할머니를 찾아갈 수 없었다고 한다.

"그럼 오늘은 왜 오셨어요?"

"오늘은 이걸 보여주려고 집에 찾아 갔었어요."

그는 코트 주머니 품에서 작은 곰돌이 푸 키링을 꺼내어 들었다.

"뭐에요 그게?"

"어렸을 때 엄마가 선물해주셨던 키링이에요. 기억에 도움이 되실 것 같아서….."

"이거 였구나! 꼬맹이가 등 뒤에 숨기고 있던 거!"

나는 정답이라도 맞춘 듯 소리쳤다.

"네 맞아요!"

그도 정답이라는 듯 소리쳤다.

"근데 어떻게 아셨어요?"

"네?"

내가 그 사진을 어떻게 보게 되었는지 설명할 길이 없었다. 죽음빌라라는 곳에서 살고 있고, 그곳은 자살하게 될 인간의 마지막 공간을 재현하고 거기서 할머니와 나란히 찍은 사진을 본 것이라고 이야기할 순 없다.

"어…그러니까 일단 수납 도와드릴게요!"

내가 급히 말을 돌리자 그가 대답했다.

"아까도 말씀드렸지만 지금 엄마한테 갈 순 없어요. 괜히 깨어나셨다가 저를 또 기억 못 하시면 분명 정신이 돌아오셨을 때 다시 한번 스스로를 미워할 거에요. 저는 그렇게 엄마를 잃을 순 없어요."

그의 말엔 반박할 부분도 없거니와 어른으로서의 면모가 느껴질 만큼 슬픈 의지가 느껴졌다.

"그…그래도."

"아니요 그럴 순 없어요. 저도 용기 내서 오늘 만나 뵈려 했지만 일이 이렇게 된 이상 저는 엄마를 보면 안 될 것 같아요."

"그럼 그 키링은요!"

그는 서글픈 표정으로 손에 쥐고 있던 키링을 바라보며 말했다.

"이것도 같이 부탁드릴게요. 가져다드리면 분명 도움이 될 꺼에요."

나는 그에 비해 굉장히 어리숙한 나이지만 무언가 잘못되어가고 있다는 걸 느낄 수 있었다.

대화하길 좋아하는 엄마와 매일 같이 시간을 보내

며 배운것이 하나 있다면 이럴 땐 「연극」이 필요하다
고 하셨다.

할머니가 점점 기억을 잃어가며 아들에게 상처 줄까
걱정하는 두려움.

그리고 존재하진 않지만 스스로 만들어내는 죄책감
은 서로를 갉아먹고 기어코 파국으로 이끌 것이다.

만약 엄마가 심장병으로 언제든 세상을 떠날 수 있
다는 두려움에 사로잡혀 살았다면 그 무서운 미래는
현재를 갉아먹었을 것이다. 비록 엄마는 아빠를 잃
은 슬픔에 병을 얻긴 했지만, 그 이후 나와 살아가기
위해 의지를 굳혀가며 현재를 지키고 조금씩이나마
나아갔었다. 지금 무언가 잘못되고 있음을 느낄 수
있는 건 내가 엄마와 올바른 시간을 보냈었다는 증
거일지도 모르겠다.

반드시 피할 수 없는 일들이더라도 아직 일어나지
않은 일에 연연하지 않는 것이 중요했다. 물론 말처
럼 쉬운 일은 아니다. 심지어 나도 100% 연연하지
않고 있지도 않다. 그렇다고 현재를 망칠 순 없는 법
이었다.

엄마는 존재하지 않는 모든 것들은 사람의 마음속
에서 실재하게 된다며, 모든 것은 마음에서부터 시

작된다고 하셨다.

엄마는 예시로 어릴 적, 캄캄한 집 현관에 홀로 서 있을 때 알 수 없는 무언가의 기척을 느끼며 허공을 향해 "나와라 거기 있는 거 알고 있다"라고 허세 부리는 것과 같은 이치라며 우스꽝스러운 예시를 덧붙였다. 그리고 엄마가 항상 달력에 적어두셨던 「투데이(two-day)」도 「연극」의 일종일 것이다.

엄마는 반드시 피할 수 없는 날이 있다면 반대로 반드시 존재해야 하는 날이 있어야 한다며 「투데이」를 시작하셨다. 무슨 뜻인지 이해할 수 없던 나는 엄마에게 되묻자, 나에게 「절망」을 연극하는 사람들은 절대 이해할 수 없는 것이라고 했었다. 나를 비롯해 할머니와 아저씨는 어느 순간부터 절망을 「연극」하며 서로를 갉아먹고 있었을지도 모른다.

그래도 다행인 건 당시 엄마가 말하길 「절망」과 「희망」을 연극 하는 것은 한 끗 차이라며 결국 선택의 문제라고 하셨다.

나는 건네받은 돈 봉투를 돌려주며 그의 코트 끝자락을 움켜쥐었다.
"아저씨 일단 와보세요."

"에…? 잠깐, 잠시만 아니야! 저는 안 들어가요. 무슨 학생의 힘이 이렇게…장사 같….."

"장사…?"

나는 그를 잡아끌다 말을 자르며 험상궂은 표정으로 돌아봤다.

"…가, 가시죠."

그러자 그는 순한 강아지처럼 내 말에 수긍하며 따라나섰다.

잠시 후 응급실에 도착하자 조용한 것 같지만 저마다의 혼란과 절망이 뒤섞여 혼잡한 분위기가 가슴을 답답하게 만들었다.

그때 겹친 혼란 속 누군가의 이름을 부르는 간호사의 목소리가 들려왔다.

"노순자님 보호자요! 어디 계세요! 노순자님! 보호자 없으세요?"

긴박하게 보호자를 찾는 간호사의 호명이었다.

"아저씨 뭐 하세요! 할머니 찾으시잖아요!"

"그…그렇지만 이러다 제가 돌아온 걸 엄마가 알게 될 것 같아요."

그에 얼굴엔 두려움이 흠뻑 쏟아진 것처럼 불안한 기색이 역력했다.

"어…어떻게 해야 좋을지 모르겠어요."

이윽고 간신히 부여잡고 있던 무언가가 무너진 듯
혼란스러운 절규를 쏟아내기 시작했다.

"나 때문이야…나 때문에 이렇게 된거야!"

"무, 무슨 소리예요? 왜 아저씨 때문이에요!"

"엄마가 나 때문에 괴로워하는 걸…더 이상 볼…자
신이 없어요."

그는 절규하며 힘이 풀린 듯 제자리에 무릎 꿇었다.
그리곤 코트 주머니에 넣어두었던 키링을 다시 꺼내
며 말을 이었다.

"저…사실은 엄마가 너무 괴로워하시니까…흐윽
엄마가 그만 괴로워하면 좋겠다고…차라리 그만 괴
로워하고 돌아가시는게 좋을 수 있겠다고 생각했었
어요."

"뭐…뭐라고요?"

아저씨의 부르튼 눈시울엔 다시 한번 눈물이 맺혀
흐르고 있었다.

"저는 엄마를 볼 자격이 없어요. 못난 아들 때문에
이렇게 가시는 것 같아요."

"할머니 아직 살아… ."

그의 절망스러운 눈동자를 보자 말문이 막혔다.

이미 모든 것이 끝난 듯 주저 앉은 그의 모습에서 오만가지 감정이 교차했다. 절망은 지치고 않고 사람을 이렇게까지 망가뜨린다. 아저씨도 분명 할머니를 놓지 않으려 했던 순간이 있었을 것이다.

하지만 아저씨는 몰랐던 것이다. 본인 손에 무엇이 쥐어져 있었는지… 그런 그에게 '절망'이 아닌 '희망'이 있어야만 했다.

지금 그는 어딘가에 깊이 빠져있는 것 이다. 그리고 그가 놓지 않으려는 것은… 자기연민이었다.

"…"

"아저씨가 가장 먼저 포기하면 어떻게 해요!"

그는 순간 고개를 치켜들며 나를 향해 작은 목소리로 대답했다.

"그…그래도 엄마는 이미… ."

[스으으읍-후우-]

'야 이 못난 아저씨야! 아들이란 놈이 제일 먼저 포기하면 어떻게 해!"

나도 모르게 외친 말들이 혼잡한 분위기의 응급실에 적막함을 가져왔다.

그 순간 상사대원의 심정이 이랬구나하며 가슴속에 알 수 없는 감정이 차올랐다.

사람들은 존재하지도 않는 무언가를 믿는 한편, 있는 그대로의 사실을 끝까지 왜곡하고 외면하기도 한다. 그렇지 않으면 죽어버리고 싶을 만큼 고통스럽기만 한 현실도 있는 법이다. 인간은 무언가 잃어야만 그 현실을 깨닫고 평생을 상실감과 후회 속에서 허덕이며 살기도 하고, 죽지 못해 살기도 해왔다.

평생을 후회 속에서 고통스러워하는 사람.

고통을 참으며 후회를 딛고 나아가는 사람.

그리고…일찌감치 고통 속에서 해방되려는 사람.

엄마는 사람들이 고통 앞에서 본인에 참모습을 마주한다고 했었다. 소중한 것을 눈앞에서 잃어봐야만 절실해지는 인간의 어리석음은 참으로 야속하게만 느껴진다. 그럼에도 인간은 고통 속에서 더 나은 곳으로 나아간다. 현명해 보이는 그 상사 대원에 확고하고 간절한 의지도 분명 언젠가의 어리석음을 후회하며 아프게 성장한 것이라고 생각한다. 상사 대원은 적어도 동료 대원들이 본인처럼 괴로워하지 않기를 바라며 소리쳤음을 이젠 안다.

아저씨가 이 순간을 그냥 넘어간다면 분명 평생을 후회 속에 살아갈 것이다.

그 순간 태풍의 눈 속의 고요함을 깨고 할머니를

호명하던 간호사가 다가왔다.

"노순자님 보호자 되시나요?"

나는 아저씨에게 시선을 돌려 질문을 건넸다. 그러자 그는 잠시 망설이는 듯 고개를 떨궜다.

[하아-]

간호사가 다급한 한숨을 내쉬며 보호자를 찾으려 뒤돌던 찰나 아저씨는 말을 꺼냈다.

"저…저에요."

간호사의 일찍이 뻗은 발이 멈춰 섰고 순식간에 아저씨 앞에 다가섰다.

"신분증 보여주시고 여기에 바로 서명하셔야해요!"

간호사는 한 장의 서류와 싸인펜을 내밀었다.

"수술동의서입니다. 이쪽에 서명 부탁드릴게요."

"저희 엄마 살 수 있는 걸 까요…?"

그는 돌아서는 간호사를 붙잡고 물어보았다. 간호사는 잠시 고민하더니 그에게 단호하게 말했다.

"네."

"…감사합니다."

그들 주변을 채웠던 고요한 공백은 점차 응급실의 혼란이 차츰 채워나갔다.

사실 할머니의 상태는 누가 봐도 위중했다. 응급실

에 오기까지 생명 신호가 겨우 잡혔을 뿐 사실상 당장 돌아가신다고 해도 이상하지 않을 상황이다.

그런데도 아저씨와 간호사는 이 사실을 애써 외면했다.

이 둘은 어쩌면 어쩔 수 없는 현실 앞에 「희망」을 연극하자고 암묵적으로 합의한 것일지도 모른다.

인간은 간절해질수록 티끌만큼의 기적이라도 믿어보고 싶어지는 법이었다.

우여곡절 끝에 수술 동의를 마치고 기본적인 입원 절차를 정리하자 응급실 입구의 투명한 자동문에 튕겨 들어온 햇살이 강렬하게 내 눈을 찔렀다.

인상을 찌푸리며 안에 다시 들어서자 얼이 빠져 응급실 한 쪽에 쭈그려 앉은 아저씨가 보였고 사진 속 어린아이처럼 애처롭기 따로 없었다.

"나 때문이야… 나때문이야… ."

여전히 한심한 생각에 드리워져 자책하고 있다.

"아저씨…이 쪽으로."

응급실의 혼잡스러운 분위기는 아저씨의 마음을 진정시키는 데 도움이 되지 않을 것이란 생각이 든다.

혼잡스럽다가도 숙연해지는 응급실의 초연한 분위

기 속에서 그를 여러 차례 불러야만 내 목소리가 그에 귀에 닿았다.

"왔어요…?"

아저씨는 나를 알아보곤 다시 풀이 죽은 콩나물 처럼 고개를 숙였다.

"아저씨…할머니 치료 잘 끝나면 저희가 가장 먼저 마중해야죠."

수술비를 수납하면서 받은 안내문을 주머니에서 꺼내 들어 아저씨 얼굴에 들이밀며 말했다. 안내문에는 기본적인 입원 절차와 시설배치도, 수납영수증이 들어있었다.

"제가 너무 한심하죠?"

"말이라고…."

내가 아랑곳하지 않고 말하자 아저씨는 눈썹이 살짝 보일정도로만 고개를 들어 말했다.

"미안해요-미안해요-."

아저씨는 세상 모든일이 자기 탓인 것 마냥 주어를 뺀 문장으로 사과를 반복했다. 그리고 사과가 반복될수록 고개는 차츰 바닥으로 접혀들어갔다.

"후…그만해요."

"네…."

"앞으로도 미안하기만 할거에요?"
안내문 서류를 아저씨에게 다시 들이밀며 말했다.
"아, 아니요."
"그럼 따라와요."
그는 그제서야 안내문을 건내 받곤 일어섰다.
"저기… 고마워요."
이번에도 주어를 뺀 문장이 그의 입에서 내 등 뒤로
새어 나왔다.
"…"

이상하게 어깨부터 발끝까지 마디마디 사이로 간질
간질한 느낌이 스쳐 갔다. 나도 모르게 어깨를 쥐어
잡으며 말했다.
"아… 아직 고마워할 때 아니에요."
내가 퉁명스럽게 말하자 아저씨는 아무 말 없이 나
를 바라보았다. 그리곤 내가 다시 발걸음을 옮기자
거리를 두어가며 나를 따라왔다.

[삐빅]
[2023년 12월 8일 금요일 오후 1시 30분]
스마트폰의 알림 소리에 졸던 눈꺼풀이 번뜩였다.
할머니는 수술이 끝나고 입원실에 곧장 옮겨졌다.

할머니가 수술실의 불투명하고 푸르스름한 유리문을 지나 입원실에 들어오기까지 아저씨는 매순간 안절부절이었다.

그런 아저씨에게 우리가 할머니를 맞이하지 않으면 분명 후회할 것이라며 설득했고, 겨우겨우 할머니 앞에 아저씨를 앉혀둘 수 있었다.

아저씨는 내가 졸며 기다릴 동안 복도 양끝을 왕복하며 여전히 안절부절이었다.

"깼어요?"

"네. 저도 모르게 잠들었네요. 할머니는요?"

"아직이요. 방금 간호사분이 왔다 갔는데 곧 있으면 교수님이 오셔서 설명해주신데요."

"근데 왜 나와 있어요?"

"그냥 좀…이게 편해서요."

아저씨는 교수님을 기다리는 듯 했다. 그때 마침 어수선한 복도 사이로 하얀 가운을 입은 남자무리가 우리를 향해 곧장 다가오고 있는게 보였다.

"들어가요. 아저씨."

"그래요."

[드르륵]

잠시 후 하얀 가운의 남자무리가 병실을 가득 채웠다.

그 중의 교수로 보이는 의사는 숨을 고르며 마스크를 살짝 내렸고 조곤조곤 말을 꺼내기 시작했다.

"수술은 성공적으로 끝났습니다. 워낙 연로하셔서 긴급으로 진행했었고 구급 과정에서 발생한 경미한 갈비뼈 골절과 중독치료를 병행했습니다. 그리고 현재는 수술 데미지와 영양실조에 대한 치료를 진행해야하는 상황이라 당분간은 입원하시면서 경과를 지켜봐야할 것 같습니다."

"네? 영양실조요? 중독치료요?"

아저씨가 놀란 목소리로 되묻자 교수는 코 끝까지 떨어진 안경을 고쳐 쓰며 대답했다.

"네. 치매 환자분들이 주로 겪는 문제 중에 하나로 식욕저하와 우울증이 있는데 밥을 먹었던 기억, 약을 먹었던 기억 대부분이 왜곡되면서 일어나는 상황이기도 합니다."

아저씨는 교수의 말을 끝까지 듣지 못하고 고개를 떨구었다. 떨군 고개 밑 어둠 사이에 비친 그에 표정은 본인이 옆에 있어 주지 못해 할머니가 쓰러졌다며 질책하는 것처럼 괴로워 보였다.

"가족분이 더 신경쓰시는게 좋을 것 같습니다."

교수는 덤덤하게 말을 마친 뒤 이번 수술은 환자가

연로하고 상황이 좋지 않았지만, 환자분이 잘 견뎌
주어서 다행이라며 개인적인 심정을 조심스럽게 전해
주었다. 그리곤 마스크를 올려 쓰며 급히 병실을 나
섰다. 마치 운 좋게 수술이 성공했다는 듯 말하지만
꾀죄죄한 그의 용모에서 왠지 모를 겸손함과 감사
함이 묻어났다.

"그럼 이만."

교수가 자리를 떠나자 하얀 남자들이 무리 지어 따라
나갔고 아저씨의 두 어깨는 점점 축 처지는 듯했다.

그래도 다행인건 교수의 말처럼 성공적인 수술이었
는지 할머니의 안색이 좋아 보였다.

집에 홀로 쓰러져 있었을 때의 편안한 표정과 겹쳐
보였지만 창백하고 매말랐던 피부결이 기름져가고
있었다.

"이제 약 기운이 다해서 곧 깨어나실 거에요. 옆에
서 자리 지켜주시다가 깨어나시면 저희한테 말씀해
주세요."

"네 감사합니다."

간호사가 자리를 떠나고 아저씨와 나는 간이 침대
를 펼쳐 할머니 옆에 나란히 앉았다.

"할머니가 괜찮아지신 것 같아 다행이에요."

"네…다행이죠…근데 학생은 이름이? 제가 정신이
없어서 이름도 못 물어봤네요."

"아…그쵸. 저는 「김겨울」이라고 해요."

"겨울이라…혹시 봄, 여름, 가을, 겨울 중에 「겨울」
을 뜻하는 거에요?"

"네 맞아요. 조금 유치하죠?"

"아뇨! 멋있는 이름이에요!"

아저씨는 나를 바라보지 않고 대답했다. 보통은 예
쁜 이름이라고 하지 않나 싶은 찰나에 옅은 목소리
가 낮게 들려왔다.

"겨…겨울…이쁘기만…하구먼…홀홀."

할머니였다! 할머니가 깨어나셨다!

"할머니!"

할머니의 눈꺼풀이 점차 열리는 것을 목격하곤 간이
침대에서 벌떡 일어나 얼굴을 가까이 했다.

"엄마…미안해 내가 너무 늦었지?"

옆을 돌아보니 어느새 아저씨의 눈망울엔 눈물이
고여 있었다. 아저씨는 조심스럽게 할머니의 손을
마주 잡으며 할머니에게 속삭였다. 그리곤 주머니에
서 키링을 꺼내 들어 할머니의 주름진 손 위에 쥐여
드렸다. 아저씨가 얼굴 구석구석을 쓸어보며 말하자

할머니는 햇살을 머금은 꽃잎이 환하게 피어난 듯
웃어보였다.

"엄마…이거 기억해요? 놀이동산에서…제가 곰돌
이 푸 인형 사달라고 했더니 엄마가 키링을 사줘서
삐졌었잖아요. 기억해요?"

아저씨가 키링을 보여주자 할머니의 뚜렷한 눈동자
가 키링으로 향했다.

"맞네 이거였네… ."

할머니는 옅은 숨을 고르면 말을 이어갔다.

"근데 이거 우리 아들한테 줄 키링인데…?"

"?!"

"…"

순간 시간이 멈춘 듯 적막이 스쳐갔다.

"엄마… ."

손 틈 사이로 모래 한 줌이 유유히 흩어지듯 할머니
의 기억은 이미 흐릿했다. 아저씨는 말문이 막힌 채
할머니를 그저 바라보기만 할 뿐이었다. 할머니는
아무 일도 없다는 듯 창밖에 흘러가는 구름을 멍하
니 지켜보기 시작했다. 아저씨는 할머니의 손을 붙
잡고 어떤 말도 꺼내지 못한 채 참회하듯 조용히 고
개 숙였다.

"아저씨….."

조심스레 칸막이 커튼을 치자 적막한 입원실 안엔 소리 없는 절규가 맴도는 것 같았다.

두려운 순간은 늘 예고 없이 다가온다.

아무리 마음을 단단히 먹어도 그 순간만큼은 어느 때보다 자신에게 솔직해질 것 이다.

흐느끼는 아저씨의 뒷모습에선 슬픔인지 후회인지 모를 것들이 뿜어져 나오는 듯했다.

내가 아저씨의 어깨에 손을 올려두자, 할머니가 키링을 들고 있지 않은 나머지 빈손을 보태어 올렸다.

"할머니…."

주름진 할머니의 손은 다 괜찮다는 듯 아저씨의 어깨를 쓸어내렸다. 기억을 잃었음에도 본능적으로 아들을 위로하는 것 같은 모습에 엄마가 겹쳐 보였다.

나도 모르게 병실을 나와 그들의 모습을 바라보자 내 몫이 끝났음을 느꼈다.

"후우…할머니는 살아나셨으니까…잘 된 거겠지?"

누군가 잘했다고 해주지 않는 이상 스스로 잘 한 건지 확신이 서지 않을 것 같다.

"겨울양!"

"네?"

병원 정문을 지나칠 때쯤 급히 뒤따라온 듯 아저씨가 헐떡이며 나를 불러세웠다. 그는 잠시 숨을 고르더니 마른 침을 삼키며 이어 말했다.

"아무 말도 없이 가면 어떻게 해요."

"아…네…저는 이제 가볼게요."

"고마워요."

그는 고개 숙여 다시 한번 주어 없는 문장으로 감사를 전했다.

"제가 잘한 걸까요?"

그는 잠시 내 눈을 바라보더니 조심스럽게 다가와 속삭이듯 말했다.

"네…정말 잘했어요. 그리고 이건…그 답례에요."

그는 내 손목을 들어올려 손바닥안에 키링을 쥐어주었다.

"네? 이건?"

"이 키링은 저한테서 쓰임을 다한 것 같아요."

그의 표정에서 흐릿하게 씁쓸함이 느껴졌다.

"부족하지만 받아주세요."

"그래도….."

"나중에 겨울씨가 정말 아끼고, 사랑하는 사람 생기면 전해주세요. 분명 좋아할꺼에요."

나에겐 너무 처치 곤란한 선물이라 너무나도 당황스러웠다. 더군다나 사랑하고 아끼는 사람에게 주라는 것이 마땅치 않았다.

아저씨는 끝까지 마중하려는 듯 하염없이 손을 흔들고 있엇고, 나는 도망치듯 돌아서며 그의 마음을 주머니에 쑤셔 넣었다.

병원 정문을 지나치자 작은 공원이 눈에 들어왔다. 잔잔한 바람과 상쾌한 숲 내음에 나도 모르게 공원으로 발걸음이 옮겨졌다.

공원에 들어서자 길가에 가지런히 놓인 나무 의자가 보였고 숲길 사이로 새들이 날아들며 들리는 날개짓 소리에 흩어지는 잎사귀 소리가 어우러져 들려왔다.

혼잡스러웠던 병원과 대조되는 풍경이 꽁꽁 뭉쳐진 듯한 가슴을 풀어헤치게 했다.

"이제 좀 만족스러워?"

순간 쌀쌀한 공기와 함께 누군가 옆에 다가왔고 자연스럽게 말을 건냈다.

"네?"

목소리를 향해 돌아보니 태양씨가 있었다. 무언가 불만가득한 표정을 보아하니 헛수고를 하고 찾아온 모양이었다.

"잘 모르겠어요… 그래도 잘했다고는 했어요."

"누가?"

"할머니 아드님이요."

"나는 잘했다고는 못하겠지만 대단하긴 하다. 기적이라고도 할 수 있지."

「기적」이라는 단어가 귀에 들어오자 오늘 있었던 일들이 머릿속을 스쳐갔다.

"그렇다기보단… 운이 좋았다고 생각해요."

내가 대답하자 그는 고개를 끄덕이며 게슴츠레 나를 바라보았다.

"그렇게 생각해?"

"네? 뭐가요?"

"정말로 그냥 운이 좋았다고 생각하냐고?"

"…"

그에 말이 이해되지 않아 빤히 쳐다보자 그가 말을 이었다.

"너가 간절했고 최선을 다했다면 그건 기적이지. 그리고 그 기적은 너의 몫이야."

"기적이니 운이니 중요한가요?"

"중요하지. 나는 세상 모든 게 그저 운에 맡겨진게

아니라 어떤 간절함에서 비롯된 거라고 믿거든."

 그는 주변을 한번 훑어보고는 나를 뚜렷하게 바라보며 말했다.

 "그리고 사람도 그래. 태어난 모든 사람은 분명 누군가의 간절함에서 비롯된 기적이야. 그저 운이 좋아서 태어난게 아니라고."

 "무슨….."

 내가 인색하게 반응하자 그는 답답한 듯 이마를 탁 치며 인상을 찌푸렸다.

 "아이고… 내가 무슨 말을 하는거냐. 기적이니 운이니 잘 모르겠으면 죽음빌라에서 벗어나는 방법부터 찾아."

 "됐어요. 또 잔소리면 저는 가볼게요."

 "야! 갑자기 어딜 간다는 거야?!"

 "저는 어디 뭐 갈 곳도 없을 것 같아요? 제가 어디를 가든 말든 무슨 상관이에요?"

 "어휴… 됐다! 됐어!"

 이상하게 그와 이야기하면 애처럼 유치해졌다. 그 사실을 깨닫자 순간 민망한 나머지 급하게 자리를 옮겼다.

 "해 지기전에 돌아와야 한다! 알지?!"

그의 말을 듣고 스마트폰을 꺼내어 보니 시간은 오후 4시를 가리키고 있었다.

"이 정도면 충분해."

[죽음빌라 입주자 주의사항 첫 번째. 출입은 해질 무렵에만 가능하다.]

마른 침을 삼키며 하늘을 올려다보자 따가운 햇살이 바로 위에서 강렬하게 쏟아지고 있었다. 손바닥을 이마에 올려 작은 그늘을 만들어도 햇빛 그 자체에 온기는 그대로 전해졌다.

시장 입구에 들어서자 어수선한 소음이 들려오기 시작했다. 생선가게에서 들려오는 칼질 소리, 채소 가게에서 들려오는 상인들의 외침 그리고 겨울이 왔다는 것을 알리는 듯 길거리에선 호떡을 튀긴 고소한 냄새가 뒤섞여 있다.

잠시 발걸음을 멈추고 주위를 둘러보자 바쁜 일상 속에서 분주히 헤엄치는 사람들이 눈에 들어왔다.

나와는 다르게 그들의 활기찬 모습은 서로 전혀 다른 세상에 있는 것처럼 다가왔다.

시장에 오기까지 빌딩 숲을 지나오면서 보았던, 늘

화가 나있는 사람들의 모습과는 사뭇 다르게 활기
찬 모습은 서로 다른 세상에 있는 것처럼 보였다.
"꿀호떡 하나 주세요!"
"네~2000원 입니다!"
내 옆을 지나가던 학생이 호떡을 주문하는 것이 들
려왔다.
호떡이 벌써 2000원인 시대가 되었다니. 10년 전쯤
엄마와 함께 먹었던 호떡은 800원이었다.
호떡 가게를 바라보자 뜨거운 기름이 자글자글 끓
어서 일어난 열기 너머로 메뉴판이 눈에 들어왔다.
예전엔 메뉴판 따윈 필요없이 꿀호떡 한가지였는데
지금은 호떡 종류도 각양각색이었다.
치솟은 물가와 다양해진 메뉴가 훌쩍 지나간 시간
들의 좌표가 된 것처럼 다가왔다.
"와…."
감탄하며 가게 앞을 멍하니 서있던 나를 발견한 사
장님이 말을 걸었다.
"호떡 하나 드릴까요?"
"아…네. 하나 주세요. 기본으로요."
얼떨결에 호떡을 주문하자 호떡 가게의 옛날 모습
과 희미하게 겹쳐 보이기 시작했다.

나는 호떡 한 개를 다 먹지 못했었다. 그래서 어릴 적 엄마와 시장에 들를 때면 호떡 하나를 사서 반씩 나눠 먹었던 기억이 있다. 매해 추워질 때면 "호떡하면~겨울이지~!"라며 뜨거운 호떡을 장난스레 찢어 주시곤했던 것 같다.

"자~ 따끈따끈한 꿀호떡 하나요~!"

사장님은 갓 튀겨 나온 호떡을 반으로 적당히 꾸겨 일회용 종이컵에 넣었다.

"뜨거우니까 호~호~ 불어 드세요!"

호떡을 건네며 서비스 멘트도 아끼지 않는다.

"네 많이 파세요."

뜨거운 호떡을 건네받으니 손난로를 쥔 듯 따뜻했다. 너무 뜨거웠는지 호떡 틈새로 뜨거운 설탕물의 열기가 세어 나왔고, 차가운 공기와 뒤섞여 내뿜는 연기 사이로 엄마가 호떡을 '호호' 불어주셨던 기억이 흐릿하게 보였다.

[호-호-]

엄마가 그랬던 것처럼 입바람을 불어 넣은 후 반으로 조심스레 찢어 한입 베어 물자 입 속에선 뜨거운 열기가 뿜어져 나왔다.

[하아--]

입천장이 뜨거운 설탕물에 델까 봐 입안 호떡을 살살 굴리며 뜨거운 입김을 하늘을 향해 뿜었다.

문득 하늘을 바라보자 거친 물결구름이 불길할 정도로 매우 어둡고 음산한 모양으로 쏟아지는 햇빛을 먹어치우듯 가두어가고 있었다.

그 사이 호떡은 차갑게 식어버렸고 흐릿하게나마 떠오르던 옛 기억들이 접혀갔다.

찬 호떡엔 선뜻 입이 가지 않았다. 그렇다고 사장님 앞에서 호떡을 버릴 수 없는 노릇이었다.

"도착해서 버리자."

멈췄던 발걸음을 옮기자 시장 한켠 골목 끝에 있는 하얀 건물이 보이기 시작했다. 건물 입구엔 광이 나는 나무 간판이 하나 있는데 두꺼운 글씨체로「아름다운 정신건강 의학과 의원」이 라고 쓰여있었다.

오랜만에 왔지만, 여전히 쓸데없이 긴 이름이었다.

짧고 명료하게「아름다운 의원」이라고 해도 좋을 것 같다. 어렸을 땐 이름의 길이가 긴 것을 떠나서 이곳을 드나드는 사람은「이상한 사람」이라며 놀림감이 될까 두려웠던 것 같다.

"여전하네 여기는….."

1층 입구엔 2층으로 바로 이어지는 콘크리트 계단

이 올라서 있었다. 올라가는 벽면엔 세월에 옅어진 낙서들이 있는데 그 중 나비그림 낙서가 눈에 들어왔다. 불투명한 하얀색 유리문을 열고 들어가자 병원 특유의 달달한 소독제 향이 코를 찔렀다.

대기실 소파에 파묻히듯 앉아있는 사람들의 표정에는 무미건조함과 불안함이 뒤섞여 있다.

"안녕하세요. 예약한 김겨울인데요….."

"바로 진료실로 들어가시면 돼요."

접수처를 지나 곧장 진료실 문을 두드리자 나를 맞이하듯 문이 열렸다.

"오랜만이네요. 이리 앉아요."

"네."

긴 생머리가 어울리는 반듯한 숙녀의 느낌이 가득 풍기는 그녀는 여전히 친절했다. 하지만 미소 지으며 맞이해주는 그녀의 표정에선 왠지 모르게 반가우면서도 씁쓸한 듯한 느낌이 들었다.

아무래도 그녀의 입장에선 옛 환자가 다시 왔다는 건 마냥 좋은 소식은 아닐 것이다.

"요새 다시 잠을 못 잔다고 하던데."

진료를 예약할 당시 간호사에게 했던 이야기들을 전해 들은 듯했다.

"아…그리고 엄마 일은…유감이야."

"아니에요. 이제는 좀 괜찮아요."

나는 자리에 앉아 잠시 생각에 잠겼다.

"선생님…궁금한 게 있는데 여쭤봐도 될까요?"

"어 그래."

"선생님은 왜 살고 계세요?"

엄마가 돌아가신 이후 만나는 사람마다 물어보는 이 질문은 여전히 나에겐 큰 과제와도 같았다. 어쩐지 선생님이라면 내가 납득할 수 있는 이야기를 꺼낼지도 모른다.

"…"

그녀는 잠시 고민하더니 나와 눈을 맞추며 자리에서 일어났다. 그리고 천천히 내 앞에 다가와 나를 애틋하게 바라보기 시작했다.

"잘 왔어요….

그녀는 허리를 숙여 나를 품에 가득 끌어안았다. 그리고 내 어깨에 감싸고 있던 손바닥을 토닥였다. 그 온기는 호떡의 온기처럼 따뜻하게 다가왔다.

모든 걸 이해한다는 듯 한동안 아무 말 없이 나를 안아주었다. 비록 대답을 듣진 못했지만, 이걸로 충분하다는 생각에 잠시 품에 기대었다.

아빠가 돌아가신 직후부터 모든 게 변했다. 나는 평범한 초등학생이었는데, 어느 날 갑자기 내 세상이 무너져 내렸다.

그날의 기억은 산산조각난 것처럼 기억나지 않지만, 드문드문 조각난 파편 기억들은 여전히 내 가슴 속에 아프게 박혀있다.

병실에서 힘겹게 숨을 몰아쉬는 아빠, 그런 아빠의 손을 잡고 울고 있는 엄마, 그런 부모님을 바라보며 울고 있는 나, 쏟아지는 빗줄기가 창문에 부딪히는 소리와 병실에 눅눅한 공기, 나는 그때 너무 어렸고, 아무것도 할 수 없었다.

아빠를 잃은 슬픔에 무너지는 엄마의 모습을 보면서 나까지 무너져버리면 엄마가 더욱더 슬퍼할 거라고 생각했었다. 그래서 내 안에서 아빠를 잃은 슬픔을 부정했다. 그리고 시간이 흘러 아빠의 얼굴이 기억나지 않게 되었다. 아빠가 돌아가신 이후로 나의 삶은 완전히 달라졌다.

무언가 결여가 된 듯 나사 빠진 삶은 주변으로 하여금 내가 달라졌다는 것을 느끼게 하기 충분했다.

점점 평범함에서 멀어지기 시작했고, 가장 친했던 친구마저도 나를 멀리하기 시작했다. 어느 날, 그 친구는 내 앞에서 이렇게 말했다.

"너랑 있으면 기분이 나빠져. 우리 더 이상 친구 그만하자."

당시 그 말은 나를 절망으로 몰아넣었지만 아빠를 잊었던 것처럼 그녀도 결국 잊었다.

하지만 잊을 수 없는 것들도 있었다. 그 친구가 떠나고 주변 사람들의 잔혹한 관심과 거리두기는 일상이 되어갔다.

"김겨울, 아빠도 없으면서 어떻게 하냐….."

"쟤 뭔가 이상해….."

마치 어딘가에 꼼짝없이 갇힌 채 누가 던지는지 모

르는 돌멩이를 수도 없이 맞는 기분이었다. 아이들의 순수한 관심이 오히려 더 잔혹하게 느껴졌다.

교실에 들어서는 순간부터 집으로 돌아오는 순간까지, 나는 끊임없이 고통스러워해야 했다.

결국 이 상황에 적응하며 아무것도 하지 않는 것이 최선이라고 생각하기 시작했다. 무시하고, 신경쓰지 않고, 잊어버리다 보니 그들이 던지는 돌멩이의 고통도 무뎌지기 시작했다.

그때부터였다.

내 주변에 회색 콘크리트와 같은 견고한 벽을 쌓고 그 누구도 넘지 못하게 하려 했다.

언제든 떠나갈 것들이라며 어느 누구에게도 애정 어린 관심을 주지 않았다.

점심시간이 되면 시끌벅적한 교실 가운데 고요한 외딴 섬에 갇힌 듯 자리에 앉아 밥을 먹었다. 매일매일 반복되는 고독한 시간은 생각보다 버거웠다.

처음엔 나를 가엾이 여기거나 함께하려는 고마운 친구들이 옆에 앉아 밥을 먹으려고 애썼다. 하지만 결국 내 침묵은 그들을 밀어냈다. 더 이상 나는 예전으로 돌아갈 수 없게 되었다. 그렇게 점점 나의 세상은 「회색세상」이 되어갔다.

시간이 흘러 혼자인 것에 자연스러워졌을 때쯤 그 누구도 나를 궁금해하지도 가엽게 여기지도 않았다.

심지어 내가 펜을 떨어뜨리거나, 복도를 걷다가 넘어져도 내 펜을 주워주지도, 넘어진 나를 일으켜주지도 않았다.

내가 그들을 외면하자, 마치 세상에서 사라진 듯 모두가 나를 잊어버렸다. 무언가 잘못되었다는 것을 깨달았지만, 이상하게도 내가 세상에서 사라져간다는 기분에 안도하기도 했다.

불쌍한 인생은 사라져도 상관없다고 스스로 수긍했고, 그 과정에서 자기연민은 결국 자기혐오로 이어졌다. 나는 혼자인 것에 너무 익숙해져 버린 나머지, 스스로가 필요 없다고 여기며 나 자신을 망가뜨리고 있었던 것이다. 나를 이상하게 느낀 담임선생님은 학교생활에 무슨 문제가 있는지 이것저것 물어보셨지만, 나는 괜찮다고 대답했다.

선생님은 그저 "겨울아, 좀 더 강해져야 해."라는 말을 남긴 채, 이후 어떤 지도나 관심도 주지 않았다. 결국 선생님도 나를 멀리한 그 친구와 다르지 않게 느껴졌다.

일말의 기대는 실망으로 변했다. 세상 모든 사람들

은 결국 「남」이며, 모두가 자신의 행복과 남의 불행에만 관심이 있다는 현실을 새삼 깨달았다.

 시간이 지나 중학교에 진학해도 상황은 여전했다. 사람들은 나를 이해하지 못했고, 나는 그들 속에서 고립되었다.

 학교가 끝나면 이유 모를 공포감에서 벗어나려는 듯 곧장 집으로 왔다. 집에 오면 가장 먼저 눈에 들어오는 것은 엄마의 두뺨에 검게 변한 눈물 자국과 분홍빛으로 부르튼 눈가, 그리고 나 몰래 숨겨둔 아빠의 영정사진이었다.

 집에 와도 내가 맘 편히 쉴곳은 없었다.

 어느 날부터는 잠이 오지 않기 시작했다. 캄캄한 방 안에 누워 어두운 천장을 바라보면, 관짝에 누운 것처럼 깊은 공포가 몰려왔다. 이제는 죽어도 상관없다는 생각을 부정하듯이 몸이 반응했다.

 나의 몸과 마음은 얽힌 실타래처럼 꼬이고 꼬여 최악으로 향하고 있었다. 기억하지 못하는 헛소리를 엄마에게 하면서 상처를 주기도 했다. 그리하여 엄마마저 피해 방에 틀어박혀 나오지 않았다.

 나는 밤마다 꿈인지 현실인지 모를 악몽에 시달렸으며, 불면증은 나를 더욱 피폐하게 만들었다. 열리지 않는 문 앞에서 흐느끼는 엄마를 느낄 때마다 세상이 무너져내린 듯 슬펐다. 내 몸과 마음이 통제를 벗어나 어디로 튈지 몰랐다.

그러던 어느 날, 엄마는 큰 다짐을 한 듯, 캄캄한 방에서 나를 끄집어냈다.

"나오렴."

"…"

그 길로 엄마는 나를 정신과에 데려갔다. 엄마는 병원 입구에 멈춰서 나에게 모자를 쓰여주더니 본인의 모자를 깊게 눌러 썼다. 엄마는 병원 안에 들어서자 충분히 눌러쓴 모자를 한번 더 다듬고 대기실 소파에 깊숙이 눌러앉았다. 마치 몇 번인가 와본 사람 처럼 자연스러웠다.

처음에는 그곳에 가는 것 자체가 쉽지 않았다.

어디선가 돌멩이가 또다시 날아올 것 같은 두려움에 발이 떼어지지 않았다. 그럴 때면 엄마는 얼굴을 꾸겨 무언가 참아내며 내 손을 꼭 잡아주었다.

정신과 의사 선생님은 나를 따뜻하게 맞아주었고, 나의 이야기를 경청해주었다. 첫 이야기를 하기까지도 오랜 시간이 걸렸었다. 내 생각을 누군가에게 이야기한다는 것 자체가 큰 위로가 된다는 걸 그때 처음 알았다.

 정신과에서의 치료는 조금씩 효과를 보였다. 나는 조금씩 마음의 안정을 찾기 시작했고, 불면증도 점차 나아졌다. 이때부터 엄마는 나의 이야기를 들어주기 위해 최선을 다하기 시작했었다. 조금씩이라도 함께하는 시간을 고정해나갔고 그렇게 「TWO-DAY 달력」이 생겨났다.

 하지만 마음에 상처는 사라지지 않는 멍처럼 여전히 아렸다. 여전히 사람들과의 관계에서 두려움을 느꼈고, 세상은 냉정하고 차가웠다.

 학교에서도 여전히 나는 혼자였다. 친구를 사귀려고 하지도 않았다. 그렇게 난 온전히 혼자가 되어가고 있었다.

 고등학생이 되면서, 친구들은 점차 서로에게 관심을 덜어가기 시작했다. 각자의 삶에 집중하기 시작한 시기였기 때문에, 더 이상 다른 사람의 인생에 신경 쓰지 않았다.

 초등학교부터 중학교 때까지 친해 보였던 애들도 대부분 고등학교에 와선 서로 내외하지 않았다. 나를 향한 돌멩이도 더 이상 날아오지 않았다.

하지만 내가 들었던 멍은 여전했다.

불면증은 때때로 잠잠해지다가도 다시 찾아왔다. 갑작스럽게 밀려오는 알 수 없는 감정에 눈물이 터져 나오는 일도 잦았다.

내 삶은 이미 산산조각 난 상태였다.

다시 정신과를 찾아가는 날들이 반복되었다. 의사 선생님은 매번 씁쓸하게 나를 반겨주셨다.

그녀는 나에게 "모든 것은 시간이 해결해줄 거야" 라는 망각의 논리로 따뜻하게 위로했지만 아무리 시간이 지나도 선명한 것들이 있다는 차가운 현실도 함께 느꼈다.

그렇게 시간이 흘러 지금에 이르렀다.

엄마가 돌아가신 후 다시 잠이 안 오기 시작했다.

나의 마음과는 상관없이 아침은 무심하게 밝아오고 다시금 어두운 밤이 찾아오기를 반복했다.

불면증은 어느 지점에 다다르면 시간의 농도를 떨어뜨려 일상을 고문처럼 느끼게 한다. 수면제에 의지하지 않으면 도저히 잠 못 이루는 밤이 많아졌다.

나의 터무니 없는 질문에 아무 말 없이 안아주던 의사 선생님은 한발 물러서 다시 자리에 앉았다. 그리곤 이쁘다는 듯 그저 한참을 바라보기만 하다가 입을 열었다.

"모든 것은 시간이 해결해줄 거야."

그녀는 여전히 망각의 논리로 나를 위로하며 미소지었다.

[똑-똑-!]

밖에서 문을 두드리며 신호를 준다. 다음 환자가 기다리고 있기 때문이다. 그러자 그녀는 곤란한 눈치로 말을 정리했다.

"이런…시간이 별로 없네."

"아니에요. 이만 가볼게요. 선생님!"

이곳을 처음 다니기 시작했을 무렵, 그녀는 나의 우상과도 같았다. 그녀는 병원 홍보 겸 마케팅을 위해서 SNS를 운영했었다. 그리고 지금은 그 덕에 꽤 유명해졌다고 한다. 둘러본 SNS의 화면 너머에 비치는 그녀는 현실과 거리감 없이 늘 밝고 자유로웠다.

그리고 아름다운 외모에 인기도 많은 모양이다. 주변엔 좋은 사람들이 넘쳐나고, 늘 부족함이 없어보였다. 그녀의 눈동자를 바라보면 아름다운 외모와 별개로 고민하나 없이 자기 의지대로 삶을 살아가는 완전한 인간처럼 보였다. 그런 그녀는 모두에게 위로가 될 수 있는 훌륭한 사람이라고 생각한다.

"김겨울님."

진료가 끝나고 대기실에 앉아 기다리자 처방전을 내려주기 위해 간호사가 호명했다. 마스크를 착용하고 있는 그녀는 퇴근 시간이 다가와 기분이 좋은지 마스크 너머로 흥얼거리는 것이 세어 나왔다.

"수고하세요"

"겨울씨!"

내가 처방전을 받자 기다렸다는 듯 선생님이 진료실을 나왔다. 그녀는 무언가 미안했는지 병원 1층까지 따라와 나를 마중했다. 병원을 나오기까지 아무것도 묻지 않고 최대한 온기를 나눠주려 하는 듯 어깨동무를 한 채 걸어 나왔다.

"언제든 와요!"

"…네."

선생님에게 고개 숙여 인사드리고, 바로 앞에 있는 약국에 급히 들렀다. 처방전을 약사에게 건네자 벽시계가 5시 10분을 가리키고 있었다. 석양이 비치는 창문 너머로 주황빛이 약국 안을 물들이고 있다.

오랜만에 선생님을 뵙게 된 탓에 진료 시간이 길어졌다. 마음이 조급해지려는 찰나 약사가 이름을 호명했다.

"김겨울님."

바로 일어나 약 복용법에 대해 설명하는 말을 끝까지 듣지 못하고 약국을 나왔다.

해는 어느덧 석양이 되어가고 하늘은 주황빛으로 물들어가고 있다. 해는 주황빛이 차오름과 동시에 지평선에 조금씩 접혀가고 있다.

"하⋯어떻게 하지."

택시를 바로 잡아타서 뛰어 올라가도 조금 늦을 수 있는 시간이었다. 우선 주저할 것 없이 스마트폰을 꺼내 콜택시를 불렀다. 기사님이 어김없이 곧장 오신다면 괜찮을 것이다.

도로변에 나와 발을 동동거리며 기다리길 몇 분이 흐르자 초조함이 커지기 시작했다. 괜히 안 좋은 상상이 머릿속을 헤집는다.

[오싹]

순간 오싹한 기운에 동동거리던 발을 멈췄다.

"키키키킥."

퇴근길에 바쁘게 걸어가는 사람들 속에서 누군가 나를 향해 불쾌하게 웃고 있는 것이 느껴졌다. 점점 굳어가는 몸은 돌려 뒤돌아보자 어두컴컴하게 그늘진 골목길에 누군가 서 있다.

"안녕~!"

해가 점차 접혀가고 약국 앞 가로등 불이 켜졌다.

그러자 썩어가는 파란 피부와 검은 눈, 사악하다고 밖에 할 수 없는 어두운 기운을 풍기는 남자가 서 있다. 한쪽 다리가 불편한지 비딱하게 서 있던 그것은 나를 바라보며 섬뜩하게 웃고 있다. 주변에 소음은 점차 사라져가고 세상에 그와 나만 남겨진 듯 조용해진다.

"조금만 기다려…키키키킼."

분명 멀찍이 있음에도 그의 끔찍한 목소리는 바로 옆에 서서 귓가에 속삭인 듯 뚜렷하게 들린다.

"당…당신 뭐에요?"

그에게 묻자 태양씨를 처음 봤을 때 하고는 비교도 안 되는 어두운 기운이 바람을 타고 이마를 스쳐 가며, 다리에 힘이 풀리자 그것은 사악하게 웃는다.

"나 그냥 지나가던 착한 아저씨~!"

분명 내 앞에서 말하고 있지만 다른 차원에서 말하는 듯한 기괴한 울림이 전해진다. 누가 봐도 착한 아저씨는 아니다.

그것은 마치 양의 탈을 쓴 늑대처럼 금방이라도 잡아먹을 것 같은 눈빛으로 나를 바라본다.

나는 직감적으로 그가 태양씨가 말했던 「악귀」라는 것을 느낄 수 있었다.

사악하다고밖에 설명할 수 없는 이 존재는, 살면서 내가 봐왔던 것들과는 완전히 다른 것이었다. 택시가 아직 올 기미가 안 보이자 그에게서 먼 곳으로 도망가야겠다고 생각했다. 점점 굳어가는 몸을 조금씩 뒤틀어 그와 반대 방향으로 걸음을 옮겼다. 하지만 시간이 느려진 것처럼 고작 몇 걸음 옮기기가 억겁에 시간처럼 느껴졌다.

"어디가…?"

"흐읍!!"

나는 너무 놀란 나머지 소리없는 아우성을 질렀다.

그것은 내가 도망칠 수 없다는 걸 알려주려는 듯이 길가에 조목조목 들어서 있는 골목길을 그림자 통해 자유자재로 이동했다. 그리곤 그가 벌린 입속에 끝없는 어둠을 바라보자, 그와 내가 하나가 되어가는 듯한 끔찍한 기분이 머릿속을 가득 채웠다. 점점 정신이 아득해 져가며 온갖 환상들이 눈앞에 겹쳐 보이기 시작했다. 내가 점차 이성을 잃어가자 그것은 달콤한 과일을 음미한 것처럼 온몸을 꼬았다.

"김…겨…울…너 이름이 김겨울이구나."

"어…떻게…."

"나는 알 수 있어. 그리고 이젠 보여. 너의 어둠…크크크클."

"안…안돼…하지마."

그것은 잠시 눈을 감고 무언가 찾는 듯 집중했다. 그리고 재미있는 장면을 찾은 것처럼 사악하게 웃기 시작했다.

"캬캬캬캬! 이거 완전 명장면이군!"

"머…뭔 헛소리야!"

나는 괴로움을 참아가며 그에게 말했다.

"니 애비가 너 때문에 죽었구나! 캬캬캬캬!"

"?!?!"

"니 애미는 그런 너를 어지간히도 미워했나보군!"

나는 그가 대체 무슨말을 하는지 알 수 없었다.

"…"

"설마…기억 못하는 건가? 이것도 명장면이군!"

정신이 끝자락에 놓인 듯 위태롭게 느껴졌다. 아늑해지는 정신과 함께 그것의 웃음소리가 멀어지기 시작했다. 눈앞에 시야는 하얀빛으로 가득해지고 어디선가 익숙한 목소리가 가까워지기 시작했다.

"겨울아! 어서 나와! 출발해야지!"

아빠의 목소리가 들렸다. 재빨리 신발을 구겨 신고 현관문을 열었다. 아빠와 엄마는 이미 차에 타서 기다리고 있다. 엄마는 차창 위로 미소 지으며 손을 흔들고 있고, 아빠는 차 문을 열고 미소 짓고 있다.

그런 엄마와 아빠를 보고 달려가자 나도 모르게 동그란 미소가 지어졌다.

"아빠! 진짜로 소풍 가는거야?"

"그럼! 진짜로 가는 거지! 오늘은 우리 겨울이랑 온종일 놀 거야!"

"앗싸!"

환호성과 동시에 포근해 보이는 뒷좌석으로 코를 박
듯 뛰어들자 새 차의 산뜻한 냄새가 흠칫 느껴졌다.
 백미러 너머로 보이는 아빠의 얼굴엔 여전히 옅은
미소가 담겨있다. 엄마는 그런 아빠를 눈웃음 지으
며 바라보고 있다. 온통 미소가 쏟아졌다.
"가볼까?"
"네!"
나는 우렁차게 대답했고 엄마는 조용히 끄덕였다.
 차가 출발하고 창문을 내리자 상쾌한 봄바람이 새
차의 산뜻한 냄새와 섞여 머리카락을 살랑였다.
"겨울아. 창가로 머리 내밀면 안 돼요~!"
"네. 아빠~!"
 차창 너머로 고개를 살짝 걸치자 도로 양옆으로 펼
쳐진 푸른 나무들과 들꽃들이 눈앞을 스쳐 갔다.
"엄마, 여기 정말 예뻐요! 저 꽃들 좀 봐요!"
나는 신나서 소리쳤다.
"봄이라서 그런지 꽃들이 정말 예쁘게 피었네."
엄마는 뒤돌아 나와 눈을 맞추곤 미소 지었다.
아빠는 잡고 있는 핸들 너머로 흥얼거리고 있다.
"아빠, 아빠도 봐요! 저 나무들 좀 보세요!"
나는 아빠에게도 자랑스레 말했다.

차가 빨간 신호에 멈춰서자, 이번엔 아빠가 뒤돌아
보며 나와 눈을 맞췄다.

"우리 겨울이랑 봐서 그런지, 나무가 정말 푸르네!"

그때 차창 너머로 하얀빛깔의 나비가 날아가는 게
보였다.

"아빠! 아빠! 저것도 보세요! 하얀나비에요!"

세상 모든 것이 아름다웠다.

파란 신호에 맞춰 형형색색의 꽃들이 등장했고, 저
멀리 보이는 푸른 들판 위로 하얀빛깔의 나비들이
한데 모여 춤을 추고 있다.

세상 모든 것을 눈에 담을 수 있을 것만 같다.

차창 너머로 전해져 오는 상쾌한 바람과 감동이 양
쪽 가슴에 가득히 차올랐다.

연신 감탄을 쏟아내자 분홍빛으로 물든 공원의 풍
경이 보이기 시작했다.

공원 입구엔 세상에서 제일 큰 것 같은 우뚝 선 나
무의 잎사귀가 바람에 흩날리자 우리를 반기듯 춤을
추고 있다.

차에서 내리자마자 풍기는 공원의 신선한 공기를
가슴이 터지도록 들이마셨다. 푸른 잔디와 피어있는
꽃들, 그리고 곳곳에서 들려오는 새들의 지저귐이

공원을 더욱 아름답게 만들었다. 엄마는 돗자리를 꺼내 잔디 위에 펴고, 아빠는 소풍 바구니를 내려놓았다.

"우리 겨울이, 이제 뭐 하고 싶어?"

아빠가 물었다.

"저기서 공놀이하고 싶어요! 다른 아이들이랑 같이 놀아도 되죠?"

나는 기대에 찬 눈빛으로 물었다.

"물론이지. 마음껏 놀아라, 겨울아."

아빠는 웃으며 말했다.

그들 사이로 뛰어들자 기다렸다는 나를 반기며 공을 건넸다.

그 누구도 나를 이상하게 생각하지 않았다.

그들 속에 내가 자연스럽게 어우러져 있다.

내가 「우리」라는 것에 즐거웠다.

소풍을 온 다른 가족들도 보였다.

아이들은 모두 신나게 뛰어다니며 공을 찼고, 그 웃음소리는 공원 전체에 퍼졌다. 엄마와 아빠는 돗자리 위에서 간식을 먹으며 여유로운 시간을 보냈다.

나는 멀리서 부모님을 지켜보며 지금의 시간이 영원했으면 좋겠다고 생각했다.

하지만 사건은 늘 갑자기 찾아온다. 가장 밝은 빛 아래 가장 짙은 어둠이 있는 법이었다.

공놀이가 한창이던 중, 한 낯선 아저씨가 나타났다. 그 아저씨는 이상한 눈빛으로 아이들을 바라보더니, 갑자기 공을 도로 쪽으로 차버렸다. 아이들은 깜짝 놀라 멈춰 섰고, 울음을 터트리기 시작했다. 그런 아이들을 의아하게 바라보곤 나는 대수롭지 않게 공을 주우러 달려갔다. 하지만 그때였다.

공을 잡은 순간, 차의 경적 소리가 울렸다.

[빠아-앙]

차는 빠른 속도로 다가오고 있었다. 순식간에 내 눈앞까지 다다른 차의 앞 범퍼가 보였다. 그리고 찰나의 순간, 뒤늦게 내가 도로에 뛰어들었음을 알아챈 운전자의 곤혼스러운 표정이 보였다.

나는 두려움에 얼어붙었고, 그 순간 누군가가 세차게 나를 밀었다.

[쾅!]

순식간에 무언가 우직 부서지는 소리와 동시에 충돌 소리가 스쳐 갔다.

뜨거운 아스팔트 위에 몇 바퀴를 구른 지도 모른 채, 금방 정신이 차려지자 피로 범벅이 된 아빠의 얼굴이 먼저 보였다.

"아빠!!!"

절규하며 아빠에게 달려가자, 빨간 얼굴 사이로 옅게 뜨인 흰 눈동자가 점차 보였다. 아빠는 이 와중에도 옅은 미소를 잃지 않기 위해 안간힘을 쓰는 듯했다.

"겨울아…괜찮니…?"

나는 입술을 꽉 깨물고 이슬 같은 눈물을 줄줄이 흘려내며 고개를 끄덕였다.

아빠는 내가 무사하다는 것을 확인하자 고통이 몰려오는 듯 아픈 기색을 감추지 못했다.

나는 그런 아빠를 끌어안고 하염없이 울고 있다.

"여보!!!"

뒤늦게 달려온 엄마는 어쩔 줄 몰라하며 뜨거운 아스팔트 위에 주저앉았다. 아빠는 점점 가쁘게 숨을 내쉬며 눈에 초점을 잃어가고 있다. 나와 엄마는 어떻게 해야 할지 몰라 전전긍긍하고 있다.

"하아…하아…하아…다…다행이다."

곧이어 응급차가 도착했고 피투성이가 된 아빠를 병원으로 이송했다. 이송하는 내내 엄마와 나는 힘없이 떨어진 아빠의 손을 붙잡고 하염없이 울음을 쏟아 낼 수 밖에 없었다.

"여보!!!!!!!!"

아빠는 그렇게 병원에 도착했고, 무려 12시간의 수술이 진행되었다. 그렇지만 수술이 끝난 후에도 깨어날 기미가 보이지 않았고, 그렇게 아빠는 끝내 숨을 거두고 말았다.

어린 나는 이 현실을 도저히 믿을 수도, 받아들일 수도 없었다. 도대체 어디서부터 잘못된 거였을까 생각했다.

내가 떼를 써서 소풍을 가지 않았다면, 공을 주우러 가지 않았다면 이런 일이 벌어지지 않았을 것이라며 자책했다. 내가 숨 쉬며 살아있는 것 까지 전부 잘못된 것 같았다.

그날 이후, 나는 아빠 대신 자신이 죽어야 한다고 생각하며 괴로움 속에서 살았다. 하지만 더욱더 괴로운 건, 아빠를 잃고 매일매일 무너져 가는 엄마의 모습을 지켜보는 것이었다.

엄마는 어느 날부터 술독에 빠져 살며 점차 무너져 가기 시작했다. 그리곤 아무것도 하지 않고 세상을 등지듯 방에서 오랜 시간 나오지 않았다.

"엄마… 나 배고…."

"나가!! 이 악마야!! 너 때문이야!! 너 때문이야!!!"

술에 취해 이성을 잃은 엄마는 항상 나를 원망하는 말을 쏟아냈다. 매일 같이 술을 먹었던 엄마는, 매일 같이 나를 원망했다.

점차 사람이라고 할 수 없는 지경이 되어가도록 술에 찌들던 엄마는 취하기만 하면, 엄마라고 할 수 없는「그것」이 되어 갔다. 한점의 불도 켜지 않은 채 나에게 원망을 뱉어낼 때면「그것」의 눈과 입이 검게 보일 정도로 소름이 돋았다.「그것」이 나올 때면 방문을 걸어 잠갔지만, 방문 너머로 들려오는 원망 섞인 말들은 매 순간 나를 죽였다.

매일 매일 나를 죽였다. 사는게 사는게 아니었다.

"찢어 죽일 년….'

"너만 없었으면…너가 대신 죽었으면…."

엄마는 매일 같이 자신조차 기억하지 못하는 막말과 함게 술병을 쏟아 던지고 나면, 개운하다는 듯 잠이 들었다. 그렇게 아빠의 죽음으로 괴로워하는 엄마를 보며, 모든 불행이 나에게서 시작되었다는 결론에 이르렀다.

하루하루 너무나도 죽고 싶었지만 매일 아침 행복한 꿈을 꾸는 듯한 엄마의 얼굴을 보고 있자면 마음대로 죽는 것조차 잘못인 것 같았다. 그렇게 나는 오랜 시간 동안 아빠를 잃은 엄마에 슬픔을 받아내며 망가져 갔다.

그러다 어느 날 엄마가 갑자기 쓰러지고 이름 모를 심장질환을 앓게 되었다.

처음엔 건강을 잃은게 아니라 유일한 도피처였던 술을 잃게 되어 괴로워하셨다. 엄마는 참다못해 몇번 들이견 술에 몇번을 쓰러지면서 겨우겨우 술을 끊게 되었다.

그 이후 내 흐릿한 기억 속엔 엄마가 거울 속에 자기 모습을 한참을 들여다보았고, 눈곱을 떼어냈다.

그리고 세수를 했고, 머릿결을 가다듬었다. 그러곤 정신이라도 차려진 듯 나를 꽤 오랜만에 알아본 엄마는 갈라진 목소리로 말했었다.

"미안해…엄마가."

하지만 이미 산산이 조각나버린 우리의 시간을 다시 주워 담을 수 없다는 듯 내 입은 떼어지지 않았다.

"…"

"우리 앞으로 잘 살아보자. 아빠 없이도."

슬픔에 등 떠밀려 나락 끝에서 몇 년을 허우적대던 엄마는 우연히 내 앞에 떠밀려 돌아온 듯했다.

"네! 엄마!"

억지웃음을 지어가며 말하자 엄마는 나를 부둥켜안고 한참을 울었다. 이미 내 눈망울은 메마르고 여전히 가슴 한편을 아리게 하는 상처들이 뚜렷했지만 아무래도 상관없었다. 엄마가 쏟는 눈물로 케케묵은 기억을 씻어내서, 엄마는 다정한 엄마로 나는 평범한 딸로 둘도 없는 가족을 연극을 하면 된다.

 내가 망친 연극을 다시 해 보일 것이다.

 끝없이 차오르는 죄책감에 매 순간 죽어가더라도 아무 일 없다는 듯 끝까지 외면하다 보면 아이러니하게도 살아질 수도 있다.

 그렇게 나는 아무 일도 없었던 것처럼 살자고 다짐하며 모든 기억을 점차 묻어두기 시작했다.

눈을 감기만 해도 차오르는 아빠의 얼굴과 죄책감에 목이 졸리는 것 같았다. 눈을 뜨면 보이는 아빠의 빈자리에 가슴이 메어왔다. 너무나도 괴로웠지만 모두 지워내야만 했다.

 동그랗게 피어난 아빠의 미소, 빨갛게 물든 아빠의 얼굴, 점차 감기는 아빠의 눈꺼풀 모든 것을 지워야 했다. 기억의 뿌리는 하나로 이어져 행복한 기억과 끔찍한 기억이 빛과 그림자처럼 함께였기 때문이다.

매일 밤 아빠와의 행복했던 순간들만을 품에 안고
싶었지만, 그 기억들은 결국 고통스러운 결말로 이어
졌다. 그래서 모든 기억은 묻어 둘 수밖에 없었다.

"크크크. 이거 아주 맛있는 기억이야!"
 그것은 인간의 어두운 기억을 끄집어 먹듯 즐거워
하고 있다. 반대로 나는 그 기억들이 다시 떠오르면
서 절망을 거듭하고 있었다. 악몽처럼 되살아난 기억
들은 지금 이곳이 현실인지 악몽인지 구분할 수 없을
만큼 큰 충격을 주었다. 어떻게든 외면하고 꽁꽁 숨
겨왔던 고통스러운 기억들이 마치 거대한 파도처럼
밀려오는 것을 느꼈다.
 내가 세상을 차갑게 느낀 이유, 내 눈물이 마른 이
유를 알았다.
 나는 아빠를 잃은 그 순간부터 죽어있던 것과 다름
이 없던 것이다. 여전히 나는 아빠가 쓰러진 그 뜨거
운 아스팔트 도로 위에서 울고 있었던 것이다.
 [툭!]
 퇴근 시간대가 되자 거리 위를 분주히 지나가는 사
람들 속에서 어깨를 부딪혔다. 악몽과도 같은 장면
들이 스스로 묻어둔 기억이었다는 것을 깨닫자 두

뺨에 무언가 흐르는 시작했다.

"아빠…아빠… ."

차가운 거리 위에 가슴 깊이 끓어오른 절망의 소리가 새어 나왔다. 꾹꾹 눌어왔던 감정이 눈가에서 흘러넘쳤다.

해는 거의 다 떨어지고, 거리는 어둠에 잠겨 있었다.

그것은 해가 지고 어둠이 찾아왔지만 제일 맛있는 때를 기다리듯 군침을 흘리며 천천히 다가왔다.

"오랜만에 맛있는 식사가 되겠군. 크크크."

덮쳐오는 어둠 속 앞에 더 이상 도망칠 힘이 없었다.

"…"

어느새 그것의 뾰족한 손톱이 내 눈앞에 이르렀고, 그 너머로 펼쳐진 허공 속의 먼 하늘을 내다보았다.

마치 아빠가 사고를 당하던 그 순간처럼 시간이 천천히 흘렀다. 점차 그것의 사악한 얼굴이 내 시야를 덮어가며 눈앞이 캄캄해졌다.

[반짝]

그러나 그 순간, 내다보던 허공 속 하늘에서 무언가 반짝였다. 빛이었다.

그리곤 순식간에 내 앞으로 스쳐 간 무언가가 나를 감싸 안고 있다.

"겨울아, 괜찮아. 이제 괜찮아."

다정한 목소리 너머로 시야가 뚜렷해지자 태양씨의 얼굴이 보였다. 태양씨였다! 그리고 그가 처음으로 날 이름으로 불렀다.

그의 익숙한 목소리는 방금 되찾은 기억 속에서 그리운 사람의 모습을 떠올리게 했다.

"설마…아빠?!"

그 순간 택시가 도착했다. 택시에서 곧장 내린 기사님은 오랜 친구를 만난 듯 반가운 표정이다.

"오랜만이네."

"뭐 한다고 이제 오냐."

그들은 긴 인사말 없이 피식 웃어 보이며 서로를 바라보았다.

"죽음빌라로 부탁해."

태양씨…아니 아빠는 나를 택시 뒷좌석에 눕히며 말했다.

"아…아… ."

차마 입이 떼어지지 않았다.

"여기 좀 정리하고…죽음빌라에서 보자. 우리 딸."

"!!!"

그에 말을 듣자 확신할 수 있었다. 믿을 수 없지만,

그의 눈빛 속엔 그날 죽어가던 아빠의 다정한 눈빛
이 겹쳐 보였다.

 택시는 곧장 출발했고 기사님은 둘러대듯 말을 건
냈다.

"저…겨울양…사실은 말이야….'

"다들 한통속이었군요."

원망스러운 눈빛으로 투덜대자, 백미러에 비친 기사
님이 당황하는 모습이 역력했다.

"허허…그…그렇지…뭐."

"근데 지금 해다 저물었는데 어쩌죠….'

"겨울양! 우리가 아무 대책도 없이 왔겠나!'

그는 자신있게 말한다.

"그곳 관리인이 태양씨에요. 걱정 말아요. 도착할
때쯤이면 태양씨가 기다리고 있을 거예요."

"근데 아빠…괜찮을까요?"

"허허 그건 더욱더 걱정 안 해도 됩니다! 그가 어떤
존재인지 알면 깜짝 놀랄 거에요."

"어떤…존재인데요?"

"그가 말이죠….'

겨울이를 태운 택시가 출발하고, 어둑해진 거리 위로 악귀와 남게 되었다. 사람들은 나와 저 존재를 인식하지 못하는 듯 아무렇지 않게 지나쳐갔다. 악귀는 사람들 발밑 그림자 사이사이를 빠르게 이동하며 말했다.

"호오, 당신이구나. 그 유명했던 악귀가."

"언제적 이야기를…알면 조용히 꺼지시지."

"어떤가? 최악에 악귀였다가 신의 앞잡이가 된 소감이? 캬캬캬캬."

악귀는 존재에 걸맞게 사악한 웃음을 지어내며 사람들 속에 숨었다.

나는 군중 사이를 바삐 움직이는 악귀를 한눈에 잡아내며 말했다.

"너는 무슨 맛일까?"

그러자 악귀는 맹수를 마주친 토끼처럼 그 자리에서 굳어버렸다. 그것의 끔찍한 얼굴 위엔 어울리지 않게 겁에 질린 표정이 담겨있다.

"흡!"

"마지막 경고야. 사라져."

기세를 풀어 말하자 악귀가 대답했다.

"젠…젠장! 역시는 역시로구나. 오늘은 충분히 맛봤으니 가볼게. 크크크큭."

악귀는 다시 군중 속 그림자에 뛰어들듯 숨어들었고, 그림자 사이에서 흐릿하게 악귀의 목소리가 들렸다.

[나는 어두운 곳 어디에나 존재하겠다. 크크큭!]

"별것도 아닌 것이."

하늘을 올려다보자 해가 저문 여운에 흐릿하게 비치고 있는 구름들이 보였다. 구름을 향해 뛰어오르자 도심에 반짝이는 네온사인에 눈이 부셨다.

여기저기 들려오는 소음들 사이로 사람들의 웃음소리가 흐릿하게 들려왔다.

다시 한번 뛰어오르자 고고하게 떠오른 달이 내 모습을 비췄고 달빛에 물들고 있는 구름이 발아래로 가득했다. 그리곤 동그랗게 떠오른 달 속으로 이 세계에 처음 왔을 때의 기억이 비추기 시작했다.

아빠의 초능력이라고 해야 할까?

문득 내 고개가 겨울이를 향해 돌아섰고, 겨울이와 차가 가까워지는 장면을 인식하기도 전에 이미 몸은 달려가고 있었다. 찰나 정신이 들었을 땐 찐덕하게 눌어붙은 붉은 피가 시야가 가렸고, 겨울이와 가을이가 내 앞에서 펑펑 울고 있는 게 흐릿하게 보였다.

시야가 조금씩 선명해지자 이마 위로 철철 흐르고 있는 뜨거운 피가 느껴졌고, 온몸이 질러내는 고통이 생생하게 다가왔다. 겨울이를 마주 보곤 내가 무엇이라고 말을 건넸지만 알 수 없었다. 점차 정신이 흐릿해지자 생명의 불씨가 꺼져가는 듯한 오한이 느껴지기 시작했다.

"아빠!!""여보!!"

어느 순간 시끄러운 소리에 눈이 뜨였다.

제일 먼저 보인 건 싸늘해진 내 얼굴을 부둥켜안고

울고 있는 가을이와 겨울이의 모습이었다.

그렇다. 나는 죽었다.

내 얼굴 속에 메마른 입술과 눈 주변의 거뭇한 자국이 눈에 들어오자, 돌이킬 수 없는 강을 건넜다는 것을 체감했다. 가을이의 흐느끼는 어깨를 토닥여주고 싶었지만 서로 다른 세계에 있다는 듯 내 손이 어깨를 스쳐 갔다.

내 손을 바라보자 점차 안개가 되어 사라지려는 듯 주변으로 흩뿌려지는 것이 보였다. 이대로 사라지면 어딘가로 영원이 떠나버릴 것만 같았다.

하지만 나는 가족을 두고 떠날 수 없다. 흐느껴 울고 있는 딸과 아내의 뒷모습이 눈에 밟힌다. 이 모습을 계속 보고 있자니 그야말로 피눈물이 흐를 것만 같다.

"아…아…안돼."

그때였다.

내가 이곳에 머물러야 한다고 강하게 마음먹자, 누군가 소원을 들어준 것처럼 옅게 흩어지던 손이 선명하게 돌아왔다.

"어…? 이건 대체?"

어떤 상황인지 짐작조차 되지 않던 와중에 타는듯

한 갈증이 점차 차오르는 게 느껴졌다.

이 갈증이 무엇을 의미하는지, 그때는 몰랐다.

가루가 되어 흩어지던 영혼들이 다시 뭉친 듯 내 모습이 뚜렷해졌다.

여전히 가을이와 겨울이는 차가워진 나의 육신을 붙들고 뜨거운 눈물을 쏟고 있었고, 하얀색 벽으로 둘러쌓인 병실안엔 스산한 기운만이 감돌았다.

"저거…설마 나야?"

비가 쏟아지는 창가에 비친 내 모습을 마주하자 입이 동그랗게 벌어졌다. 창가 속엔 생기없이 창백한 파란 피부와 죽었다는 걸 증명하는 듯 거뭇해진 눈빛은 누가 봐도 이 세상의 존재가 아닌 무언가로 보였다. 몇초 동안 내가 아닌 다른 것인 줄 착각하며 한번 놀라고, 다른 그것이 나라는 것을 깨닫자 두 번 놀랐다.

"아…아니야!"

나는 무작정 병실을 뛰쳐나와 비가 쏟아지는 거리 위를 끝없이 달렸다. 계속 달렸다. 질퍽한 거리 위를 달리고 달려도 목적지 없이 달려가는 절망은 끝이 보이지 않았다.

"으악!"

[우당탕!]

 어쩌다 굴러떨어진 뚝방길 아래, 그늘진 곳으로 숨어들었다. 두 귀를 막고 두 눈을 질끈 감아도 악몽은 끝나지 않았다.

 어느새 아침이 밝아왔고 찬란한 햇빛이 내 발등을 덮었다. 희미하게 따뜻함이 전해졌다.

 그렇게 나는 이승에 남게 되었다. 처음엔 이승에 남아 있는 것이 무엇을 의미하는지 전혀 알지 못했다.

 가족들을 마주 보고 싶은 마음은 굴뚝같았지만, 가족들은 나를 볼 수 없었다. 더불어 창가 속에 비친 내 모습을 보일 순 없었다. 시간이 지날수록 아무것도 할 수 없다는 것을 깨달아가며 좌절했다.

 가족을 두고갈 수 없다는 마음으로 이승에 남아 있었지만, 못오를 나무를 계속 바라보는 듯 마음은 항상 애처러웠다.

 결국 목적도 의미도 없이 시간이 하염없이 흐르며 세상을 떠돌았고, 사람들 사이를 배회했다.

 한때나마 어둠과 빛을 넘나들며 가족의 곁을 맴돌았지만, 언제부턴가 길을 잃은 듯 그마저도 하지 못하게 되었다.

 그렇게 방황하던 어느 날, 시련처럼 어떤 영혼과 마

주했다. 나와 같이 애처로운 꼴을 하고 있던 그는 이
세계에 남게된 이후로 처음으로 마주한 존재였다.

그 또한 이 세계에서 처음으로 나를 마주했고, 우리
는 자연스레 친해졌다.

우리는 서로의 이야기를 서슴없이 꺼내었다. 누가
더 불행한 인생인지 내기하듯 쉼 없이 말을 뱉었다.

내 안엔 절망이 가득했고, 그에겐 고통이 가득하다
는 것을 서로 알았다. 그의 목소리와 눈동자엔 항상
고통과 무기력함이 짙게 깔려 있었다.

"사는 게 힘들어서 자살한 건데…이거 참 낭패네요."

"…"

"죽으면 끝인 줄 알았는데…후… ."

연거푸 한숨을 쉬어내는 그의 표정은 회색으로 물
들었다.

"윽!"

갑자기 그가 고통스럽다는 듯 신음했고, 두손으로
자신의 목덜미를 감싸 잡았다.

"괜찮아…?"

"읍…!"

그는 목덜미로 타고 오르는 고통을 참아내었다.

"하아… ."

잠시 후 고통이 스쳐 가자 진이 빠진 듯 흐리멍덩한 눈빛과 함께 허공을 향해 한숨을 내쉬었다.

"저기."

"어."

"가족분들 때문에 이승에 남아 있다고 했죠…?"

"…어."

"…"

그는 흐리멍덩한 눈빛으로 나를 바라보았다. 그리고 천천히 입을 열었다.

"부탁이 있어요."

"뭔데…."

"저를 먹어주시겠어요?"

"뭐?!"

그는 여전히 회색 표정을 짓고 있었다.

"무슨 소리야 그게?!"

"말 그대로예요…부탁할게요."

우리는 알고 있다. 이 타는 듯한 갈증을 해소하기 위해서 어떻게 해야 하는지… 그리고 이 순간에도 그 갈증은 내 목을 죄어오고 있었다.

"먹히면 어떻게 되는지 몰라?!"

"알아서 부탁드리는거에요."

"뭐?!"

당황스러움을 머금고 그의 멱살을 잡았다.

"대체 왜 그러는 거야! 대체 왜!"

"죽는 게…이 세상에서 소멸하는 게 두렵나요?"

"뭐…?"

그는 여전히 흐리멍덩한 눈빛이었다.

"저는 죽는 것보다…세상에서 소멸하는 것 보다…고통스럽게 살아가는 게 더욱더 두려워."

"무슨… ."

멱살을 쥐어 잡았던 손에 힘이 풀렸다.

"하아…그래서 죽었는데…이런 꼴이라니."

그는 다른 의미로 나와는 완전히 다른 세계를 살아온 사람 같았다.

"그러니까. 이 고통을 끝내줘요. 태양씨가."

"…"

내 얼굴에 망설이는 티가 나자 그가 말을 이었다.

"얼마나 견딜 수 있을 것 같아요? 그 갈증?"

마치 악마가 유혹하는 것 같았다. 이 이상 있다간 그에게…아니 내 갈증에 휘말릴 것 같았다.

"아, 아니! 난 못해!"

그에게 소리치고 도망치듯 자리를 떠났다.

다른 영혼을 먹어야만 한다니…어쩌면 나는 이미 지옥에 떨어진 것일 수도 있다는 생각이 들었다.

하지만 시련이 임박한 듯 타는 듯한 갈증이 혀끝까지 차올랐다. 정신을 잃은 것만 같은 고통에 다시금 뚝방길 어둠으로 도망쳤다.

누군가의 영혼을 잡아먹는다면, 가족을 마주할 수 있다는 1%의 여지가 사라질 것만 같았다.

어둠 속에서 소리 없는 비명이 메아리쳤다. 고통을 참아내다 정신을 잃어가던 날들을 반복했다. 하지만 그마저도 오래가지 못했다.

어느 날, 어두운 뚝방길 밖으로 나 있는 길가에서 정신이 차려졌다.

"어…?"

타오르던 갈증이 씻은 듯이 사라져 목덜미를 어루만졌다.

"잠깐…이건?"

그 순간 발밑을 내려다보자, 빛의 알갱이들이 바람에 흩날리고 있고 그 사이로 한 줌의 재가 되어 희미해져 가는 그의 얼굴과 마주쳤다.

"무, 무슨?!"

그때 그의 목소리가 희미하게 들렸다.

"태…태…태양씨."

"뭐, 뭐, 뭐야! 어떻게 된 거야! 뭐야 대체!"

"고…고…고마…워요."

"무슨….."

흐릿해져 가는 그의 얼굴은 고통에서 해방된 듯 평온했다. 그는 더 이상 회색 표정을 지어내지 않았다.

이해할 수 없었다. 그리고 받아들일 수 없었다. 정신을 잃은 사이에 내가 그를 잡아먹었다.

평온한 표정을 짓고 희미하게 사라져가는 그가 원망스러웠다.

"말…말도 안 돼…말도 안 돼!!"

나는 절규하고 통곡했다. 그리고 공허한 하늘을 향해 계속 소리쳤다. 하지만 잔인하게도 갈증은 계속 차올랐다. 나는 어디로 향해야 할지 모를 원망을 섞어 목덜미가 찢어지도록 긁어냈다.

"윽…윽…윽!!"

하지만 상처 하나 나지 않았다.

"헉…!"

문득 바라본 뚝방길 옆 개울가에 비친 내 모습은 전과는 달랐다. 희미하게 거뭇했던 눈동자는 다른 존재가 되었다는 듯 어느새 짙은 어둠으로 물들었다.

차가운 내 육신 너머로 병원 창가에 비춘 내 모습을 발견했을 때와는 비교할 수 없는 충격에 휩싸였다.

"젠장…젠장…젠장!"

더 이상 도망칠 곳도 없었다. 그렇게 나는 악귀로서 다시 태어났다.

한번이 쉽다고 했던가.

타오르는 갈증에 영혼도 마음도 태워버린 듯 서슴 없이 영혼을 먹어가기 시작했다. 갈수록 절망과 죄책감은 희미해져 갔고, 이승에 머무를 수 있는 존재감이 뚜렷해지는 쾌감을 느껴갔다. 동시에 영혼을 섭취할 때 그들에게서 짜여 나오는 절망이나 고통과 같은 어두운 것들이 내 안에 쌓여갔다.

시간이 흐르자 이승에 남아 있었던 이유도 잊어갔다. 나는 점차 오직 영혼을 섭취하며, 그저 이유도 없이 이승에 머무르길 갈망하는 짐승이 되었다.

나는 내 자신을 잃었다.

그러던 어느 날, 자신을 중개사라고 소개하는 남자가 찾아왔다. 그때 나는 이미 야수에 가까운 몰골이었고, 그가 누군지도 모르고 겁도 없이 달려들었다.

"흥미롭네요. 엄청 사악한 악귀라도 들었는데?"

나는 알 수 없는 힘에 짓눌려 바닥을 기고 있었다.

그는 발밑에 처박힌 내 얼굴을 유심히 바라보았다.
그의 얼굴에 담긴 하얀 눈동자는 모든 걸 꿰뚫어 볼
듯 뚜렷했다.
"그래도…싹수가 나쁘지 않을 것 같군요."
그가 눈웃음 짓자 알 수 없는 힘이 사라졌다.
바닥을 기던 나는 이빨을 드러내며 말했다.
"뭐…뭐야! 당신!"
그는 검지손가락을 살며시 하늘로 치켜세웠다.
"뭐…중개사라고 해두죠."
"뭐야 그게….."
아무리 짙은 어둠이더라도 한 줌의 빛으로 사라질
수 있는 법이다. 정신이 차려지자, 그에게서 뿜어져
나오는 기운이 피부로 와닿았다.
"제 일 좀 도와주시죠."
"뭐? 일?"
"네. 제가 운영하는 빌라가 하나 있는데. 거기 관리
자가 필요해서요. 당신이 제격이겠군요."
그의 하얀 눈동자 속에 의아한 표정이 담긴 내 얼굴
이 비쳤다.
"이승에 계속 존재하기 위해선 이 세계에「쓰임새」
를 증명해야만 합니다."

"크흡!"

그 순간 발작이라도 일어난 듯 타오르는 갈증이 발끝에서부터 차오르기 시작했다.

"흐음…그 갈증을 견디는 것도 꽤 버거울 텐데요."

그는 타오르는 갈증과 비견되게 차가운 말투였다.

"윽…! 읍!"

이 세계가 나를 거부라도 하는 듯 고통이 생생하게 차올랐다. 이윽고 정신이 아득해지자, 눈물을 흘리고 있던 가을이와 겨울이의 뒷모습이 눈앞을 스쳐 갔다. 정말 오랜만에 떠올린 기억이었다.

"당신…이러다 진정한 악귀가 될 거에요."

"아…아…안…돼."

나는 힘겹게 목을 짜내어 말했다.

"그…그…러면…가족을…만날 수가…없어."

[우당탕…!]

내가 고통에 몸부림치며 바닥을 뒹굴자 그가 차분한 목소리로 말했다.

"죽음빌라에서 일한다면 영혼을 먹지 않고도 갈증이 차오르지 않을 겁니다."

"…뭐?"

바닥을 뒹굴던 나는 눈을 동그랗게 뜨고 그를 쏘아

보았다.

"죽음빌라에서 일한다면 세계가 당신을 인정할 겁니다. 당신의 그 타오르는 갈증도 해결할 수 있죠."

"정…정말이야?"

그가 이야기하자 고통스러운 갈증이 잠잠해졌다.

"만약…거절한다면?"

내가 의심스러운 눈빛을 내보이자 그가 눈썹을 들썩이며 말했다.

"그렇다면 당신을 소멸시킬 수밖에 없어요. 이승에 쓰임이 없는 존재거든요. 당신 같은 악귀들은."

"…"

나는 생각에 잠겼다. 그러자 그가 말을 이었다.

"죽음빌라에서 일한다면 영혼을 먹지 않아도 이승에 머무를 수 있어요. 대신, 자살해서 일찍이 죽게 된 영혼들을 돕고, 때가 되면 그들을 이승에서 저승으로 안내하는 역할을 맡게 되죠."

"…"

나는 눈을 질끈 감고 양쪽 귀를 틀어막았다.

그리고 계속 생각했다.

악귀가 되어가면서까지 이승에 끔찍한 몰골로 남아 있던 이유가 무엇이었는지.

그리고 내게 무엇이 남아있는지.

머리가 계속 지끈거렸다. 그런데도 내 머릿속을 계속 헤집어 스스로 묻어둔 무언가를 찾아 헤맸다.

나는 무언가를 외면했고, 숨겨두었다. 가시 바늘이 듬성듬성한 숲속을 헤매는 듯한 고통이 느껴졌다. 그런데도 계속 헤매었다.

그리고 어느 순간 그 끝에 이르러 마주한 건….

미소가 쏟아지던 가족들의 얼굴이었다.

단지 그 얼굴을 내 눈에 한번만 더 담고 싶었다.

나는 결국 중개사의 제안을 받아들여 죽음빌라에 관리자가 되었다. 처음에는 낯설고 힘들었지만, 차츰 자살한 영혼들을 마주하는 것이 세상에 꼭 필요한 일이란 걸 깨닫게 되었다.

죽음빌라는 이승과 저승 그사이에 존재하며, 이 세계에서 방황하는 자살한 영혼들이 잠시 머무를 수 있는 곳이었다. 수많은 영혼들을 마주하고, 수많은 삶이 스쳐 갔다. 그리고 나도 모르게 그 누구도 알아주지도, 어루만져주지도 않았던 그들의 시간이 고스란히 내 안에 남겨졌다. 후회와 절망으로 가득할 것 같은 그들 모두에겐 희망이라는 것이 있었다.

그것은 아주 작고 소중했고, 주변이 온통 깜깜해도

온 세상을 비출 만큼 선명했다.

처참했던 내 몰골은 점차 사람인 것처럼 돌아왔다. 그런 모습을 마주하자, 내 안에도 희망이 들어선 것 같이 가슴이 벅차올랐다. 하지만 여전히 눈은 시꺼멓게 물들어있었고 얼굴엔 생기 한점 없었다.

그런데도 가슴 한편에 가족들과 뜨겁게 마주하는 상상을 접어두었다.

하지만 시간은 어느새 훌쩍 지나 처음 영혼을 먹게 되었을 때로부터 몇 년이나 지났다.

겨울이는 키가 훌쩍 커버려 머리카락이 허리에 닿은 만큼 길어졌다. 그늘진 얼굴엔 어릴 적 가득했던 미소가 한 점도 보이지 않았다. 그리고 주변엔 그 누구도 없었다. 어느 때보다 뜨겁고 찬란해야 할 나이와 맞지 않게 겨울이의 얼굴 속엔 내가 처음 먹었던 그의 표정처럼 회색으로 가득했다.

훌쩍 지나버린 시간이 너무나도 야속했다. 하지만 운명은 가혹하기까지 했다.

어느 날 갑자기 404호가 생겨났고, 그곳에서 마주한 건 겨울이가 곧 자살하게 될 것이란 사실이었다.

순간 겨울이가 차에 치이는 것을 목격했을 때와 같이 본능이 이성을 앞서갔다. 정신이 차려지자 어느새 겨울이의 집 앞에 서 있었다.

하지만 내 두 발이 한 발자국도 떼어지지 않았다.

겨울이가 망자가 되어 나와 마주하는 장면이 상상되었고, 지금 이 모습으로 마주하기 꺼려졌다. 야속한 시간은 겨울이분만 아니라 나에게도 관통했기 때문이다. 생후의 과오만이 남은 지금의 모습은 생전과는 너무나도 달랐고 나를 못 알아볼까 두려웠다.

"어이! 당신이 그 유명한 태양군인가?"

머리를 쥐어뜯던 찰나 누군가 말을 걸었다. 옆을 바라보자 왠 택시 기사가 차창 위로 팔을 걸친 채 나를 빤히 바라보고 있다.

"뭐야…당신…?"

나를 알아보는 것을 보니 평범한 택시 기사는 아닌 듯했다.

"반갑네. 중개사한테 들었다네! 예전에 성질이 고약했다던데. 하하하!"

그는 멋쩍은 웃음을 지어냈다.

"나도 자네랑 같은 처지일세. 중개사한테 최근에 고용 당했지 뭔가?! 하하하!"

"…"

"중개사가 그러더군. 이 택시는 마음이 혼잡한 존

재들의 주변을 맴돈다고! 그래서 내 쓰임은 그 존재들을 위로 하는거라나 뭐라나….″

그는 쉬지 않고 말했다. 일각을 다투는 상황에 태평해보이는 그가 마음에 들지 않았다.

″…뭐 어쩌.″

″아무튼!″

그가 내 말을 가로챘다.

″자네 속이 많이 혼잡해 보이는구먼그래! 어떻게 해야 할지 고민될 땐 마음을 따라 보는 것이 어떤가? 어떤 마음인지도 모르겠다면 결국 직진뿐이라네! 도로 위나 인생이나 후진은 없지 않은가?! 우리가 비론 죽어서 이렇게 만났지만 조금 더 자기 삶을 믿어보는 걸세! 언젠가 옳은 길로 가게 될 것이라고 믿는 걸세! 그렇게 마음을 따르는 것이야말로 우리가 인간이었다는 증거 아니겠나? 하하하!″

이번엔 그의 호탕한 웃음소리가 거슬리지 않았다. 희미하지만 가슴 속에서 무언가 꿈틀거렸다. 겨우 그의 말 몇 마디로 상황이 바뀔 것 같다고 생각하지 않는다. 하지만 그의 말은 바닥에 눌어붙었던 내 발이 바닥에서 떼어질 수 있게 했다.

″어서 가 보게나!″

　그는 나를 등 떠밀듯 말했다. 그렇게 달려간 그곳
엔 무언가 휩쓸고 지나간 듯한 적막함만이 맴돌았
다. 겨울이가 없었다.
　"뭐야…어디 있는 거야…?"
　망설이던 사이 무슨 일이 일어난 것이 틀림없다.
　"음…? 무슨 소리지?"
　어디선가 구급차의 사이렌 소리가 들려왔다. 복도에
나와 소리가 들려오는 방향을 바라보자, 겨울이가
의식을 잃은 채 구급차에 실려 가고 있는게 보였다.
　"오!"
　나는 속으로 환호했다. 겨울이가 죽지 않았고, 지
금 마주하지 않아도 된다는 사실 덕분이었다.
　"헉!"
　찰나 구급차에 실려 가는 겨울이의 얼굴이 보였다.
망자라고 해도 이상하지 않을 만큼 야윈 모습에 도
무지 기뻐할 수도 슬퍼할 수도 없었다.
　"잠깐! 저건…저건 뭐야?"
　그것도 잠시, 떠나가는 구급차 주변으로 악귀들이
하나둘 나타났다. 악귀들은 무언가 달콤한 냄새라
도 맡은 듯 킁킁거리며 주변을 맴돌고 있었다.
　"이게 무슨 상황이지?"

알 수 없는 상황에 당황스러움도 잠시 겨울이의 주변을 맴도는 악귀들을 모두 몰아낼 수밖에 없었다. 당장에는 괜찮지만 분명 시간이 지날수록 겨울이의 목을 조여가듯 그들이 엄습해올 것이다.

무언가 방법이 필요하다.

"호오…그런 일이 있었군요."

중개사에게 이야기하자 흥미롭다는 듯 반응한다.

하지만 그는 이 일에 크게 관심이 없는 듯, 산처럼 쌓인 서류 속에서 허우적거리고 있다. 그는 오롯이 내가 쓰임을 다했는지 확인할 뿐이었다.

"그래서 입주 기간이 만료된 영혼들은 저승에 인도했나요?"

"…"

그에 말이 귀에 잘 들어오지 않았다. 잠시 입이 떼어지지 않았다.

"…"

"태양군?"

"부탁이 있어."

"네?"

"겨울이를 죽음빌라로 데려와야겠어."

내가 말하자 그는 눈을 동그랗게 뜨곤 뒤적이던 서

류를 내려두었다.

"태양군. 그게 무슨 뜻 인지 본인이 잘 알 텐데요."

"알아…하지만 나는 겨울이를 구해야겠어."

"…"

중개사는 하얀 눈동자를 이리저리 굴렸다.

"규율상 살아있는 인간을 죽음빌라에 들일 수 없습니다."

그는 매번 무엇이든 할 수 있을 것 같았지만, 시큰둥하며 규율을 들먹였다. 그리고 그 무엇도 하지 않았다. 가장 자유로울 것처럼 보였지만 누구보다 세상과 규율에 얽매인 그는 항상 냉정했다.

"맞아. 하지만 생각해봐!"

나는 허공을 가리키며 맹렬하게 호소했다.

"죽음빌라엔 404호가 생겨났어! 그리고 아직 사라지지 않았지! 404호는 겨울이의 소유라고!"

"…"

중개사는 입을 삐죽 내밀곤 생각에 잠겼다. 나는 아랑곳하지 않고 말을 이어갔다.

"시간이 없어. 악귀들은 분명 겨울이의 영혼을 잡아먹으려 할 테고, 겨울이의 몸을 빼앗을 거야!"

무료하다는 표정으로 펜대를 튕기고 있는 그에게

가까이 다가가 말했다.

"내가 만약에 악귀라면 겨울이의 영혼을 잡아먹고 육체를 갈취할거야."

"음?"

"악귀가 편법으로 이승에서 활개치게 놔둘 거야? 그거야말로 규율에 어긋나는 거 아닌가?"

그는 튕기고 있던 펜대를 바로 잡았다.

"그건 좀 곤란한데요?"

"이제 좀 관심이 생기지?"

뜻이 통했다는 듯 중개사와 얼굴을 마주 보며 고개를 끄덕였다.

"확실히 태양군 말에 일리가 있습니다. 404호에 들어올 영혼이 죽지 않고 살아있음에도 사라지지 않았다는 건, 아직 그 방에 쓰임이 남아있기 때문인 것 같군요. 죽음빌라에 입주하는 것 자체는 문제없겠어요."

그는 자리에서 일어나 서류를 정갈하게 손안에 뭉친 후 책상에 탁탁 정리하며 말을 이었다.

"하지만 이게 그렇게 간단한 문제가 아닙니다. 태양군도 잘 알고 있을 겁니다."

"무슨 소리야…?"

"죽음빌라에 한번 입주하면, 입주 기간이 만료될 때까지 속박될 수밖에 없습니다. 이 문제는 어떻게 할 생각이었죠?"

"…"

나는 입을 다물지 못했다. 그렇다. 죽음빌라에 입주하게 되면 이승에서의 명이 다할 때까지 속박되어야 한다. 하지만 겨울이는 살아있는 인간이다.

살아있는 인간이 죽음빌라에 입주한다는 건 무기징역의 감옥으로 제 제 발로 들어가는 것과 같다.

"흐음…밖은 자신을 노리는 악귀들로 가득하고, 죽음빌라로 피하자니 죽을 때까지 속박되어야 한다니…참으로 애석하군요."

그는 남 일이라는 듯 차갑게 말했다. 하지만 반박할 수 없었다. 더욱이 내가 할 수 있는 거라곤 겨울이가 악귀들에게 소멸당하지 않도록 「죽음빌라」라는 감옥으로 데려오는게 전부라고 생각하니 머리가 꽉 막힌 듯 답답했다.

"도와줘…당신이라면…당신이라면 뭐라도 할 수 있을 것 아니야!"

그는 당황스러움을 감추지 못하고 뒷걸음질 쳤다.

"저한테 뭐라도 맡아두셨나요? 저라고 뭐든지 가

능한 건 아닙니다. 저도 세상의 일부에 불과할 뿐이라고요."

나는 그가 뒷걸음질한 만큼 다가서 말했다.

"도와줘…제발…부탁이야."

"하아…."

그는 곤란한 한숨을 뱉어내고 잠시 고민하며 제자리를 빙빙 돌았다. 그리곤 고민이 끝난 듯 멈춰섰다.

"도와주는 건 어렵지만, 거래라면 괜찮겠네요."

"?!"

그는 무언가 재미있는 생각이 떠올랐는지 어느새 신난 표정이다.

"무엇이든 좋아!"

거래내용을 듣기도 전에 동의했다. 내 눈동자는 간절함의 크기만큼 크게 뜨였다. 중개사는 이 세계에 오게 된 이후 가장 오랫동안 알고 지낸 사이지만, 그가 어떤 거래를 제안할지 가늠할 수 없다.

"그러면 동의한 걸로 알겠습니다."

"응."

그를 보자 숨겨진 미소가 얼굴 속에 옅게 비쳤다.

그는 서류 더미 속에서 무언가 꺼내 들더니 안경을 치켜세웠다.

[텅!]

그리곤 굉장히 오래되어 곁 먼지가 흩날리는 책을 책상에 펼쳤다. 낡은 책 표지 속엔 의외로 관리가 잘 된 깨끗한 하얀 내지가 보였다. 내지를 들여다보니 행간이 없는 무지 속에 투박한 글씨가 낙서처럼 두서없이 적혀 있다. 마치 누군가 틈틈이 적어둔 오래된 메모장을 보는 것 같았다.

내가 유심히 들여다보자 중개사는 손가락으로 책 속의 특정 지문을 훑었다.

[개기일식→모든 세계가 이어짐]

"이게 무슨 뜻이야?"

이해가 되지 않아 그에게 따지듯 물었다.

"보이는 그대로예요. 개기일식이 일어나면 '모든 세계가 이어진다.' 즉, 이 세계와 이승을 오고 갈 수 있다는 뜻이죠. 뭐 아주 잠깐이겠지만."

불현듯 겨울이가 지극히 평범한 일상을 되찾은 모습이 상상되었다. 가슴이 벅차올랐다. 나는 흥분을 감추고 그에게 물었다.

"개기일식 때 죽음빌라를 떠나면 된다는 거야?"

"반은 맞고 반은 틀렸네요."

"돌려 말하지마."

"좋아요. 지금부터 거래 내용을 말씀드리죠."

 그는 책상 서랍을 열어 한 장의 계약서류와 펜을 들이밀었다. 마치 지금 상황을 미리 준비라도 한 것처럼 자연스러웠다.

 "올해 12월 12일 19시 30분, 404호 입주자가 죽음빌라를 탈출하지 못할 경우 김태양을 대신해 죽음빌라의 관리자가 될 것입니다. 참고로 쓰임이 다한 당신은 소멸입니다."

 경악스러운 계약내용에 입이 다물어지지 않았다. 그리고 머리에 피가 거꾸로 솟는 듯했다. 그는 얼굴 속에 음흉한 미소를 머금고 서류와 펜을 더욱더 밀어 넣었다.

 "생각할 시간을 드릴 순 있지만⋯시간이 있으려나 모르겠네요. 한시가 급한 것 같은데⋯."

 그는 물고기를 기다리는 노련한 낚시꾼처럼 미끼 같은 말들을 내뱉었다. 나는 펜을 집어 들고 잠시 생각에 잠겼다. 내가 소멸한다는 두려움보다 어느 쪽을 선택해야 겨울이를 위한 것일지 고민이었다.

 "계약서에 적혀 있겠지만, 404호에게 이 계약 내용을 발설할 경우 소멸입니다."

 중개사가 마치 악마와 겹쳐 보였다.

"알겠어. 그런데 죽음빌라에선 어떻게 벗어나면 되
는 거야?"

"그녀의 이름이 어떻게 되죠?"

"겨울…김겨울."

"김겨울…이쁜 이름이군요."

그가 감탄스러운 표현을 쓰는 건 처음이었다. 온 세
상에 무미건조하며 시큰둥한 듯한 그의 입에서 저런
단어는 굉장히 생소했다.

"그래서…어떻게 하면 되는 거야?"

"그건 겨울양의 몫입니다."

"뭐…? 무슨 소리야?"

"후후. 이건 방법의 문제가 아니라 겨울양 의지에
달린 문제입니다."

그의 말을 이해할 수 없었다. 하지만 겨울이를 믿어
봐야 한다는 것은 알 수 있었다.

[스읍-후우-]

한숨을 깊게 내쉬고 계약서류 옆에 놓인 펜을 쥐어
잡았다.

"겨울이를 믿어 보자."

사인을 한 후 기세 좋게 펜을 책상에 내리쳤다.

그는 아랑곳하지 않고 계약서류를 다시 한번 읽어보

더니, 그것을 뒤편에 있던 서류 더미 속으로 깊숙이 던져 넣었다. 그리곤 다시 책상 서랍을 열어 준비되었다는 듯 하얀 봉투를 건네었다. 그는 받아도 괜찮다며 눈썹을 들썩였다. 나는 하얀 봉투를 건네받고 더 이상 따져 묻지 않았다.

드넓은 하늘 위로 내가 연신 뿜어낸 한숨만큼 구름이 뭉게뭉게 돌아다녔다.
"하아…이게 맞는 건가….'
어느 누구도 알아줄 수 없는 고독함이 느껴졌다. 동시에 겨울이의 얼굴이 눈앞을 스쳤다. 중개사와의 계약이 어떤 결말로 지어질지 알 수 없었다. 나도 모르게 한숨이 계속 나오자 택시 기사의 말이 흐릿하게 떠올랐다.
[도로 위에 후진은 없다네!]
그렇다. 결국 내 선택지는 앞으로 가는 것 말곤 없을 것이다. 하루라도 빨리 겨울이를 죽음빌라에 데려와야 한다. 악귀들이 겨울이의 존재를 알게 되는 것도 시간문제였다. 그 다음의 문제는 그때 가서 생각할 수밖에 없다. 결국 나는 내 앞에 놓인 길을 믿어볼 수밖에 없다.

[바스락]

중개사가 건넨 하얀 봉투가 주머니에 있었다.

"엇?"

하얀 봉투를 열어보자 유언장으로 보이는 서류를 읽어보자 허무맹랑한 재산양도에 대한 내용이 눈에 들어왔다.

"하…뭐야 이게? 장난치는 것도 아니…고….'"

"음…?"

순간 머리가 번뜩였다.

"설마?"

그 순간 내가 무엇을 해야 할지 깨달았다.

겨울이를 찾으러 갔을 때 거실 식탁에 뒹굴던 유언장이 떠올랐다. 겨울이가 자연스럽게 죽음빌라로 오게할 실마리가 보였다.

깨달음은 바로 행동으로 이어졌다.

우선 병원에 입원해 있는 겨울이의 상태를 확인해보기 위해 하늘 위로 날아들었다. 해야할 것이 머릿속에 정리되자 몸은 깃털처럼 가벼웠다.

겨울이가 입원한 병실 창가에 도착하는 건 순식간이었다. 창문 안쪽으로는 남자친구인건지 그냥 친구인지 모를, 처음보는 남자가 간호사와 함께 겨울이의 상태에 대해 이야기 나누고 있다. 그들의 목소리에 잠시 귀기울이자 겨울이의 상태가 괜찮다는 이야기가 들렸다. 여전히 누워있는 겨울이의 그늘진 얼굴이 말도 안 되게 야윈 모습이었다. 그 모습을 보자 가슴이 너무 먹먹했다.

 남자의 얼굴엔 겨울이 못지않게 그늘이 가득했다. 그의 표정 속엔 무엇인지 모를 괴로움이 들어차 있는 것 같았다. 그에게서 내가 처음으로 마주했던 영혼의 얼굴이 흐릿하게 보였다. 간호사가 병실을 나가자 남자는 겨울이 앞에 앉아 측은한 눈빛을 하고 있었다. 그리고 창문으로 비친 내 모습에서도 같은 눈빛이 보였다. 누군가를 가엾이 여기고, 지키고 싶다는 그런 마음이 담긴 눈빛이었다.

 하얀 벽으로 둘러싸인 병실 안으로 겨울이의 생명 신호를 감시하는 기계의 신호음이 희미하게 울려 퍼졌다. 점차 그 공간은 온전히 그들만의 것이라는 듯 따뜻한 숨결이 채워졌고, 나를 막아서듯 차가운 창가에 김이 서렸다.

 이 자리에 내 몫은 없는 것 같았다.

 그들의 애잔한 풍경을 뒤로 한 채 구름 위로 날아들자 거센 바람이 어서 가라는 듯 등 떠밀었다.

겨울이는 아직 퇴원할 기미가 보이지 않았고 조작된 유언장을 바꿔치기하기엔 시간이 충분했다.

집에 들어서 거실을 바라보자 이상하리만치 쓸쓸한 기운이 맴돌았다. 마치 죽음빌라라고 해도 과언이 아닐 정도였다. 거실 벽 한편엔 큰 달력이 붙어있고, 「Two-Day」라는 의아한 스펠링 메모가 적혀있다.

[쿵!]

거실 벽 너머로 누군가의 인기척이 들려왔다. 기감을 세워 온 신경을 집중하자 안방이 눈에 들어왔다. 최악의 경우 악귀가 이미 이곳까지 들이닥친 것일 수도 있다는 생각이 들자 주먹이 힘껏 쥐어졌다.

"나와."

[스르륵]

내가 뚜렷하게 말하자 누군가 안방과 거실 사이에 있는 문지방에서 발을 먼저 내밀며 말했다.

"잠…잠시만요."

"엇…?!"

거실로 나온 그것은 긴 생머리를 뒤로 쓸어 넘겼다.

그것이 고개를 들자 쓸어 넘긴 머리 사이로 서글서글한 눈동자가 먼저 보였다.

"태양씨?"

"설…마?"

 그것은 조금 전과는 다르게 전혀 두려운 기색 없이 나를 올곧게 바라보았다. 그리고 그것과 눈이 마주친 순간 멈췄던 내 시간이 흘러가는 걸 느꼈다.

"가을이야?"

 오랜 시간이 흘러 마주한 둘의 모습은 예전과는 무척이나 달랐다. 열려있던 베란다 문틈 사이로 쌀쌀한 바람이 발목을 스쳐 갔다. 동시에 흘러가는 구름 사이에서 간간이 내리쬐던 햇살이 가을이의 눈동자에 비치며 반짝이는 무언가가 두 뺨을 타고 흘렀다. 그 순간 나는 고개를 떨궜다.

 그녀의 눈동자에 눈이 부신 게 아니라 그 속에 비친 검은 눈의 사내가 못마땅했다. 내가 고개를 들지 못하자 그녀는 옅은 웃음을 터트리며 말했다.

"흐흐흐흐…처음 봤을 때가 생각나네요."

 그녀가 말하자 이미 잊었던 그녀와의 어리숙한 첫 만남이 머릿속을 스쳐 갔다. 무언가 복받쳐 나도 모르게 입을 꽉 깨물었다. 그녀는 내가 조심스레 고개를 들자 나에게는 천리길과 같은 거리를 단 한걸음에 다가와 품에 안겼다. 발목을 스쳐 가던 쌀쌀한 바람이 선선하게 느껴졌다.

그녀가 안기자 마치 가을의 선선한 바람이 온몸을 개운하게 휘감는 듯했다. 분명 내가 덩치가 커서 그녀가 내 품 안에 있지만, 온 세상이 나를 감싸 주는 것 같았다.

그렇게 우리 둘은 한참을 아무 말 없이 포옹을 나누었다. 서로 망자가 되어 온기랄 것이 없었지만, 가슴 속이 따뜻해지는 느낌이 분명하게 들었다.

"여전히…따뜻하네 당신은."

"당신도요."

"…"

품에 들어와 있던 가을이의 어깨를 쥐어 잡아 눈을 마주칠 수 있는 거리로 밀어내며 말했다.

"가을아. 미안해…마지막에 혼자 둬서 미안해…."

"아니에요. 이렇게라도 봤으니까. 저는 좋아요."

"그래도 미안해…."

그녀는 나를 달래듯 옅은 미소를 지었다.

"근데 당신이 어떻게 여기 있어?"

"태양씨는요? 어떻게 여기 온 거에요?"

어깨를 쥐어잡던 손을 내려놓고 뒷통수를 긁적이며 말했다.

"어…나는 취업같은거 했어. 하하하 당신은?"

순간 악마같은 직장상사를 떠올리듯 중개사가 눈앞을 스쳐 갔다. 그녀는 황당한지 고개를 기울여 나를 바라본다. 그리곤 나를 지나쳐 거실 소파에 앉아 옆으로 오라는 듯 소파를 두드렸다.

그녀의 옆에 앉아 그동안 있었던 일들에 대해 이야기 했다. 그녀는 내가 죽고 이승을 떠나지 못하고 악귀가 되었던 일부터 중개사를 만나 죽음빌라에 관리인이 된 일들을 듣는 내내 입술을 깨물어가며 애써 울음을 참아냈다.

"겨울이를 죽음빌라로 데려가야 하는 상황이야."

"끄흡!"

가을이가 신음했다. 눈시울은 이미 붉게 물들었다.

"겨울이가 너무 걱정되요."

"근데 당신은 왜 여기에 남아있는 거야?"

"저는….."

"음?"

가을이의 눈동자가 흔들렸다.

"겨울이한테 사과하고 싶어요. 제가…겨울이한테 몹쓸 짓을 너무 많이 했어요."

"뭐?"

가을이는 흐르던 눈물을 닦아내고 몸을 돌렸다.

어깨 너머로 괴로운 기색이 역력했다.

그리곤 힘겹게 입을 열어, 내가 죽고 난 이후의 이야기를 꺼내었다.

"…"

이야기를 듣는 내내 눈 한번 깜빡이지 못했다. 미간이 점점 좁혀져가며 가슴 속에 뜨거운 불덩이가 들어앉은 것처럼 화가 치밀었다. 이 분노는 그 누구도 아닌 내 자신을 향한 분노였다. 나로 인해 사랑하는 가족들이 망가진 것 같았다.

숨은 점차 막혀오기 시작했다. 내 두뺨으로 차가운 무언가가 흐르는 게 느껴졌고, 이야기를 끝까지 듣지 못하고 고개를 돌렸다.

가을이는 이야기를 끝내자 고개를 들지 못했다.

그렇게 우리는 꾸역꾸역 참아내었던 무언가를 한동안 곱씹었다.

그것은 너무나도 쓰고 비렸다.

가을이도 결국 후회로 얼룩진 삶을 되돌아보며 이승에 남게 되었다는 것을 알았다.

하지만 가을이가 이승에 오래 머물수록 악귀가 될 운명이라는 것을 나는 알고 있다. 그 끔찍한 일을 가을이가 겪게 할 수 없다.

"가을아. 우리한텐 시간이 얼마 없어."

가을이가 조용히 고개를 끄덕이자 어느새 거실이 거뭇하게 물들기 시작했다. 나는 주방 탁자에 놓인 유언장을 집어 들어 내밀었다.

"이거부터 시작할 거야."

그리곤 중개사가 주었던 하얀 봉투 속 가짜 유언장을 꺼내 들었다. 가을이는 가짜 유언장의 내용을 읽어보자 눈을 동그랗게 뜨며 나를 바라보았다.

"당신…설마?"

이 상황까지 내다본 중개사의 얄미운 웃음소리가 귓등을 스쳤다. 무언가 알 수 없는 큰 흐름에 휩쓸리는 듯한 느낌이 기분 나쁘다.

"…믿어보자. 겨울이를."

그런데도 지금으로선 이 방법이 최선일 것이라고 믿는다. 분명 겨울이는 퇴원 직후 유언장을 확인해볼 것이다. 그리고 우리의 계획대로 겨울이는 유언장을 확인하며 죽음빌라에 입주하게 되었고, 지금에 이르러 다시 만나게 되었다.

"먼저 도착한 건가?"

회상에 젖어 있던 사이, 어둑해진 새털구름 아래로

죽음빌라가 보이기 시작했다. 어두운 산속에 고요하게 서 있는 죽음빌라 주변으로 산의 옅은 물안개가 겉돌고 있다. 구름을 뚫고 아래로 내려가자 죽음빌라 입구 쪽에서 눈살이 찡그려지는 조명 빛이 나를 쏘아댔다.

거리가 가까워지자 조명 빛 너머로 손전등을 반짝이는 택시 기사가 보였다.

그간 이 세계에 들어오면서 가족들과 마주하길 손꼽아 고대했었다. 하지만 가을이와 마주했을 때와는 다르게 고도가 낮아질수록 멈춘 줄 알았던 내 심장이 뛰는 것처럼 숨이 가쁘게 쉬어졌다.

어떤 말을 건네야 할지 알 수 없어, 머리가 하얗게 물들었다.

내가 못 알아볼 정도로 많이 변하지 않았느냐며 장난스레 말을 건넬지, 그동안 고생 많았다며 대뜸 안겨야 할지 알 수가 없었다. 지금까지 마주한 일 중 으뜸으로 어렵게 느껴진다.

하지만 그게 문제가 아니었다.

"근데 겨울이는 어디에 있지?"

점차 불빛과 가까워지자, 상황이 좋지 않다는 듯 일그러진 택시 기사의 표정을 발견했다.

불길함 예감이 목구멍까지 차오르자, 그의 발밑으로 차가운 흙바닥에 쓰러져 있는 겨울이가 보였다.

"겨울아!!"

소리치며 겨울이 앞에 착지하자 어쩔 줄 몰라 하던 택시 기사는 내 어깨를 부여잡으며 말했다.

"태양군! 어떻게 좀 해보게! 어서!"

"겨울아! 겨울아!"

겨울이의 어깨를 부여잡고 소리치자 옅은 앓는 소리를 내며 괴로운 표정을 짓고 있다.

"그만…그만…."

그리고 그 순간 내가 간과하고 있던 숲의 어두운 진실이 머릿속을 스쳐 갔다.

제4부
새로운 삶에 대해 묻다

"겨울양. 어디 다친 곳은 없나?"

기사님은 백미러 너머로 나를 주시하며 걱정스러운 목소리로 말했다. 그것과 마주했을 때 엉덩방아를 찧고 꼬리뼈가 아려왔지만 진정한 고통은 통각으로 설명할 수 없는 기억들로부터 전해져 왔다.

그것이 내 머릿속을 헤집으면서 잊힌 기억들이 댐이 터지듯 쏟아져 나와 고통이 초 단위로 밀려왔다.

그 중에서도 어둡고 감당할 수 없는 기억들은 무겁게 다가와 숨을 헐떡이게 했다.

아빠가 돌아가시던 그날의 순간.

엄마가 무너져 다른 무언가가 되었던 날.

그리고 내가 무너지던 그 순간들이 생생하게 느껴졌다.

"네….."

짧게 대답하며 창가 너머로 고개 돌리자, 해가 지평선 끝자락에 걸쳐 흐릿해지는 것이 보였다.

[스읍-하아-]

한숨을 내쉬며 창가에 머리를 기대 눈을 살며시 감았다. 갑작스럽게 생각할 것이 너무 많아져 정신이 따라가지 못하는 기분이 들었다. 창틀 사이로 스며든 찬 바람에 눈가가 시려서 게슴츠레 바라보니, 어느새 해는 완전히 지고 깜깜한 시골 풍경이 눈에 들어왔다. 앞을 헤아릴 수 없는 어둠이 가득했지만, 산 밑에 조목조목 박혀있는 빛 알갱이들이 유난히 밝게 빛나고 있다.

잠시 아무 생각도 하지 말자고 속으로 되뇌자, 달리고 있던 도로 위 몇 없는 가로등은 한줄기에 빛처럼 빠르게 스쳐 가기를 반복한다.

[스르륵]

닫혀있던 창문이 갑자기 조금씩 내려가기 시작했다. 창문이 열리자 조금씩 세어 들어왔던 찬 공기는 세찬 바람이 되어 차 안을 가득 메웠다.

"겨울양. 머리 복잡할텐데 바람이라도 쐐요."

나는 어느새 바깥 풍경에 매혹된 채 알겠다는 듯 고개를 끄덕였다. 그리곤 팔짱 낀 손을 바깥으로 꺼내 들어 창가에 기대었다. 불어오는 바람은 복잡한 머릿속을 훨훨 털어버릴 수 있을 만큼 거칠었다.

망각은 신의 선물이라는 진부한 이야기를 듣고 속으로 비웃었던 적 있었다. 신을 너무 미화한 것 같은 부적절함이 느껴졌기 때문이었다. 완전무결하고 고결한 신을 빗대어 말하자면 그 존재는 「죽음」으로 밖에 생각되지 않는다. 언제든지… 그리고 무엇이든 빼앗아 갈 수 있는 죽음은 망각처럼 고상한 방법으로 우리에게 다가오지 않았을 것이다.

망각은 그저 인간이 현재에 집중하기 위한 생존방법 중 하나이며 스스로의 선택일 것이라 생각했다.

그걸 증명하듯 모든 기억이 회귀 되어 돌아온 지금, 이 순간, 잊었던 멍 자국이 온몸에서 돋아나는 것 같은 고통이 느껴졌다.

"아빠 오시면 뭐라고 해야 할까요?"

"…"

기사님은 왠일인지 평소처럼 말을 던지기보다 침묵으로 일관했다.

무언가 할 말이 있는 것 같지만, 입을 꽉 다물고 운전에 집중하려는 듯 했다. 그리고는 죽음빌라로 향하는 산초입에 다다르자 차를 멈춰세워 꾹 참아왔던 말을 뱉어냈다.

"해답은 그 문 밖에 있어요."

나는 뒤통수라도 맞은 듯 어이가 없어 웃음 지으며 고개를 저었다. 이 대답을 하고 싶어서 오는 내내 참았던 모양이다.

"참…제가 이상한 질문을 했네요."

그의 말이 불안하고 복잡한 내 마음을 정리해주진 않았다. 문을 박차고 나가도 무엇하나 달라진 것은 없을 것이다. 하지만 그의 말은 내가 느슨해지지 않도록 던지는 일침으로 느껴졌다.

사람은 누구나 아프고 괴로우면 쉽고 빠른 길을 찾으려한다. 고민은 또 다른 고민을 낳을 뿐이었다.

"택시는 여기까지네요. 내립시다."

기사님은 택시에서 내리자 데려다주려는 듯 트렁크에서 손전등을 꺼내 들었다. 그의 호의가 그리 반갑진 않았지만, 온통 까만색으로 물든 숲을 마주하자 손에 땀이 송글송글 올라오는 걸 느낄 수 있었다.

숲속은 빛 한점도 빠져나오지 못하게 할 것처럼 어

두웠다. 오직 싸늘한 바람과 기분 탓으로 느껴지는 비명만이 뿜어져 나왔다. 어째서 해가 진 후에 숲으로 나가지 말라고 했는지 알 것만 같다.

『둘째. 해가 진 후 숲으로 나가면 이승과 저승 사이에서 영원히 길을 잃는다.』

"겨울양! 이쪽으로 오시게."

기사님은 어느새 숲에 들어가려 앞서 걷고 있었다. 그의 등을 따라 종종걸음으로 다가가자 그가 갑자기 뒤돌아서며 내 어깨를 쥐어잡았다.

"겨울양 잘 듣게."

그는 다소 긴장한 눈초리로 금방이라도 식은땀이 흐를 것 같은 표정이었다.

"이 숲의 밤은 보통 숲과는 다르다네."

"네?"

그는 잠시 숨을 내쉬더니 귀에 속삭이려는 듯 얼굴을 내 왼쪽 뺨까지 가까이 했다.

"이 숲을 지나칠 때까지 절대 부정적인 생각을 하면 안된다네."

이해되지 않는 말에 고개를 뒤로 내빼 그를 한번 쳐다보자 그가 숲을 향해 손짓하며 말을 이었다.

"이 숲은 부정적인 기억을 좋아하다네."

나는 검은 숲을 바라보았다. 그러자 기분 탓으로 느껴지던 비명 소리가 점점 뚜렷지는 것 같았다.

내가 숲에 한눈을 팔자 그는 내 어깨를 미세하게 흔들며 말을 이었다.

"잘 듣게. 부정적인 생각이나 기억은 떠올리지 않는 걸세!"

그가 떠올리지 말라고 이야기하자 머릿속엔 기다렸다는 듯이 탐탁치 않은 기억들이 쏟아져 나왔다.

마치 내 자신이 어느 기억을 기억하지 말라는건지 천연덕하게 묻는 것 같았다.

"아니…떠올리지 말라고 한다고 해서 떠오르지 않는게 아니잖아요."

그는 쥐어 잡고 있던 손을 내 어깨에서 내려놓았다. 그리곤 숲을 향해 돌아서 한숨을 내쉬며 대답했다.

"지금 겨울양에겐 쉽지는 않을 걸세. 하지만 기억하게. 사람은 행복했던 추억 하나만으로도 평생을 살아간다는 걸."

"무슨…?"

그는 말을 끝내자 곧장 검은 숲을 향해 발걸음을 옮겼다.

그의 뒷모습을 바라보며 결국 앞으로 가야하는건

가 생각하며 검은 숲을 따라 들어갔다.

숲에 들어서자 중개사와 함께 처음 숲에 왔을 때 느꼈던 서늘함은 아무것도 아니라는 듯 오싹한 기운이 나무 사이사이로 흘렀다.

내가 긴장하면 손에서 땀이 난다는 사실을 처음으로 깨달아가며 바지춤에 손을 비비자 어느새 주변엔 달빛도 드리우지 않는 어둠이 가득한 풍경이 주변을 둘러싸고 있는게 보였다.

숲속에 어두운 그림자를 제외하고 오직 기사님의 손전등과 내 스마트폰 조명 말고는 그 어느 것도 보이지 않았다. 올려다본 하늘엔 양떼 구름 위로 달빛과 별빛이 가려져 밀실에라도 갇힌 듯 어두웠다.

"기사님…대체 언제 도착해요?"

고작 10분 정도 올라왔지만 체감되는 시간은 곱절로 느껴졌다. 발목엔 쇠사슬이라도 묶인 듯 점차 버거워지는게 느껴졌다.

"겨울양 괜찮아요?"

그는 잠시 뒤돌아 내 상태를 살펴보려는 듯 손전등을 내 얼굴에 비추며 말했다.

"아…네 괜찮아요."

눈부신 손전등에 미간을 찌푸리자 그는 내 얼굴을

유심히 살피곤 다시 뒤돌아 발을 옮기기 시작했다.

잠시 후 어디인지 모를 지점을 지나자 물속에 잠긴 듯 가슴이 먹먹해지기 시작했다.

[하아…]

나도 모르게 한숨을 내쉬자 주변의 모든 나뭇가지들이 물 만난 물고기처럼 거세게 흔들리기 시작했다.

"뭐…뭐야?!"

나와 기사님은 놀란 나머지 그 자리에 멈춰섰다. 서로의 조명을 번쩍 들어 주변을 비춰보니 별다른 상황이 일어난 것 같진 않았다.

"기사님 이게 무슨 일….."

하지만 진짜 문제는 지금부터였다.

"어…?"

기사님이 없어졌다. 몇 초 전까지만 해도 분명 내 옆에 있던 기사님이 사라졌다. 그야말로 눈 깜짝할 사이였다.

"기, 기사님!!!"

나는 숲속에 소리쳤다. 하지만 이상하게도 그 무엇도 찾아오지 않을 것처럼 메아리조차 돌아오지 않았다. 심지어 약한 바람도 불지 않았고, 산속에 흔한 벌레울음 소리 조차 들리지 않았다. 이 와중에 스마트폰 배터리는 얼마 남지 않아 조명이 점점 옅어지고 있고 기사님의 손전등까지 없으니 어둠이 더욱더 짙어졌다. 대체 어디까지 어두워질 수 있는지 보여주려는 듯 어둠의 농도가 점차 짙어지며 뱀이 발 끝에서부터 턱 밑까지 기어올라오는 듯한 공포감이 숨을 헐떡이게 했다.

짙어지는 어둠 속에서 내 몸의 감각은 옅어지는 것 같았고 어느새 시야도, 소리도, 냄새도 검은색으로 물들기 시작하며 내 숨결만이 적막한 어둠속에 갇혀 있었다.

무언가 아득해지는 기분이 들며 오롯이 영혼만 남아 있는 것 같은 묘한 느낌이 들자 어디선가 어린 소녀의 목소리가 들려오기 시작했다.

[넌…]

*
**

어떤 목소리에 아득했던 정신이 흐릿하게 돌아왔지만, 여전히 어두운 상자에 갇힌 것처럼 그 어느 것도 보이지도, 들리지도 않았다. 하지만 이상하게 어두운 공간 속에서 내 몸이 빛이 나는 것처럼 내 손과 몸은 뚜렷하게 보였다.

[넌 행복하면 안돼…]

"엇…?"

반사적으로 소리가 나는 방향으로 돌아서자 정신이 아득해질 때 쯤 들었던 목소리의 주인으로 보이는 작은 소녀가 눈 앞에 있었다.

누군가 투박하게 한 갈래로 땋아준 머리에 연분홍색 블라우스를 걸치고 있는 소녀는 어딘가 익숙한 얼굴이다.

소녀는 많이 울었는지 눈시울이 붉어져 있고 양쪽 뺨엔 눈물 자국이 선명했다.

"꼬마야… 너 괜찮니?"

말을 붙이려 하자 소녀는 뒷걸음치며 대답했다.

[너 때문이야…][너만 없었으면…]

"뭐?"

[넌 행복하면 안돼…][악마같은년]

"…"

나는 놀란 나머지 더 이상 다가가지 못했다. 소녀를 바라보자 눈동자에 비친 나의 얼굴이 뚜렷하게 보였다. 그리고 나는 어렴풋이 알 수 있었다.

저 소녀가 누구인지.

[뭐 하러 살아? 어차피 다 죽는데?]

[뭐 하러 사랑해? 어차피 다 떠나잖아?]

"…"

나는 입을 다물지 못하고 소녀를 바라볼 수밖에 없었다.

[너도 알지? 너 때문이라는거?]

[대신 너가 죽었어야 하는데]

"아니…나는."

[근데 넌 왜 살아있는거야?]

도저히 입이 떨어지지 않았다.

소녀는 아무렇지도 않게 내 영혼을 후벼파는 듯한 말들을 쏟아냈다.

[따라와]

그리고 갑자기 다가와 옷자락을 끌어 잡았다.

막무가내로 끌고가는 소녀에게서 어떤 저항도 할 수 없었다. 어두운 시야 속에선 제자리걸음 하는 듯 느껴졌지만, 소녀는 명확하게 나를 어딘가로 데려가고 있었다. 하지만 어떤 의도인지 도저히 파악할 수 없다.

"미안해."

나도 모르게 주어없는 사과가 튀어나왔다. 그리고

양 볼에 무언가 흐르는 게 느껴졌다.

[나는 너가 싫어]

무슨 말인지 이해되지 않았다. 하지만 소녀가 말할 때마다, 그 심정이 거울에 비추어진 듯 고스란히 느껴졌다.

[너는 나를 혼자로 만들었어]

소녀는 씩씩대며 여전히 나를 잡아끌고 어딘가로 향하고 있다.

"저, 저기 꼬마야 어디로 가는 거야?"

소녀는 대답하기 싫다는 듯 돌아보지도 않았다. 나와 소녀 사이엔 분명히 벽 같은 것이 존재하고 있었다. 시간이 얼마나 흘렀는지 느끼지도 못한 채 소녀를 따르다 보니 어디선가 어수선한 목소리가 들려오기 시작했다. 그러자 소녀는 발걸음을 멈추고 잡고 있던 옷깃을 내려 놓았다.

[저길봐…]

소녀는 어느새 측은한 표정이 담긴 얼굴로 어딘가를 주시하고 있었다. 세상 슬픔이란 걸 모를 것 같은 여린 소녀였다. 소녀의 시선 끝을 따르자 끝이 보이지 않았던 어둠 속에서 무언가 반짝이기 시작했다.

아득히 멀리서 반짝이던 그것은 어느새 내 앞까지

순식간에 도달해 주변을 덮쳐왔다. 그러자 눈앞에 빛의 알갱이들이 덮쳐왔고 어수선한 소리가 뚜렷하게 들려오기 시작했다.

"여기야! 여기! 어서 던져!"
시야가 선명해지자 주변엔 꼬마 아이들이 보였고 나를 향해 손짓하며 신난 목소리로 소리치고 있다. 반들반들한 촉감의 무언가를 들고 있다는 것이 느껴져 고개를 아래로 숙이니 알록달록한 체크 무늬 고무공이 내 손에 쥐어져 있었다.
"어…?"
신난 아이들 너머로 어머니와 아버지가 나무 그늘 아래 앉아 이야기를 나누고 있는 모습이 보였다.
"엄…마? 아빠?!"
내가 외쳤지만 목소리는 나오지 않았다. 마치 과거의 한 장면을 보고 있는 것처럼 내가 무엇을 보고 있는지 인지하는 것 말곤 할 수 있는게 없었다. 하지만 그날의 감각만은 고문이라도 받는 것처럼 뚜렷하게 느껴졌다.
"크크크크."
그 순간 어디선가 사악한 웃음소리가 귓가에 흐릿

하게 들려왔다. 주변을 둘러보니 후드티 모자를 깊게 눌러 쓴 누군가가 다른 나무 그늘 아래 수상하게 서 있는 것이 보였다. 어린 나는 저 존재를 인지하지 못한 채 공을 이리저리 튕기며 어디로 던져야 할지 고민하고 있다. 어둑한 나무 그늘 아래 구경하듯 서 있던 그 존재는 걸음걸이가 불편한지 한쪽 발을 절뚝이며 우리에게 천천히 다가오고 있었다. 그것이 점차 나무 그늘을 벗어나자 후드티 모자 안쪽으로 창백한 얼굴과 검은 눈동자를 가진 사내가 웃음을 지어내는 것이 보이기 시작했다. 그날엔 알 수 없었지만, 지금은 알 수 있었다. 저 존재가 무엇인지.

그리고 나는 명확하게 깨달았다.

나는 지금 아버지가 갑작스럽게 사고로 세상을 떠난 그 날의 기억에 갇혀 있음을.

이 사실을 인지하자 주변의 모든 것들이 비디오를 빨리 돌린 것처럼 정신없이 움직이기 시작했다. 그러더니 누군가 원하는 장면에서 빨리 감기를 멈춘 듯 아버지가 차에 치이는 그 순간에 이르렀다.

[아빠!!][여보!!!]

마치 그날 그 끔찍한 순간에 돌아온 것처럼 생생한 절규였다. 그리고 다시 주변에 모든 것들이 빠르게

움직이며 눈앞에 모든 것들이 잔상처럼 흘러가기 시
작했다.

∞

[삐이이이이이이이---][여보!!!!]
이번엔 아빠의 숨이 끊어지던 순간이었다. 아빠에
숨이 끊어졌음을 알리는 기계장치의 신호음이 병실
을 가득 채우는 가운데 엄마는 차가워진 아빠의 얼
굴을 끌어안고 절규하고 있다.

∞

[엄마…나 배고..]
[나가!! 이 악마야!! 너 때문이야!! 너 때문이야!!!]
어느새 술에 취해 이성을 잃고, 아빠를 잃은 슬픔에
나에게 막말을 퍼붓는 그것이 눈 앞에 있었다.

∞

다시 주변의 모든 것이 빠르게 흘러가고 또 다른 날
에 엄마 앞에 마주해 있다. 주변엔 셀 수 없이 많은
소주병이 굴러다니고 엄마는 여전히 이성을 잃고 나
에게 원망 섞인 막말을 쏟아내고 있다.
[찢어 죽일 년…]
[너만 없었으면…너가 대신 죽었으면…]
주변은 순식간에 변하기를 반복한다.

그리고 나를 또 다른 장소로 데려갔다.

∞

[너랑 친구 못 하겠어]

[너 맨날 화나 있는 것 같아서 싫어]

이번엔 학교였다. 초등학교 시절 처음 사귄 친구가 절교를 선언하던 순간이다. 당시 나는 떠나가는 친구에게 어떤 말도 전하지 못했다. 멀어져가는 친구의 뒷모습을 바라보며 그저 이렇게 되는 것이 당연하다는 듯 덤덤한 척 받아들이고 있다.

∞

[바이탈 계속 체크해!]

[엄마…흐윽]

이번엔 구급차 안이다. 나는 엄마의 손을 붙잡고 울부짖고 있고, 구급대원들의 긴박한 목소리와 기계음이 가득하다. 엄마의 창백한 얼굴과 떨리는 손의 감촉이 고스란히 전해져 온다.

∞

나는 주마등을 보는 것처럼 순식간에 삶의 일부분을 마주하고 있었다. 마치 저항할 수 없는 거센 물살에 휩쓸린 것처럼 내 의지와 상관없이 고통스러운 순간을 곱씹는 것 같았다.

그만하라고 소리치고 싶지만 입을 꽁꽁 싸맨 듯 여전히 입 밖으로 내 말은 나오지 않았다. 그저 생각으로만 그만하라고 되뇌일 수 밖에 없었다.

[난 너가 미워…]

울먹이며 말하는 소녀의 말이 머릿속으로 흘러들어왔다. 나는 대답하듯 생각했다.

[잠깐…그만! 그만해줘!]

어두운 기억들을 소녀가 보여주고 있음을 직감했다.

[그건 너의 몫이야…]

[그건 너의 …]

[그건 …]

소녀의 말이 점차 흐릿해지기 시작하더니 주변에 모든 것이 소용돌이 치기 시작했다.

∞

"여기야! 여기! 어서 던져!"

시야가 선명해지자 주변에 아이들이 나를 향해 소리치고 있다.

"뭐…뭐야?"

나는 다시 한번 그날로 돌아왔다. 아빠가 사고가 나던 그날. 내 운명이 뒤바뀐 그날 말이다.

"왜? 왜?! 또 여기야!!!"

∞ "그만!" ∞ "그만 보여줘" ∞ "그만해…" ∞ "그만해!!!" ∞ "차라리 날 죽여줘"

어두운 기억이 끝없이 반복되자 모든 순간이 끔찍하게 다가왔다. 「피폐함」이란 개념이 영혼에 물드는 것 같았다. 그 와중에도 모든 순간이 생생하게 보였고 영원히 반복될 것 처럼 시간의 흐름조차 느껴지지 않았다.

지옥이란게 있다면… 아니 이미 난 지옥 속에 떨어진 것일 수도 있다. 내 삶의 어두운 순간들이 단 1초도 빼놓지 않고 계속 반복되었다.

∞

"제발… 그만… ."

시간이 얼마나 지났는지 가늠할 수도 없던 찰나 주변의 풍경이 점차 어둡게 변하고, 차가운 공기가 스쳐갔다. 이윽고 차가운 공기는 서늘한 바람으로 옅어졌다. 그리고 주변이 환해지고 침대에 누워 있는 어머니의 얼굴이 눈앞에 보였다.

이번에는 어머니의 마지막 순간인가 보다. 그때와 같이 엄마는 평화로운 표정으로 잠들어 있다.

["엄마… 제발 떠나지 마."]

나는 떨리는 목소리로 말하고 있다. 하지만 그 순

간 믿을 수 없는 일이 일어났다.

"다 괜찮아질거야"

"!?!?"

엄마가 옅은 목소리로 말하고 있다. 여전히 눈은 뜨지 못하고 있지만 내 귀에 속삭이듯 분명 엄마의 목소리가 들렸다. 그 당시에 나는 이 상황을 인지하지 못하고 여전히 고개 숙여 눈물을 훔치고 있다.

분명 엄마는 그때 전혀 미동이 없었다. 그리고 어떤 말도 내뱉지 않았었다. 하지만 어떻게 된 영문인지 생각할 겨를도 없이 순식간에 또 다른 공간이 나를 맞이했다.

∞

"……… 아무튼, 거기 창문 좀 닫아줘."

[스르륵 탁!]

다시 학교였다. 창가 너머 학교 안을 바라보자 내가 반 친구의 말을 듣곤 창문을 닫고 있다. 그리곤 턱을 괴고 창가 밖을 바라보고 있다. 무언가를 바라보는 내 표정은 회색으로 가득했다.

"어?"

이상한 기분이 들었다. 지금까지 꽁꽁 묶여 있는 듯한 답답함은 어느새 사려졌고, 내가 이 공간에서 움직일 수 있다는 것을 깨달았다.

 하지만 여전히 말은 나오지 않았고 내 몸의 감각은 느껴지지 않았다. 그 순간 하염없이 창가 너머 밖을 바라보던 과거의 내가 마치 나를 알아본 듯 뚜렷하게 바라보았다.

 나에게 천천히 다가가자 회색 표정은 온데간데없이 사라지고 눈과 입이 점점 벌어지고 있다. 그리고 창문을 사이에 두고 서로를 마주하자 속삭이듯 말을 꺼냈다.

 "와…10월에도 나비가 있구나."

 과거의 내가 속삭이듯 말하자 창가에 비친 내 모습이 보였다.

 그렇다 나는 나비였다.

 내가 그 하얀 빛깔의 나비가 되어 서로를 마주한 것이다. 오랫동안 잊고 지냈던 감정이 차올랐다. 그것은 희망, 자유, 소망과 같이 산뜻한 종류의 것들이었다. 아주 짧은 순간이었지만 지옥 같은 삶 속에서도 분명 이런 순간도 있었다. 찰나 반짝이더라도 빛은 늘 찬란한 법이었다.

 [쩌적!]

 갑자기 나와 내 자신 사이로 창가에 금이 가듯 어떤

균열이 생기는 것이 느껴졌다. 하지만 창가 유리가 깨진 것은 아니었다. 허공에 생겨난 실금을 시작으로 무수히 많은 갈래로 사방에 금이 가기 시작했다. 그리고 그 틈새 사이로 미세한 빛줄기가 끝없이 쏟아졌다. 그리고 그 빛줄기와 함께 흐릿한 목소리가 점차 들리기 시작했다.

"겨울…양…겨울!"

*
**

"뜨헉!!!"

"겨울양! 겨울양! 정신차리게! 겨울양!"

정신이 차려지자 메마른 땅에 비라도 내린 듯 정수리에서부터 발끝까지의 감각이 순차적으로 느껴졌다. 양쪽 폐에 공기가 들어차는게 느껴지고 흐릿했던 시야와 먹먹했던 소리가 선명해지기 시작했다. 그리곤 차가운 흙바닥의 감촉에 흠칫 놀랐다.

"겨울양! 괜찮나?" "겨울아! 괜찮아?"

"뭐…뭐에요?"

반쯤 눈이 뜨여지자 기사님과 아빠가 나를 사이에

두고 끓어 앉아있고, 울기 직전의 못난 표정으로 내 얼굴을 내려다보며 소리치고 있다.

그들의 표정 너머 하늘을 올려다보니 좀 전과는 다르게 하늘을 가득 메운 별들이 밝게 빛나고 있다.

내가 주변을 살펴보려 고개를 들자, 아빠는 내 등에 손을 받들어 일으켜 세웠다.

주변을 둘러보니 어둑한 숲속 사이로 은은한 달빛이 쏟아지고 있고 정면엔 죽음빌라를 둘러싼 낡은 철책이 달빛에 부딪혀 반짝이고 있다.

"기사님, 그만 흔들어도 돼요. 저 이제 괜찮아요."

아직 잠이 덜 깬 것처럼 목소리가 옅게 나왔다.

"한 100년은 감수한 것 같구만! 허허."

"미안해. 이렇게 될지 몰랐어."

아빠는 자책하며 고개를 숙였고 내 눈을 피하는 듯 눈을 내리깔았다.

하지만 나 또한 다르지 않았다. 갑작스럽게 마주한 아빠를 똑바로 바라볼 수 없었다. 그리고 직전까지 아빠가 죽는 장면을 수없이 목격한 나에게 지금 아빠의 모습은 현실적으로 다가오지 않았다. 그저 아빠의 검은 눈과 창백한 피부에서 어떤 일이 겪어왔는지 알 수 없어서 애잔한 기분만 차오를 뿐이었다.

그리고 아빠의 어떤 불행이 나 때문일 것이라는 생각이 어렴풋이 들었다.

잠시 적막한 기운이 맴돌자 기사님이 불편한 듯 헛기침을 내뱉었다.

"에헴!"

그러자 아빠를 바라보며 뭐라도 해보라는 듯 입 모양을 내며 눈살을 찌푸렸다. 아빠는 곤란하다는 듯 미간을 찌푸리며 고개를 살짝 흔들었지만, 잠시 망설이더니 어렵사리 입을 열었다.

"겨…겨울아."

"…"

용기 내어 말을 꺼낸 듯했지만 뚜렷한 주어 없이 말끝을 흐렸다. 그리고 여전히 시선은 땅에 고정되어 있었다.

아빠는 자리에서 일어나 나를 일으켜 세우려는 듯 손을 내밀었다. 나는 내민 손을 잠시 바라보다 손등에서부터 어깨까지 천천히 시선을 옮기며 얼굴을 마주했다. 아빠는 내가 바라보자 애써 웃음 지으며 끄덕이곤 말했다.

"겨울아. 돌아가자. 죽음빌라로."

그가 말하자 죽음빌라가 호응하듯 철책 사이로 차

가운 바람이 몰아치기 시작했다.

[까악~까악!]

 어느새 낡은 철책 문이 바깥쪽으로 열려있고 그 위에 라일라가 어서 오라는 듯 울고 있다. 아빠가 내민 손을 무시하고 땅을 짚어 자리에서 일어났다.

 아빠는 아랑곳하지 않고 나를 부축하려 했다. 하지만 내가 괜찮다는 듯 바라보자 잠시 멈춰서 거리를 두고 뒤 따랐다.

 어쩌면 우리에겐 시간이 필요할지도 모른다. 하지만 시간은 모두에게 공평하게 주어지지 않는다.

 그의 시간과 나의 시간은 어느 순간에 멈춰 있었다.

 단지 우리는 멈춰선 서로의 시간이 조금씩이라도 흐르기를 바래야 할 것이다.

 조금씩이라도 흐른다면…시간은 언젠가 마주칠 수도 있는 법이니까.

[까악~까악]

날이 밝아왔는지 라일라가 울기 시작했다. 커튼을 걷어보니 라일라는 떠오르는 일출을 감상이라도 하는 듯 등 돌려 베란다 창가에 앉아 있다. 등 너머 보이는 지평선 언저리엔 빼꼼히 태양이 차오르고 있다. 고작 티끌만큼 차오른 태양은 세상의 모든 어둠을 몰아내기에 충분할 정도로 눈이 부셨다.

[드르륵-탁]

베란다 창문을 열어 두 팔을 앞으로 모은 뒤 창가에 턱을 괴듯 기대었다. 그리고 라일라와 함께 차오르는 태양을 바라보았다. 정확히는 햇빛에 비춰 점

점 밝게 차오르는 세상을 구경했다. 그러자 문득 눈
이 멀어버릴 것처럼 일몰을 바라보던 엄마의 옆모습
이 머릿속을 은은히 떠올랐다.

 기억이 돌아오기 전까지 몰랐지만, 엄마가 아련한
눈빛으로 뚫어지게 바라보던 것이 아빠였음을 이젠
안다. 눈부신 태양은 똑바로 바라볼 수 없는 법이지
만 눈이 멀어버리더라도 그 모습만은 더욱이 뚜렷해
질 뿐이었다.

 나는 아마도 지금껏 엄마의 눈동자 속에 비치던 아
바의 잔상을 뒤따라왔던 것일 수도 있다.

 이제는 무엇보다 빛나던 아빠의 모습을 기억한다.

 내가 몇 번이고 안아달라고 조를 때면 서슴없이 나
를 들어 올려 온 세상을 보여주던 순간이 떠오른다.
그리고 들어올린 두팔 사이로 웃고 있는 아빠의 환
한 표정은 너무나도 뚜렷하게 기억난다.

 하지만 영원히 빛날 것만 같은 아빠의 미소는 아무
예고도 없이 저물어 버렸고 창백한 얼굴의 망자로
마주했다. 아빠의 너무나도 낯선 모습에 입이 떨어
지지 않았다. 아빠도 내 마음과 같다는 듯 눈을 어
디에 둘지 모르는 것이 느껴졌다. 왠지 모르게 가슴
한 쪽에 막막함이 느껴졌다.

어제는 죽음빌라에 들어서자마자 서로에게 도망치듯 각자의 집으로 들어왔었다. 기사님은 하염없이 한숨을 내쉬며 어찌할지 몰라 하셨다.

그러곤 집 현관에 들어서자 긴장이 풀린 듯 그 자리에 주저앉아 한동안 아무것도 하지 못했다. 단지 하루가 지났지만, 최소 10년은 지난 것처럼 피로가 몰려왔다.

하지만 이상하게 눈은 쉽사리 감기지 않았다. 어제가 까마득히 멀리 느껴질 정도로 하루 동안 너무도 많은 일들이 일어났다. 모든 일들이 정리되지 않고 머릿속을 맴돌았다. 실이 엉킨 것처럼 머릿속이 복잡하고 물잔이 넘치듯 온갖 물음표가 솟아났다.

[할머니는 잘 깨어나셨을까?]

[아저씨는 옆에 잘 계셨을까?]

[악귀는 어떻게 된 거지?]

[아빠한테 뭐라고 해야하지?]

머리가 고장난 것 처럼 온갖 것들이 교차했다.

["겨울아. 돌아가자. 죽음빌라로."]

끊임없이 교차하는 물음표 사이로 아빠의 낯선 모습이 스쳐 갔다. 어두운 숲속 환상 속에서 본 아빠의 앳된 얼굴과 창백한 얼굴, 그리고 그 안에서 어찌

할 바 몰라 흔들리는 검은 눈동자를 가진 낯선 얼굴이 눈앞에 교차했다. 그 장면이 머릿속에서 교차할 때마다 마치 못 볼 장면이라도 본 듯 머리가 지끈거리고 눈살이 찌푸려졌다.

"하아….."

답을 알 수 없는 문제가 눈앞에 가득 놓인 듯 가슴이 갑갑하다.

[까악~까악]

라일라가 갑자기 뒤돌아 울었다. 그리고 라일라 뒤로 보이는 태양은 어느새 지평선을 넘어 세상 위에 우뚝 떠 있었다.

"하…답답해."

한숨을 내쉬며 고개를 숙였다. 시간이 막힘없이 흘러가지만 나는 가로막힌 것 같은 갑갑한 기분이 들었다. 이 기분을 어디에든 뿌리치고 싶었다.

나는 어디든 나가고 싶은 듯 무작정 자리를 옮겼다.

[끼익 텅!]

"엇?!"

현관문을 열자 누군가의 그림자가 먼저 보였다. 고개를 들자 초조한 표정으로 복도에 등을 기대고 있는 아빠가 보였다.

"아…아빠?"

"어…아, 안녕 겨울아."

 평소답지 않게 말을 절어가며 어색한 인사를 건넸다. 우리는 여전히 서먹했다. 마치 서로 밑보인 사람들처럼 말이다. 아빠는 무언가 떳떳하지 못한 듯 쭈뼛해보였다.

"겨울아…잠깐 이야기좀."

"네."

"겨울아 내일 모레가 개기일식인건 알고 있지?"

 이상하게 날이 선 것처럼 인상이 찌푸려졌다. 아빠는 미세한 내 표정 변화를 눈치챈 듯 잠시 망설이다 조심스레 말을 이었다.

"겨울아…넌 나가야 해."

"하아…아니….."

 나도 모르게 한숨을 내쉬며 대답했다. 머리가 아파오고 지금 이 상황을 피하고 싶다는 생각이 들었다.

"할 말은 다 하신거에요?"

 왠지 모르게 화가 치밀었다.

 그 이유는 알 수 없었다. 언제나 아빠를 그리워하며 살아왔다고 생각했다. 만약에 아빠를 다시 만나게 되면 주체할 수 없는 눈물과 감정이 넘쳐흐를 것 같았다. 하지만 내가 상상했던 것과는 너무 다른 상황과 나 자신을 어떻게 받아들여야 할지 모르겠다.

아빠를 마주해도 눈물 한 방울 조차 흐르지 않았다. 무언가 잘못된 것 같다는 생각이 든다.

"저는 여기서 지낼거에요."

"안돼!"

나와 두발자국 정도 거리를 두고있던 아빠가 소리치며 한발자국 다가왔다.

"무슨 말을 하는 거야! 넌 여기서 나가야해!"

"왜 계속 나가라는 거에요? 네?"

서운하고 억한 심정이 차오르자 눈앞이 흐려지기 시작했다.

"왜 무작정 나가라는 거에요!"

"너는 너의 삶이 있어. 너는 살아가야지!"

"삶이 있다고요? 살아가라고요?! 그게 다 무슨 소용이에요!!"

복도가 울리도록 소리치자 아빠는 당황한 듯 다시 한걸음 물러나며 대답했다.

"무,무슨 소리야…겨울아….'

"살아간다는거…그게 뭔지도 모르겠고, 너무 힘들어요. 좋은 일은 눈곱만큼도 없고, 힘든 일만 가득

하잖아요. 사람들은 다 자기밖에 모르고 어차피 죽
으면 다 소용없는데…혼자…혼자 어떻게 살아가요!
그리고 저는…이제 엄마도 아빠도 없잖아요!?"
 나는 감정을 토해내듯 입 밖으로 꺼내보지 못했던
것들을 쏟아내기 시작했다.
 아빠는 큰 충격을 받은 듯 아무 말도 하지 못한 채
두 손을 모았다. 그리곤 고개 숙이며 조심스레 입을
열었다.
 "겨울아…그래도…그래도 살아가야해."
 "아니…하아…."
 나는 다시 한숨을 내쉬었다. 아빠에겐 나의 말이
와닿지 않는다는 것이 느껴졌다. 나는 고개 숙인 그
를 지나쳐 무작정 자리를 옮겼다.
 "겨, 겨울아!"
 아빠는 그 자리에서 한발자국도 움직이지 못한 채
멀어지는 내 뒷모습을 향해 외쳤다.
 아빠는 왜 계속 떠나가야한다며 강요하는지 이해
할 수 없었다. 어떻게 지냈는지, 보고 싶었다는지 그
런 이야기를 바라지도 않는다. 단지 나는 아빠 곁에
있고 싶은 마음뿐이다.
 자리를 옮기자 오만가지 생각과 감정이 온몸에 가

득하게 차오른 것에 잠시 혼란스럽다가 점차 숨이
트이는게 느껴졌다. 그리곤 주변의 시야가 트이며
내가 어디에 이르렀는지 눈치챘다.

"302호?"

어느새 나는 302호 앞에 있었다.

"아…괜찮으려나?"

어디로든 자리를 피한다는 게 결국 유현씨에게 와
버렸다. 스스로도 갑작스러운 상황에 뒤돌자, 그 복
잡한 공기가 감도는 그 복도를 아직도 떠나지 못한
아빠가 상상되었다. 도무지 발이 떨어지지 않았다.

유현씨는 당분간 혼자 두어야 한다고 생각했는데
지금의 복잡한 심경을 어딘가 하소연하지 않으면 언
젠가 가슴이 터져버릴 것만 같았다.

[똑!똑!똑!]

"유현씨…잠시 들어가도 될까요?"

"…"

두들긴 문 너머로 적막함만 흘렀다.

[쾅!쾅!쾅!]

혹시 못 들었나 싶어 문을 세차게 두들겼지만 별 반
응이 없었다.

조심스레 문고리에 손을 가까이하자 알 수 없는 불

안감이 엄습해왔다. 마른 침이 꿀꺽 넘어갔고 미간 사이로 식은 땀 한줄기가 흐르는게 느껴졌다.

[철컥]

나도 모르게 참아내었던 숨을 내쉬었다.

"허억!"

문고리를 천천히 돌리자 열린 문틈 사이로 빛줄기가 안쪽을 비추었지만, 집안의 풍경은 온데간데없었다.

마치 검은 상자를 열어본 것처럼 깜깜한 공간 속에 그 어느 것도 보이지 않았다.

검은 도화지 위에 하얀 색연필을 그어둔 것처럼 열린 문틈을 비집고 넘어간 빛줄기만이 존재했다.

"유현씨!!"

유현씨에게 무슨일이 생긴 것이 분명했다.

어두운 상자와도 같은 공간에 무작정 뛰어들어 위와 아래, 앞뒤가 구분되지 않는 어둠 속에서 한참을 헤맸다.

검은 공간을 무작정 내달렸지만, 끝도 없이 펼쳐진 어둠이 더욱더 뚜렷해질 뿐이었다. 어디쯤인지 알 수 없지만, 오직 들어왔던 문으로 비추는 빛이 거리가 많이 멀어진 듯한 점의 빛이 되어가는 것을 보고 어림짐작할 뿐이었다.

"하아…유현씨! 유현씨!!"

크게 외쳤지만, 메아리는 금세 검은 허공 속에 삼켜졌다.

"겨…겨울씨…."

"?!"

유현씨의 목소리였다. 마치 바로 옆에서 속삭인 듯 옅은 목소리가 또렷이 들려왔다.

오감을 세워 소리가 나는 방향을 향해 다시 무작정 내달렸다. 그러자 끝이 보이지 않는 어둠의 끝에서 빛 알갱이들이 아지랑이 치는 것이 보이기 시작했다.

가까이 다가서자 어두운 바닥 위에 유현씨가 쓰러져 있었다.

"유현씨!!"

쓰러져 있는 그를 부축하기 위해 등을 바치려 했지만 내 손은 허공을 휘저었다.

"어?!"

그를 천천히 훑어보니 온몸 구석구석 옅은 빛의 입자 같은 알갱이들이 세어 나오고 있었다.

점점 흐려지는 그에 얼굴엔 어디선가 본 것 같은 평온한 표정이 담겨 있다. 마치 세상의 고통에서 해방된 것 같은 자유로운 표정이었다.

하지만 그의 눈빛엔 후회나 아쉬움과 같은 복잡한 마음들이 뒤섞여 눈에서 흐르고 있었다.

"하아…하아…겨울씨."

그는 점점 옅어지는 숨을 붙들며 나를 불렀다.

"겨울씨….."

"…"

나는 대답 없이 고개를 끄덕였다. 오직 그의 말에 집중하고 싶었다. 그와의 마지막 대화라는 것을 직감했기 때문이다.

"저희 처음 봤을 때 그 질문…계속 생각해왔어요."

"…"

"우리들은 왜 태어난 걸까요? 우리는 죽으려고 태어난 걸까요?"

"…"

"사실 그동안 무서웠어요. 언젠가 죽는다는게."

"…"

"일이 끝나고 지쳐 쓰러질 듯 집에 돌아와도…편히 잘 수가 없었어요. 어두운 거실이…마치 관속에 드러누운 것 같은 기분이었거든요."

"…"

"어느 날 밤엔 그런 밤이 영원할 것 같다는 생각이

들었어요. 내가 오늘 하루를 잘 보낸게 맞는지. 내일은 잘 지낼 수 있는건지…잘 모르겠더라고요."

"…"

"겨울씨…그렇게 바라볼 필요 없어요."

모든 것이 내 탓 같았다. 왜 살아가야하는지에 대한 고민을 하자면 언제나 마음속에 돌덩이가 들어앉은 듯한 답답한 기분을 감수해야했을 것 이다.

내 질문을 줄곧 끌어안고있던 그에겐 고통스러운 시간들이었을 것이라고 생각하니, 지금의 상황을 내가 만든 것이라는 죄책감이 들었다.

"미안해요…허억…미안해요."

나는 자리에 주저앉은 채 고개를 숙였다.

"겨울씨 고개 들어요."

그를 바라보는 것이 너무나도 괴로웠다.

"저는 선택했어요. 살아가는 것 보다 떠나가는 걸."

그는 점점 숨이 차오르는 듯 힘겹게 말을 이어갔다.

"겨울씨…허억…허억."

나는 고개를 천천히 들어 올렸다.

"네…."

"부탁이 하나 있어요."

"…"

나는 말하지 말라는 듯 고개를 저었다. 이 말을 마지막으로 그가 영원히 사라질 것만 같았다.

"이제 그만…겨울씨 자신을 용서해주세요. 그만…그만 미워하세요. 가을씨한테 들었어요. 그 일은…겨울씨 탓이 결코 아니잖아요."

나는 눈을 부릅 뜨고 그의 입술과 눈동자의 작은 움직임에 집중했다. 그의 말을 단 한 순간도 놓칠 수 없었다.

"처음 봤을 때부터 말해주고 싶었어요. 저와 닮은 눈빛으로 세상에…그리고 자기 자신에게 화가 나있는 것 같은 겨울씨가…너무 신경 쓰였어요."

내가 늘 화나 있다고는 생각하지 못했다. 단지 모든 일이 뜻대로 되지 않고 새장에 갇힌 것처럼 답답하게 느껴졌을 뿐이다.

"왜 살아야 하는지에 대한 고민보다 어떻게 살아야 하는지를 고민했으면 좋겠어요. 그렇게…그렇게 살아가주세요."

"유현씨! 잠깐만요!!"

그는 말을 끝으로 숨을 내쉬더니 깊게 빠져나오는 마지막 날숨과 함께 작은 빛가루가 되어 흩어지기 시작했다. 옅어지는 그에 표정에선 후련한 듯 미소를 머금고 있다. 작은 빛 가루들은 나를 안아주려는 듯 온몸 구석구석을 따뜻하게 맴돌다 서서히 사방으로 퍼져갔다.

그는 그렇게 영원히 사라졌다.

그는 분명 죽음빌라 입주자 주의사항에 대해 알고 있었을 것이다. 그렇기 때문에 그의 선택이 무엇을 뜻하는지 알 수 있다. 누구나 두려워할 「소멸」이란 것이, 그에게는 구원으로 다가왔을 정도로 삶은 고된 것이던 것이다.

누구나 똑같이 삶을 선물 받지만, 모두가 같은 모양은 아니었다. 그리고 모두가 행복하고 자연스럽게 살아가진 못했다. 어딘가 이상하고 이해할 수 없는 것들이 복잡하게 얽히고 설킨 세상 속에서 진정한 자유는 죽음 그 이상에 있을 수도 있을 것이다.

적어도⋯유현씨는 그렇게 생각했을 것이다. 그리고 나도 그것을 이젠⋯이해했다.

나는 오랜 시간 그 자리를 벗어날 수 없었다. 어두 캄캄한 공간 속에서 어디로 가야할지 길을 잃은 것만 같았다. 나갈 수 있는 출구가 저 멀리 환하게 빛나는 것이 보였지만, 여길 나간다고 해서 무엇하나 달라질 것은 없다는 회의감이 들었다.

오히려 저 출구는 다시 괴로운 삶 속으로 뛰어드는 입구처럼 느껴졌다.

고개 숙여 두 손을 모아 양 손바닥을 펼쳐보았다. 그리고 손가락을 하나씩 접어가며 내게 남겨진 것들을 헤아려보았다. 하지만 그 무엇도 떠오르지 않았고 손가락은 접혀지지 않았다. 내 삶은 빈 손바닥 위처럼 그 어느 것도 남아있지 않았다.

이제 비워낼 것은 나 자신. 내 목숨 하나뿐이었다.

나는 무언가 깨달은 것처럼 놀란 표정으로 자리에서 일어났다. 그리고 어두운 공간을 접어 걷자 출구가 눈앞에 순식간에 다가왔다.

302호를 나오자 시간이 많이 지난 듯, 어느새 해가 세상 한 가운데 떠올라 강렬하게 타오르고 있다.

하지만 더 이상 저 강렬한 태양에 눈살을 찌푸리지 않을 것이다. 그동안 똑바로 바라볼 수 없었던 태양을 아무리 바라보아도 눈이 부시지 않았다. 나는 어느새 그날의 엄마처럼 눈이 멀어버려도 괜찮다는 듯 멀뚱히 태양을 바라보았다.

이윽고 눈 안에 가득찬 섬광을 통해 흐릿하게 보이던 잔상이 뚜렷해졌다. 동시에 불현듯 떠오른 생각이 입으로 튀어나왔다.

"…해볼까…?"

나는 무언가에 홀린 듯 머릿속에 뚜렷하게 떠오른 그것을 찾기 위해 발을 옮겼다. 4층에 올라가자 아빠가 여전히 자리를 지키고 있었다.

"겨…겨울아!"

하지만 나는 아랑곳하지 않고 그를 무시하고 지나쳐 집에 들어갔다.

[쾅!]

굳건히 닫힌 문 너머로 내 이름을 부르는 그의 목소리가 들렸다.

"겨울아!"

나는 미친듯이 온 집안을 헤집기 시작했다. 주방에서부터 거실 그리고 안방까지 내가 찾는 그것이 있을 법한 곳이라면 어디든 열어보았다. 문이란 문이 세가 열리고 닫히는 소리가 계속 이어졌다.

[덜컹!-탁!-덜컹!-탁!-]

이윽고 주방 식탁에 널브러진 물건들 사이로 굴러다니는 그것이 보였다.

"허억…허억!"

헐떡이며 찾아낸 그것은 하얀 약통이었다. 나는 그것을 쥐어 들고 잠시 생각에 잠겼다.

'정말 잠 안 올 때 하나씩! 알겠지?'라며 다정한 말투로 당부하는 의사 선생님의 모습이 눈앞을 스쳤다. 하지만 아랑곳하지 않고 하얀 약통의 뚜껑을 열어 한 손에 쏟아붓고는 거침없이 입에 털어 넣었다.

어렸을 때 엄마, 아빠 그리고 부모님의 몇몇 지인들과 함께 계곡에 간 적이 있다. 당시 아빠와 지인분들이 반주를 한답시고 종이컵에 따라두었던 소주를 모르고 들이켰는데, 그때에 쓴맛과 알싸한 기분을 기억한다. 하지만 지금은 그때와는 비교도 되지 않을 만큼의 몽롱함이 폭포처럼 쏟아지는 것 같았다. 그리고 엉킨 실타래처럼 복잡했던 마음이 씻은 듯이 녹아내렸다.

편안한 기분과 함께 쥐고 있던 약통은 이미 수십 개로 갈라져 보이기 시작했고, 양손과 발바닥에서부터 존재가 사라지듯 감각이 옅어지기 시작했다. 모든 오감이 녹아내리는 것 같은 느낌은 생각보다 쾌감을 동반했다. 알 수 없는 소리가 사방에서 외쳐오는 것 같지만 고요한 호수에 잠긴 듯 어떤 소리도 나에게 닿지 않았다.

["겨…울…아!"]

엄마도…유현씨도 마지막엔 이런 기분이었을까?

하루를 잘 지내고 포근한 침대에 몸을 던져 누운 것처럼 마음이 편안하다. 이대로 모든 것이 끝나버려도 괜찮을 것 같다는 생각이 들었다. 그동안 줄곧 생각해왔었다.

'죽음 그 너머엔 무엇이 있는 걸까?'

지금 그 순간을 목전에 둔 것 같은 고양감이 온몸에 차올랐다. 그러자 주변 모든 것과 감각이 캄캄해지고 하얀 빛깔의 나비가 눈앞에 나타났다.

아무것도 보이지도 느껴지지도 않는 공간 속에서 내 존재를 눈치챈 듯 눈앞을 팔랑인다.

내 손의 감각은 느껴지지 않지만, 손을 뻗어 나비와 닿고 싶다는 생각을 했다. 그러자 내 손끝이 흐릿하게 반짝이며 조금씩 보이기 시작했고 하얀 빛깔의 나비는 기다렸다는 듯 내 손등에 올랐다. 그러자 서로가 공명하듯 나비와 내 손끝이 빛나기 시작했고 정신이 어딘가 아득히 먼 곳으로 던져지는 듯한 느낌이 들었다.

가끔 그런 생각을 했었다.

'죽고 나면 어떻게 될까?'

흔히 말하는 천국과 지옥 그리고 윤회를 통해서 또 다른 차원으로 향하는 것 아닐까하고 말이다.

우리는 어디서 시작되었고 어디로 가고 있는 건지 늘 궁금했다. 하지만 시간이 점차 지나 세상을 향해 순수하게 웃지 못하게 되었을 무렵 우리 모두는 오직 「죽음」이라는 검은 별로 향하고 있다는 잔혹한 현실을 깨달았다.

"겨울아! 겨울아! 무슨 생각해! 집에 가자!"

"어…?어 가야지!"

긴 악몽에서 깨어난 듯 개운한 기분이 들었다. 정신이 차려지자 창가 너머로 지고 있는 태양이 눈부시게 빛나고 있다. 반 친구는 내 이름을 부르며 기다린다는 듯 교실 문 앞에 서 있다. 책상에 널브러진 학용품들을 급히 가방에 구겨 넣으며 자리에서 일어나자 머리에 쥐가 난 것처럼 아려왔다. 그리곤 알 수 없는 장면들이 머릿속을 스쳐 가지만 머리에 안개가 낀 것처럼 먹먹한 기분이 들었다.

"으…!"

"겨울아 괜찮아?"

"오늘 무슨 공상이었어?'

"으이그! 오늘도 이상한 상상했구나."

반 친구들은 익숙하다는 듯 걱정스레 호통쳤다.

"카페는 다음에 가자. 오늘은 집 가서 쉬어."

"어…고마워."

"그래 내일 봐."

반 친구는 미소 지으며 손을 흔들었다.

복도 끝, 멀어지는 반 친구들의 뒷모습을 보며 이름을 불러 잘 가라고 인사하려 했지만, 입술이 떼어지지 않았다.

친구의 이름이…기억이 나지 않았다.

"이름이 뭐였더라?"

처음부터 그녀의 이름을 몰랐던 것처럼 느껴졌다.

"겨울아~!"

교문을 나서자 기다리고 있던 엄마가 나를 발견하고 불러 세웠다. 엄마는 장을 보고 집에 돌아가는 길에 나를 마중 나온 듯, 한쪽 손에 장바구니를 들고 있었다. 투명한 비닐봉투 속에는 호박, 두부, 양파, 소시지가 뒤섞여 보였다.

나는 행복한 저녁을 상상하며 엄마 품으로 달려갔다. 그리고 엄마가 들고 있던 장바구니의 한쪽 손잡이를 함께 잡았다. 엄마는 혼자 드는 게 더 편하다며 투덜거렸지만, 손잡이를 놓지 않았다. 나는 신경 쓰지 않고 쏟아지는 해질녘 노을빛을 등지며 오늘 있었던 시시콜콜한 일들을 떠들었다.

친구들이 주말에 유명한 카페에 가자고 조른 일, 내가 좋아하는 아이돌의 연애 기사가 터진 일, 학교 선생님에게 칭찬받은 일. 엄마는 연신 고개를 끄덕일 뿐이었지만, 얼굴엔 늘 미소가 담겨 있었다. 별거 아닌 일상 이야기를 정신없이 쏟아내다 보니 어느새 집에 도착했다.

"다녀왔습니다!"

엄마는 현관으로 따라 들어오며 말했다.

"오냐~!"

나는 책가방을 방에 던져두고, 뱀이 허물을 벗듯 옷을 벗어 놓은 후 곧장 욕실로 뛰어들었다. 뜨거운 물이 정수리부터 발끝까지 흐르자 하루의 피로가 녹아내리는 듯했다. 샤워를 마치고 거실로 나오니 향긋한 샴푸 향과 부엌에서 새어 나오는 구수한 찌개 냄새가 어우러졌다. 나는 젖은 머리칼을 한쪽으로 넘기며 저녁 준비로 분주한 엄마 곁으로 다가갔다.

도마 위의 재료들은 식칼의 탁탁 소리에 맞춰 정갈하게 썰리고, 찌개는 보글보글 끓고 있었다. 소시지는 프라이팬 위에서 춤추듯 익어가고 있었다. 엄마는 주방의 정겨운 소음들 사이로 내 이름을 크게 부르며 수저와 젓가락을 준비해 달라고 부탁했다.

"겨울아, 수저~!"

"네에~!"

나는 귀찮은 듯 입을 삐쭉 내밀며 젖은 머리를 대충 털어냈다.

[삐-삐-삐-삐-띠리링- 철컥!]

"저 왔어요~!"

아빠가 현관에 들어서자, 백색 현관등이 얼굴을 비

추었고, 힘겨운 하루를 보냈다는 듯 얼굴엔 개기름이 반들반들했다.

"오늘도 고생했어요~!"

"아빠~!"

엄마와 나의 얼굴에는 콧노래가 묻어 있었다. 엄마는 앞치마를 두른 채 현관으로 바로 나와 아빠와 포옹했다.

아빠는 옆에 멀뚱히 서 있는 나를 발견하자, 엄마를 안고 있던 팔로 나를 자기 품에 끌어당겼다.

"헤헤."

나는 기다렸다는 듯 자연스럽게 엄마 옆을 비집고 아빠 품에 안겼다.

"아빠 땀 냄새!"

"씻고 바로 나와요."

"오, 소시지!"

아빠는 엄마 어깨 너머에서 춤추고 있는 소시지를 보고 신난 듯했다. 샤워실 너머로 아빠의 콧노래가 들릴 정도였다.

엄마는 준비해둔 반찬을 하얀색 유리 접시에 정갈하게 담아 식탁 위에 올려두었다.

반찬 종류는 너무 많지도, 적지도 않게 우리 가족의

취향에 맞게 어우러져 있었다.

 식탁에 내가 먼저 앉았고, 그다음엔 샤워를 금방 마친 아빠가 머리도 말리지 않은 채 자리에 앉았다. 그리고 엄마는 아빠가 자리에 앉은 것을 확인하자, 대망의 소시지구이를 식탁에 올려두며 자리에 앉았다.

 엄마가 앉자 나는 기다렸다는 듯이 젓가락을 집어 들었다.

 "잘 먹겠습니다!"

 그러자 아빠는 안 뺏어 먹는다며 천천히 먹으라고 말하며, 소시지구이를 먹기 좋게 숟가락으로 갈라내 내 밥그릇에 올려주었다.

 엄마는 그런 모습을 보고 미소를 지었다.

 아빠는 그런 엄마를 보며 함께 미소를 지었다.

 밥상 위엔 미소가 번져갔다.

 찰나였지만, 온 우주를 통틀어 가장 빛나는 순간을 영원히 기억하고 싶다고 생각했다. 마치 세상이 오늘 끝나도 억울하지 않을 것 같은 기분이었다.

 식사가 끝나자 아빠와 나는 빈 그릇을 부엌으로 옮겼고, 엄마는 그 그릇들을 설거지했다.

 나는 행주를 챙겨와 빈 식탁을 닦았고, 아빠는 빈 그릇을 싱크대에 올려둘 때마다 엄마와 눈을 맞추었다. 둘 사이엔 꿀이라도 떨어질 듯 눈웃음이 오갔다. 그저 눈만 마주쳤을 뿐이지만, 여느 연인들이 키스하는 광경을 보는 것 같아 부끄러움은 나의 몫이었다.

"우웩!"

내가 소스라치듯 소리치자, 엄마와 아빠는 다 봤냐는 듯 웃음을 터트렸다.

"하하하하!"

"미안, 겨울아. 하하하하."

내가 고개를 저으며 거실 소파에 드러눕자, 아빠가 따라와 소파 앞에 앉았다.

"우리 딸, 정리 다 안 하고 농땡이치는 거야?"

"다 치웠는걸요. (흥)"

내가 콧바람을 내뿜으며 대답하자, 아빠는 미소를 머금고 물었다.

"딸, 오늘은 무슨 일 없었어?"

"사실은 오늘 있었죠"

나는 기다렸다는 듯 자리에서 벌떡 일어나 앉아 오늘 있었던 일을 이야기했다.

"정말?"

아빠는 내 말끝마다 '정말?', '진짜?', '그래서?'라며 주어 없는 물음표로 수다를 이끌었다.

 아빠는 별거 아닌 내 일상 이야기가 재미있다는 듯 연신 크게 반응했다.

"이거 먹어요."

 엄마는 자연스럽게 아빠 옆에 앉아 가져온 사과를 정갈하게 잘랐다. 사과 조각들은 유리 접시에 올려지자마자 아빠 손으로 들어갔고, 이야기는 밤이 늦도록 끝나지 않았다.

"안녕히 주무세요!"

"겨울아, 잠시만!"

 내가 방에 들어가려고 하자, 아빠가 나를 불러세웠다. 그러곤 가까이 다가와 나에게 속삭였다.

"사랑한다, 겨울아."

"아빠!"

"하하하"

 아빠는 아무렇지도 않게 갑자기 사랑을 속삭였고, 내가 부끄러워 소리치자 즐겁다는 듯 방으로 도망쳤다. 도망치는 아빠의 등 너머로 미소 짓고 있는 엄마와 눈이 마주쳤다.

 그리고 그 순간, 내 입에서 알 수 없는 말이 불쑥 튀어나왔다.

"엄마는 왜 살았던 거야?"

[?!?!]

 내 말에 스스로 놀랄 겨를도 없이, 멀찍이 서 있던 엄마의 표정이 일그러지기 시작했다. 엄마의 눈동자는 순식간에 검은색으로 물들었고, 알 수 없는 말들을 내뱉기 시작했다.

"너만 아니었으면!!"

"허억!"

 나는 놀란 나머지 그 자리에 주저앉았다.

 그리고 방으로 도망치던 아빠는 그대로 멈춰서 무언가를 말하기 시작했다.

"너, 너⋯너."

"아, 아빠?!"

 어떤 말을 계속 외치던 그것은 고개를 360도 돌려 검은 눈을 내비치며 말했다.

[너! 너 때문이야!!]

"꺄아아악!"

 아빠가 아니라는 것을 느낀 그 존재가 소리치자, 머릿속에 알 수 없는 장면들이 끝없이 쏟아지기 시작했다.

 아빠가 사고당하던 순간

 아빠가 돌아가시고, 엄마가 무너지던 그 순간

엄마가 무너져 나를 부정했던 순간

세상이 나를 부정했던 순간

그리고 내가 나를 부정했던 순간

검은 기억들은 서로를 알아보며 꼬리물기 하듯 끊임없이 머릿속에서 뿜어져 나오기 시작했다.

"으으윽!"

나는 머리를 부여잡고 도망치듯 방문을 걸어 잠갔고, 방문을 막듯 등을 기대어 자리에 다시 주저앉았다.

[쾅! 쾅! 쾅!]

"김겨울! 나와!" "네가! 네가 죽었어야 해!"

그것들은 마치 쳐들어올 듯한 기세로 방문을 두드렸다. 그리고 방문 너머로 끔찍한 말들을 계속 뱉어냈다. 나는 괴로움에 몸부림치며 귀를 막았지만, 그것들의 말은 소리로 전해져 오는 것이 아니라는 듯 더욱 선명하게 들려왔다. 그들의 말은 듣기만 해도 내 영혼을 칼로 쑤시는 것처럼 고통스러웠고, 그 상처 사이로 검은 피가 쏟아져 점차 내 온몸이 검은색으로 물드는 것 같았다.

의미 없는 몸부림을 계속하다가, 앞으로 쓰러지듯 넘어져 조금이라도 문에서 멀어지고자 방 끝으로 기었다. 처절하게 바닥을 기었다.

"너 때문이야! 너 때문이야!!"

그것들은 염불처럼 끔찍한 말들을 계속 외쳤다.

"으윽! 아악! 제발!!! 그만!!!"

괴로움에 몸부림치며 소리쳤다. 그러자 전신 거울에 비친 경악스러운 광경에 놀라지 않을 수 없었다.

검은 눈동자에 창백한 피부, 마치 그들과 같은 모습으로 바닥을 기고 있는 내 모습이 거울 속에 비쳤다.

내 눈은 이미 그들처럼 검은색으로 물들어 있었다. 영혼에도 피가 있다면, 그것은 검은색일 것이다.

"너도 죽어야 해" "너도 죽자" "뭐 하러 살아?"

그것들의 목소리는 점차 나와 같은 목소리로 변해가기 시작했다.

"너희 설마?"

그리곤 내 목소리로 문에 속삭이듯 조곤조곤 말했다.

"그건 중요하지 않아"

"사는 거 힘들지?"

"죽으면 편해!"

"뭐?"

화난 듯 소리치던 그것들의 목소리는 다정하게 변했다.

"열심히 살아서 뭐해! 어차피 죽을텐데!?"

이상했다. 이 말들은 분명 예전부터 많이 들었던…
아니, 스스로 계속 되뇌었던 말들이었다.

"너희 설마…."

문 너머에 있는 것들은 바로 나 자신이었다. 그들의
모습은 끔찍했다. 그리고 내가 그들에게 주었던 것
들이 희망이나 미소와는 동떨어진 것들이었음을 깨
달았다. 잠깐 보았던 그들의 검은 눈에는 원망과 자
책, 연민, 그리고 절망뿐이었다.

[쾅! 쾅! 쾅!]

"이제 끝내자!""가자! 이제!"

그들은 포기할 줄 모르고 문을 두드렸고, 나도 모
르게 소리쳤다.

"싫어!!"

내가 소리치자 방 안의 모든 것이 거뭇해지며 어두
워지기 시작했다. 어둠의 지평선은 순식간에 내 발
앞까지 드리웠고, 알 수 없는 공포감이 발끝에서부
터 정수리까지 기어올라왔다.

"아악!"

끝나지 않는 악몽 속에 갇힌 것 같았다.

아무것도 보이지 않는 어둠 속에서 꿈 같았던 오늘
하루가 내가 만들어낸 허상이라는 것을 깨달았다.

마치 가장 높은 곳에 이르렀을 때 떨어뜨리기 위해 만들어진 허상은 말로 설명할 수 없는 공포와 절망감을 함께 선사했다.

꿈같은 하루가 정말 꿈처럼 사라져버린 그 기분은 무엇이라 설명할 수 없을 것이다. 그리고 비루한 현실 속의 기억이 차오르자 어둠 속에서 내 몸이 뚜렷하게 보이기 시작했다.

주변을 두리번거리며 내 몸을 어깨에서부터 발끝까지 쓸어보니, 어두운 바닥에는 내 얼굴에서 흐른 무언가가 뚝뚝 떨어지고 있었다. 그들의 말… 아니, 내가 그동안 되뇌었던 말들을 떠받치듯 손바닥을 펼쳐보았다. 그러자 손바닥에 고인 차가운 웅덩이 속에 울고 있는 내 얼굴이 비쳤다. 아무것도 없는 고요한 공간 속에서 오직 나 자신과 마주한 기분이었다.

마음 깊숙한 곳에서 공포와 절망을 비집고 묘한 감정이 일렁이는 것이 느껴졌다. 그녀에게 '괜찮다', '네 탓이 아니다', '다 잘될 것이다'라고 보듬어줘야 한다는 생각이 들었다.

측은한 감정이 차오르자, 스스로 이런 감정이 들었다는 것에 놀랐다. 이제는 감출 수 없었다.

아빠가 돌아가신 그날… 엄마가 무너진 그날…

나도 모르게 나를 미워했었던 그날부터 꺼낼 수 없었던 말들이 참아왔던 듯 떠오르기 시작했다.

나는 스스로를 부둥켜안듯 어깨를 감쌌다. 그리고 주저앉아 한참을 울었다.

오롯이 나를 마주하는 듯한 이 공간은 얼마든지 울어도 될 것처럼 느껴졌다.

그렇게 울었다. 계속 울었다. 내가 불쌍했다.

내 자신을 용서하지 못했음을 통곡했다.

내 자신을 사랑하지 못했음을 인정했다.

그럼에도 살아가야 한다는 것을 깨달았다.

그렇게 울고 또 울었다.

눈물에 바지가 흥건해질 때쯤, 마음이 점차 진정되는 것을 느꼈다. 쏟아진 눈물만큼 머리도 마음도 비워낸 것처럼 조금은 개운했다.

"이제 어떻게 하지…."

꿈같은 하루와 악몽을 지나 어두운 공간에 놓인 것이 의아했다. 혹시 이곳이 지옥인가 생각하며, 방금 온 사람처럼 다시 주변을 두리번거렸다.

"어?!"

그러자 기다렸다는 듯 두 개의 빛줄기가 내 발밑을 지나 앞으로 뻗어가기 시작했다.

하나는 햇빛처럼 밝고 따뜻한 빛줄기였고, 다른 하나는 달빛처럼 푸르고 어두운 빛줄기였다.

서로 상반된 두 빛줄기가 나란히 어딘가를 향해 계속 뻗어 나아갔다. 나는 어렴풋이 느꼈다.

내가 죽어가고 있음을…

사람들은 살다 보면 마지막 문에 이르렀다고 생각할 때 삶을 포기한다고 한다. 그리고 자신이 했던 고민들과 받아왔던 상처들이 대부분 아무것도 아니었음을, 마지막 순간에서야 깨닫는다고 한다.

그리고 진정으로 슬픈 것과 행복한 것을 뒤늦게 깨닫는다고 한다. 이 어두운 공간 안에서 삶의 크고 작은 문제들은 아무것도 아닌 것처럼 느껴졌다.

죽음이 눈앞에 다가온 것처럼 살아왔었다.

모든 걸 내려놓고 죽음은 언제든지 찾아올 수 있다고 생각했을 때, 모든 것이 무의미하다고 여겼었다.

그나마 죽음 저편에는 내가 원하는 것과 가까운 것이 있으리라고 기대하기도 했다.

하지만 나는 지금 알고 있다.

내가 죽음 너머 어딘가로 향하고 있고, 눈앞에 아른거리던 죽음이 선명해지고 있음을.

그토록 바라던 평안함은 저 너머에 없음을.

나는 잠시 숨을 고르고 눈에 힘을 주었다.

"…후우."

손가락 끝에서 어깨까지 긴 여행을 앞둔 듯한 긴장감이 맴돌았다. 그리고 두 빛줄기 위로 발걸음을 내디디자, 행복과 괴로움이 뒤섞인 기억들이 복잡하게 교차했다.

순식간에 많은 것들이 머릿속을 스쳐갔지만, 나는 알 수 있었다. 두 빛줄기가 무엇을 의미하는지.

그것은 마치 행복과 불행, 태양과 달, 빛과 그림자, 삶과 죽음처럼 서로 꼭 필요하다는 듯 나란히 뻗어 있었다.

다정하게 느껴질 정도로 아름다운 빛줄기를 다시 한 걸음을 내디디자, 삶과 죽음이 교차하는 듯 온갖 것들이 머릿속을 다시 스쳐갔다. 분명 괴로웠다.

돌아보니 대부분 괴로운 순간들뿐이었다.

그럼에도 나는 걸음을 멈추지 않았다.

고통스러워도 걸었다. 걷고 또 걸었다.

어느 한쪽에도 치우치지 않도록, 편중되지 않으며 정직하게 걸었다. 살면서 좋지 않은 일이 한 번 생기면, 좋은 일이 한 번은 생길 것이라는 착각 했던 때가 있었다. 하지만 결국 불행은 불행을 계속 부르는 것처럼 내가 불행하기로 마음먹으면 매번 불행할 수밖에 없었다. 나는 그렇게 살아왔다.

하지만 이제 안다.

100번 불행해도 1번 행복하면 행복할 수 있다.

100번 행복하고 1번 불행하면 불행할 수 있다.

단지…그럴 뿐이었다.

지금 이 빛줄기 위를 걷듯, 내가 걷고 싶은 길을 걸었을 뿐이다. 내 삶에 행복했던 시간도… 괴로웠던 순간도… 결국 내 삶의 일부였을 뿐이었다. 괴로웠던 순간에 발목이 잡힌 줄 알았다. 하지만 나는 단지 멈춰서 있었을 뿐이었다. 그리고 그 순간이 영원할 것이라고 절망했던 것이다. 하지만 이제는 모든 것이 아름답고 가치 있었다는 것을 안다.

찰나와 같은 삶을 허비할 수 없다.

내가 그것들에 눈을 돌려 왔음을 깨달았다.

'겨울아, 너는 왜 살고 있니?' '네…?'

걸음을 계속하자 교차하는 기억 중에서 그날의 모습이 스쳐갔다. 늘 후회하는 순간 중 하나였다.

지금은 적어도 그때보다는 스스로에게 솔직할 수 있다. 사실 나는… 엄마가 나에게 했던 질문엔 답이 없다는 것을 안다.

살아가야 할 이유가 필요하더라도, 그 이유가 삶을 앞설 수는 없었다. 삶은 「필연」이다.

삶은 이유가 아닌 필연에서 시작되기에, 삶의 이유를 찾기 위한 조급한 방황은 죽어가는 길을 찾는 것과 같다. 어떠한 결론이나 결과에 이르러 비로소 보이는 것이 「이유」일 것이다.

물론 죽고 싶을 만큼 괴로운 이유들도 함께 생기지만, 고통이 계속되고 불행이 끊임없이 찾아오더라도 용기를 내야 했다.

내가 외면해왔던 것들을 마주해야만 했다.

나란히 뻗어 있는 두 빛줄기처럼 한 걸음만 옮기면 되는 것이었다. 뜨겁게 달궈지고 차갑게 식어가며 단단해지는 강철 같은 삶이 누구에게나 주어지지는 않을 것이다.

그럼에도 우리는 살아갈 가치가 있다. 우리 삶은 빛과 같아서 찰나와 같고, 그래서 눈부시고 아름답다. 그림자 속에서는 빛이 태어나지 않는다. 언제나 빛이 먼저 내리쬐고, 당연하다는 듯 그림자가 생긴다. 그게 우리 삶이었던 것이다.

나는 편협하게 외면했었다.

우리 삶 자체가 빛이자 선물이었던 것이다.

"어?!"

어느새 내 뺨에 뜨거운 눈물이 흐르는 것이 느껴졌다. 알을 깨고 갓 부화한 생명처럼 눈물이 계속 흘렀다. 그리고 그동안 내가 두르고 있던 회색 벽이 무너졌음을 알았다. 그렇지 않고서는 이렇게까지 눈물이 쏟아져 나올 수 없었을 것이다.

나는 흐르는 눈물을 닦아내며 걸었다. 어디로 가는지는 모르지만, 빛줄기를 따라 계속 걸었다. 빛줄기에 홀린 듯 계속 걷다 보니, 도착했다는 듯 빛줄기가 희미해지며 사라졌다. 그러자 나무로 만들어진 두 개의 문이 나를 사이에 두고 서서히 나타났다. 두 문은 마치 둘 중 하나를 선택하라고 강요하는 듯 검은 바닥 위에 우뚝 서 있었다.

혹시 천국과 지옥을 복불복으로 고르라는 건가 하는 생각이 들던 찰나, 익숙한 냄새가 앞쪽에서 풍겨왔다.

"이건…?"

나는 그 냄새에 이끌리듯 문들을 지나쳐 나아갔다. 그러자 어디선가 본 듯한 익숙한 현관문이 나타났다. 코를 킁킁거리며 가까이 다가가자, 잠겨 있던 문이 들어오라는 듯 열리는 소리가 들렸다.

[철컥!]

문 너머로 조금 희미했던 냄새가 선명하게 느껴졌
고, 나는 망설임 없이 그 문을 열었다. 그러자 문 너
머에서 무수히 많은 하얀빛깔 나비가 눈이 멀 듯한
빛을 등지고 쏟아져 나왔다.

"아악!"

*
**

"어?"

처음 느껴진 것은 구수한 된장찌개 냄새였다. 악몽
속에서 먹었던 그 찌개와는 조금 다르지만, 분명한
찌개 냄새가 내 코끝을 간지럽혔다. 코가 간질간질
해 긁고 싶다는 생각에 눈썹이 들썩였다.

"겨…울아?"

정신은 여전히 몽롱했다. 냄새를 시작으로 주변에
서 소음이 조금씩 들려오기 시작했고, 밝은 빛이 감
은 눈꺼풀 사이로 비집고 들어와 주변이 환해졌다.

"아…빠?"

"겨울아!"

눈을 떠보니, 아빠가 내 앞에 무릎 꿇고 앉아 있었다.

그의 뺨에 남은 거뭇한 자국과 희비가 교차하는 표
정을 보니 어떤 상황인지 짐작이 되었다.

"겨울아!!"

"어, 어, 엄…마?!!"

엄마였다. 나는 너무 놀라 말을 더듬으며 소리쳤다.

"뭐, 뭐야! 이것도 꿈인가?!"

나는 충격적인 상황에 머리를 부여잡았다. 그러고
는 내 어깨를 잡고 있던 아빠의 손을 뿌리치고 자리
에서 일어나 거실 구석으로 달려갔다.

"이거 꿈인 거죠? 그, 그, 그죠?"

순간, 등에 맞닿은 차가운 벽의 감촉이 이곳이 현
실임을 어렴풋이 느끼게 해주었다. 내가 요란법석을
떨자, 멀찍이 서 있던 엄마와 아빠는 당황스러워하
며 양손을 들고 눈을 동그랗게 뜨고 있었다.

"겨울아! 진정해!"

"그래, 이제 괜찮아!"

놀란 표정 속에서 다정한 눈빛으로 이야기하는 그
들의 모습을 보자 혼란스러운 마음이 진정되기 시작
했다. 그러고는 어렴풋이 맡았던 냄새가 다시 코를
간지럽혔다.

[킁-킁]

엄마는 내가 냄새를 맡는 것을 눈치채고 부엌을 향해 손짓하며 말했다.

"겨, 겨울아! 우선 진정하고 밥부터 먹자꾸나."

"네?!"

부엌을 바라보니 식탁 위에 무언가 차려져 있는 것이 보였다. 아빠와 엄마는 따라오라는 듯 자연스럽게 부엌으로 향했고, 나는 거리를 두며 조심스레 뒤를 따라갔다.

그들의 모습을 지켜보며 조용히 식탁에 앉자, 엄마는 내가 갑자기 깨어나는 바람에 부치다 만 계란후라이를 다시 부쳤고, 아빠는 수저와 젓가락을 찾고 있었다. 악몽에서 보았던 화목한 저녁과는 분명히 거리가 멀었다. 수저와 젓가락은 짝이 맞지 않고, 한 짝이 부족해서 일회용 수저 세트를 꺼내 들었다. 된장찌개에는 두부와 호박 말고는 별다른 재료가 들어가 있지 않았다. 반찬은 계란후라이 하나만 놓여 있는 초라한 저녁상이었다.

엄마는 이상하게 앞치마가 어울리지 않았고, 아빠는 무엇을 해야 할지 어수선해하는 모습이 우스꽝스러웠다. 아무래도 내가 꿈꾸던 저녁상과는 거리가 멀었다.

"차린 건 없지만… 맛있게 먹으렴… ."

 적막함이 감도는 가운데, 엄마가 계란후라이를 식탁에 내려놓으며 말했다.

 아빠는 대답 없이 고개를 숙이고 있었고, 엄마는 어떻게든 나와 눈을 마주치지 않으려고 아빠를 바라보고 있었다.

"하하하하하! 이게 뭐예요! 완전 엉망이네요!"

 지금의 상황이 어이없이 웃겼다. 코미디가 따로 없었다. 오히려 악몽보다도 지금 이 상황이 꿈처럼 믿기지 않았다. 내가 웃어 보이자, 아빠와 엄마는 입을 꾹 다문 채 눈을 마주치며 뭐라도 해보라는 듯 서로 미간을 찌푸렸다.

 그러더니 아빠는 졌다는 듯 숨을 내쉬고, 계란후라이가 든 접시를 나에게 살며시 밀어주었다.

 어색한 분위기가 감도는 가운데, 나는 억지로 밥을 입에 우겨넣으며 말했다.

"나한테 미안한 거 없어?"

"…" "…"

 적막한 분위기를 깨고 말하자, 나를 가만히 바라보던 두 사람은 애써 웃음만 지었다.

"미안, 겨울아… ."

엄마가 먼저 말을 꺼냈다. 생전 당찬 모습과는 다르게, 풀 죽은 꽃 같았다.

아빠는 잠시 나와 엄마의 눈치를 보며 시선을 이리저리 옮기다 말을 꺼냈다.

"앞으로 혼자 두지 않을게…."

나는 쥐고 있던 수저를 식탁에 내려치며 말했다.

"어떻게?!"

순간 화가 치밀었다. 엄마와 아빠는 이미 이 세상 사람이 아니다. 이미 죽고 세상과 나를 떠나간 사람들이다. 지금 이렇게 마주했다고 하더라도 결코 함께할 수 없다.

"엄마…나 기억 돌아왔어."

"…"

"지금도…내 탓인 것 같아?!"

내가 대뜸 따지듯 묻자, 엄마는 죄인처럼 다시 고개를 숙였다.

"그럴 리가… 절대 아니야… 네 탓이 아니야…."

우물쭈물 말하며 흐느끼는 어깨가 보였다. 엄마도 결국 불완전한 사람일 뿐이었다. 엄마가 무너졌을 때 기댈 곳이 나 말고는 없었다는 것을 안다. 나는 너무 어렸고, 엄마는 서툴렀다는 것을 이제는 안다.

지금 이 순간 엄마를 탓하고 싶은 게 아니었다.

단지 엄마에게 투정을 부리고 싶었다.

조금 서운했다고…

그리고 엄마가 아픈 만큼 나도 아팠다고…

나도 많이 슬펐다고…

"아빠… 미안해."

"뭐?"

아빠는 놀란 듯 숙이고 있던 고개를 번쩍 들어 올렸다 그리고는 이번엔 내가 고개를 숙였다.

"나 때문에 사고당했잖아."

고개 숙인 채 곁눈질로 바라보니, 꽉 주먹 쥐고 있는 아빠의 손이 보였다.

"백 번… 아니 천 번을 그때로 돌아가도 똑같이 널 구할 거야."

"…"

아빠는 진지한 표정으로 말했고, 엄마는 끄덕였다.

"엄마… ."

"응, 우리 딸."

나는 고개를 천천히 들어 엄마의 검은 눈동자를 바라보며 말했다.

"엄마는 왜 살아가고 있었던 거야?"

엄마는 잠시 놀란 듯 나와 눈을 맞추더니, 어느새 내 손을 붙잡았다. 그러곤 한참을 바라보더니 천천히 입을 열어 말했다.

"너를 사랑해서."

어느새 엄마의 눈가에 눈망울이 차올라 반짝이고 있었다. 그런 엄마의 표정을 바라보자, 내 눈가도 무거워지는 것이 느껴져 나도 모르게 입을 꾹 다물고 미간에 힘을 주었다.

"그리고 사과할게. 엄마가 미안해. 난 너를 미워한 게 아니야. 나는 나를 미워했던 거야."

엄마의 모습이 너무 애처롭게 느껴졌다. 그동안 엄마에게서 느껴보지 못한 감정이었다. 결국 엄마도 나와 다름없이 자신을 미워했을 뿐이었다.

[바스락]

"겨울아, 이거…."

아빠는 우리 사이로 한 장의 서류를 꺼내 들었다.

"뭐예요?"

엄마와 나는 서로 눈을 맞춘 후, 아빠가 내민 알 수 없는 서류를 들여다보았다.

"계약서?"

나는 경악하며 입을 크게 벌렸다.

내가 12월 12일 19시 30분, 개기일식 때 죽음빌라를 나가야 한다는 것, 내가 나가지 않으면 이곳의 관리자가 되고 아빠는 소멸한다는 것, 그리고 이 계약 내용을 나에게 말하게 될 경우 소멸한다는 것.

"아빠!"

터무니없는 내용에 아빠를 향해 소리쳤다.

"내가 말했잖아. 백 번이고 천 번이고 구할 거라고."

"그래도… 그래도 이건 아니잖아요! 이걸 왜 보여주는 거예요? 소멸된다는 게 두렵지도 않아요?"

"…"

아빠는 한 치의 망설임도, 후회도 없다는 듯 아무 말 없이 나를 바라보다가 다시 수저를 들었다. 엄마도 뒤따라 다시 수저를 들었다.

나는 아무 말도 할 수 없었다.

잠시 동안 식탁에는 음식을 씹는 소리와 눈물을 삼키는 소리가 뒤섞였다. 해는 어느새 거의 저물어 어두컴컴한 그림자가 집안을 덮어가고 있었다. 우리는 산더미같이 쌓인 이야기들을 미뤄두고 처음으로 마주한 셋만의, 처음이자 마지막 저녁 식사 시간을 온전하게 보내고 있었다.

"저도 같이 가면 안 돼요?"

밥을 거의 다 먹어갈 즈음이었다.

엄마와 아빠는 놀란 듯 쥐고 있던 수저를 살며시 내려놓았다. 그러고는 아빠가 먼저 말을 꺼냈다.

"네가 올해 스무 살이지?"

"네…."

아빠는 입을 내밀고 꽉 쥔 두 손 사이로 생각에 잠긴 듯했다. 그러고는 잠시 후, 생각이 정리된 듯 두 손을 내려놓으며 말했다.

"아빠로서 먼저 말하자면… 절대 안 돼."

아빠는 단호한 말투로 눈에 힘을 주며 말했다.

"그리고… 이건 네 나이를 먼저 지나본 사람으로서 말하는 건데… 사람에게는 누구에게나 각자의 삶이 있는 거야.

그 삶은 서로 닮은 듯하지만 너무도 다르고, 너무도 소중해. 지금 비록 네 엄마나 나나 이런 상황이지만, 우리는 우리의 삶이 있었어. 비록 힘든 일도 많았고 때때로 슬펐고, 돌아보면 언제나 후회되는 순간도 많았지만… 행복한 순간도 분명 있었어."

아빠는 마른침을 삼키며 말을 이었다.

"이제 너도 잘 알겠지만, 살다 보면 내 의지와는 상관없이 좋은 일이든, 나쁜 일이든, 어떤 일이든 생기기 마련이야. 우리라고 이런 상황을 원하지 않았지만, 반대로 내가 네 엄마를 만나고 너를 만나게 된 것도 내 의지와는 상관없었어. 이유도 없었어. 단지 만나게 되었고 사랑했을 뿐이야. 나한테 정말 꿈만 같은 시간이었어.

나는 네가 계속 살아갈지 말지 갈팡질팡하고, 어떤 이유로 살아야 할지 방황하는 것도 나쁘지 않다고 생각해.

왜냐하면 네게는 아니다 싶으면 언제든지 돌아갈 수 있는 시간이 많이 있어. 그리고 아빠는 겨울이가 잘 살아낼 거라는 믿음이 있어. 아빠는 언젠가 겨울이 네가 어떻게든 살아내다 보면, 어떤 일이든 당연하게 생각할 수 있을 거라고 믿어.

좋은 일이든, 나쁜 일이든 모두 너의 삶 그 자체라면서 말이야. 아빠는 겨울이가 그렇게 너의 삶을 살아갔으면 좋겠어."

차가운 손바닥의 감촉이 손목에서 느껴졌다. 어느새 아빠는 내 손목을 쥐어잡고 있었다. 그리고 복잡한 마음이 눈동자 속에서 뒤섞이다 넘친 듯 두 뺨에 무언가 흐르고 있었다. 그러자 고개를 숙여 눈물을 훔치던 엄마가 나에게 말했다.

"겨울아. 지금부터 혼자 해내야 해. 잘할 수 있지?"

"혼자 못해요. 저는 혼자 살기 싫어요. 저도 같이 갈래요. 네?"

나는 밥을 입에 머금은 채 애원하듯 말했다. 그러자 이미 눈물을 쏟고 있던 엄마가 대답했다.

"겨울아. 엄마가… 아빠랑 항상 옆에 있을게."

우는 얼굴로 애써 미소 짓던 엄마는 자리에서 일어나 나에게 다가왔다. 그러고는 앉아 있는 나를 끌어안아 이마를 맞대며 속삭이듯 말했다.

"내 삶의 행복한 순간은 너로 가득했단다. 고마워, 나한테 와줘서."

마치 그동안 해주지 못했던 세상 모든 예쁜 말을 한 번에 빚어낸 것 같았다. 옆에서 보고 있던 아빠는 자리에서 일어나 나와 엄마를 끌어안고, 둘 사이를 비집듯 이마를 가까이 했다.

서로의 숨소리와 떨림이 온전히 전해졌고, 그렇게 모인 숨결이 주변을 따뜻하게 했다.

그리고 점차 희미해져 가는 석양빛과 함께 엄마, 아빠는 작은 빛 알갱이가 되어 사라졌다.

어둠이 집안을 가득 메웠음에도 불구하고 집안은 따뜻한 온기로 가득했다.

그렇게 그들은 영원히 떠나갔다.
그리고 동시에 내 안에 들어왔다.
영원히.

[삐-빅!] [2023년 12월 12일 19시 00분]

 얼마 만인지 모를 샤워를 마치고 거실에 나오니 알람이 울렸다. 이제 떠나야 할 때가 되었다. 거실엔 어느새 오렌지색 빛깔 석양빛이 가득 차 있었다.

[까악-! 까아악-!]

 라일라는 오늘도 베란다 창틀에 앉아 울고 있다. 마치 오늘이 나와 마지막이란걸 아는 듯 유난히 길게 울었다.

 챙겨야 할 짐은 없었다. 빈손으로 왔으니 빈손으로 나갈 뿐이었다. 현관에 주저앉아 신발을 정성스럽게 신고 매무새를 정리했다. 거울 속에 비친 내 얼굴이 사뭇 다르게 느껴졌다. 눈곱도 끼어있지 않았고 머릿결도 기름지지 않고 향기로워 보였다.

"잘있어. 라일라. 고마웠어."

[까아아-악!]

힘차게 우는 라일라에게 피식 웃어 보이며 현관문을 열어 나왔다. 그러자 차디찬 12월의 산바람이 기껏 정갈하게 빗은 머리를 엉망으로 만들 만큼 세차게 불고 있었다.

"스으으읍…하아아아"

복도 난간 앞에 서서 기지개를 캐며 숨을 크게 들이쉰 후 길게 내쉬었다. 순식간에 가슴 가득히 차오른 찬 공기는 매우 청량하게 다가왔다. 산바람이 죽음 빌라에 둘러쌓인 산 나무들 사이사이를 신나게 돌아다닌 듯 잎사귀가 사방에서 흩날리고 있었다.

복도를 지나 내려가는 계단에 들어서자 이곳에서 있던 일이 머릿속을 스쳐 갔다. 조명 한점 없는 어두운 계단을 한층, 한층 벽을 짚어가며 내려갈수록 할머니, 유현씨 그리고 아빠와의 기억들이 새록새록 피어났다.

분명 힘들고 괴로운 기억들이 있었지만 그게 전부가 아니었다. 분명히 좋은 순간들도 있었다.

할머니와 아드님이 함께 하게 되어 기뻤고, 떠나가는 유현씨를 잡지 못해 슬퍼했다. 그리고 엄마와 아빠를 다시 마주해 잠시나마 행복했다. 어쩌면 이 짧은 순간으로 평생을 살아갈 수도 있겠다는 생각이 든다.

1층을 빠져나와 죽음빌라를 돌아보았다. 죽음빌라는 오늘도 고요했고 스산한 기운이 돌았다. 앞에 굴러다니는 나뭇잎 쪼가리들을 보며 왠지 모르게 쓸쓸함이 함께 감도는 것 같았다.

생각해보면 참으로 고마운 존재였다. 나를 포함한 수많은 영혼이 이곳을 스쳐 가며 악귀들로부터 안전할 수 있었다. 심지어 나에겐 부모님과 만날 수 있었던 소중한 순간을 선물해준 곳이었다. 겉보기엔 스산하고 차가운 콘크리트로 둘러쌓인 건물이라도 그 너머엔 햇빛이 잘 들어 풀과 꽃이 무성하게 피어난 마당을 기억한다.

굉장히 따뜻하고 편안했다.

매번 스쳐 가는 영혼들을 지켜보며 언제까지나 이곳에서 우뚝 서 있을 죽음빌라를 생각하니 고마운 마음과 동시에 측은한 마음이 들었다.

"고마웠어⋯."

죽음빌라를 향해 손을 흔들어 인사했다. 그리고 뒤돌아서자 거센 바람이 내 등을 밀어주며 희미한 목소리가 들렸다.

"잘 가!"

"어?!"

놀란 나머지 자리에서 멈추어 섰다. 하지만 뒤돌아보지 않았다. 내가 바라봐야 할 곳은 뒤가 아닌 앞이었다.

"스으읍…후우우….."

자리에서 다시 한번 숨을 크게 내쉬며 발걸음을 다시 옮겼다.

[삐-빅!][2023년 12월 12일 19시 25분]

죽음빌라에서 나가는 철책 앞에 도착하자 스마트폰 알림이 다시 울렸다. 무심코 하늘을 올려다보자, 구름 너머 강렬하게 타오르는 태양 곁으로 푸른 달이 차오르고 있다.

[턱!]

"오셨군요."

뒤돌아보니 중개사가 어디서 나타난지 모르게 서있었다. 그리고 그는 들고있던 가죽으로된 가방에서 서류 몇장을 꺼내 보여주었다.

눈을 찌푸리며 들여다보니 계약서로 보이는 서류들이 몇장씩 겹쳐있었다.

"뭐죠?"

"태양군이 계약 내용을 말해버렸더군요. 쯧쯧."

"그래서요?"

"겨울양이 이곳에 관리인이 되어야할 것 같습니다."

"네?!"

"흐음…지금 나갈 생각이신 것 같지만 유감이군요"

"무슨 소리에요?"

"태양군이 갑자기 소멸되어서 대신 일해줄 사람이 필요합니다."

아빠가 소멸되었다는 소리를 아무렇지 않게 내뱉는 그에게 눈살을 찌푸려졌다.

"아니요. 저는 나갈꺼에요."

"허허…."

그러자 그는 한걸음 물러서 거리를 두며 곤란하다는 듯 시선을 하늘로 돌렸다.

"정말 나가신다고요?"

"네."

"호오…"

내가 단호하게 말하자 그는 잠시 생각에 잠긴 듯 고

개를 갸웃거렸다.

"그런데 나가는 방법은 찾으셨는지?"

"아니요."

"네? 하하하하하!"

그는 크게 웃다가 이해가 안 된다는 듯 고개를 저으며 말을 이었다.

"재미있군요. 만약에 나간다고 하더라도 괜찮겠어요? 아시지 않습니까? 살아간다는 게 얼마나 고통스럽고 허무한지? 세상은 불합리하고! 비애로 가득차서 행복이나 희열도 모두 덧없다고요?!"

기분 탓인지 모르겠지만 따지는 듯한 그에 말투에서 미묘하게 슬픔이 느껴졌다. 들여다본 그의 얼굴 속엔 흐릿하게 회색표정 겹쳐 보였다.

"맞아요."

"그렇죠! 겨울양은 알아줄 거라고 생각했어요! 그럼 나가지 말고 여기 계시죠! 여기 있으면 적어도 죽을 걱정은 안 해도 된다고요!"

그는 신난 듯이 대답했다. 하지만 이상하게도 그가 애처롭게 느껴지기 시작했다.

"근데… 여기 있는다고 안 힘들까요?"

"…네?"

"여기서 죽지 않고 영원할 듯이 살아가는 게 크게 의미가 있을까요?"

내가 대답하자 그에 표정이 얼어붙은 것처럼 굳어버렸다.

"지금 나가면 전처럼 힘들 거예요. 앞으로 더 힘든 일이 생길 수도 있고요. 분명 무섭고…외로울 거예요. 하지만…그것도 제 삶이에요. 모든 게 당연하다는 듯 어떻게든 살아볼게요."

그는 입을 다물지 못한 채 놀란 듯이 나를 바라보고 있었다.

"여기 올 때만 해도 관짝에 들어온 사람 같았는데…지금은 딴판이 되었군요."

"네!"

"하하하하!"

내가 당차게 대답하자 그는 통쾌한 웃음을 터트렸다. 그러더니 들고 있던 서류들이 반으로 접히더니 가장자리에서부터 불타오르기 시작했다.

"무슨?!"

"언제봐도 인간들은 재미있군요. 하하하하"

그는 타오르는 계약서를 들여다보며 말을 이었다.

"사실 이런 계약서가 무슨 소용이겠습니까? 중요

한 건 의지와 선택뿐입니다."
 "중개사님은 이름이 어떻게 되세요?"
 그는 타오르는 종이 너머로 얼굴을 갸우뚱 기울여 나를 바라보았다.
 "이름은 가져본 적이 없습니다만? 누군가 이름을 물어보는 건 처음이군요."
 "그럼 중개사님은 「신」 같은 건가요?"
 "흐음…뭐 딱히 표현할만한 게 없네요."
 "으음… ."
 나는 무언가 이해했다는 듯 고개를 끄덕였다.
 "겉보기엔 뭐든지 할 수 있을 것 같지만, 사실 저는 그 무엇도 마음대로 할 순 없답니다. 지금 겨울양이 나가는 걸 막지 못하는 것처럼요. 하하하"
 "…"

 애써 웃어 보이는 그의 표정이 왠지 모르게 슬픈 표정으로 다가왔다. 그리고 잠시 후 그의 얼굴에 개기일식의 어두운 그림자가 드리웠다. 그러자 굳건히 닫혀있던 죽음빌라에 철문이 천천히 열렸다.
 [철-컥!]
 "잘 가세요. 겨울양."
 중개사님은 앞서 나와 철문 앞에서 마중하듯 인사

말을 건냈다.

"감사했어요. 언젠가 다시 만나게 되면…어떻게 살 았는지…꼭 말씀드릴게요."

그는 고개 숙여 웃음을 삼켰다.

"푸흐흐, 기대하죠."

나는 그의 인사를 뒤로한 채 철문을 지나며 뒤돌아 손을 흔들었다. 그러자 그는 떠나가는 내 뒷모습을 향해 마지막 인사말을 던졌다.

"죽음빌라를 기억해주세요."

[삐-빅!][2023년 12월 12일 19시 30분]

그의 마지막 말과 함께 주변에 희미한 빛들이 온데 간데없이 사라졌다.

주변을 둘러보니 어느새 어둑한 숲 한가운데 놓인 듯 무엇도 잘 보이지 않았고 어둠이 쏟아져 내리고 있었다. 점차 주변에 바람도 소리도, 희미했던 햇빛 도 잦아들기 시작했다. 나는 또다시 어두컴컴한 공 간에 놓였다. 이제는 적응할 것 같은 이 공간 안에서 주변을 한 바퀴 빙 둘러보았다. 역시나 아무것도 보 이지 않았다.

하지만 어디로 향해야 할지 알 것 같았다.

길을 잃은 것 같은 처량한 기분은 전혀 들지 않았다.

오히려 내가 가야 할 곳을 아는 것처럼 마음속 깊이 확신에 차 있었다.

"저기로 가볼까?"

망망대해 같은 어둠 속에서 망설이지 않고 발을 내디뎠다. 그저 앞으로 계속 걸었다. 어느 순간 뒤를 돌아보니 내가 걸어온 길 위로 빛줄기가 따라와 있었다.

"호오!"

빛줄기를 발견하자 마음이 어린아이처럼 방방 뛰었다. 그리곤 흥분한 듯 호기심 가득하게 빛줄기 위에 눌러앉아 유심히 빛줄기를 관찰했다.

"이거는~약간 푸른색이네? 흐흐."

괜히 웃음이 새어 나왔다.

"가는거야?"

어두운 바닥에 얼굴을 파묻을 듯 빛줄기를 관찰하던 찰나 누군가가 말했다.

"엇?! 너는?"

인기척에 고개를 번쩍 들어 바라보니 연분홍색 블라우스 소녀가 푸른 빛줄기 위에 서 있었다. 나는 흥분한 나머지 자리에서 일어나며 말했다.

"너 못 보고 가는 줄 알았어!"

"나를?" "응. 꼭 전해주고 싶은 게 있었어."

"나한테?"

나는 주머니에서 곰돌이 키링을 꺼내 들어 소녀에게 보란 듯이 내밀어 보여주었다. 그러자 소녀는 당황한 듯 눈을 크게 뜨고 나를 바라보았다.

"누구한테 받은 키링인데…아끼고 사랑하는 사람이 생기면 전해주라고 하셨거든…."

나는 키링을 든 두손과 함께 잠시 고개를 떨궜다. 이런게 처음이란 매우 부끄러웠다.

"나도 내가 이럴 줄을 몰랐어서 쉽진 않다. 흐흐흐"

나는 멋쩍은 웃음을 지어내며 소녀에게 한 발짝 다가갔다. 그러자 소녀는 내가 내디딘 보폭만큼 두걸음 물러서며 말했다.

"언제 봤다고 아끼고…사랑한다는 거야?"

여전히 양쪽 뺨에 눈물 자국이 거뭇한 소녀는 어느새 눈시울이 붉어져 있었다.

"봤지. 항상 봐왔지."

"…"

"네가 힘들 때도, 속상할 때도, 슬플 때도 그리고 기쁠 때도 항상 봐왔지."

"…"

나는 한쪽 무릎을 구부려 소녀와 눈높이를 맞춘 뒤
팔을 크게 벌리며 말했다.

"겨울아. 미안해."

그러자 소녀의 두 뺨엔 별똥별 같은 눈물이 하늘에
서 떨어진 듯 뺨을 타고 흐르기 시작했고 좁혀지지
않을 것 같은 둘 사이의 거리를 단숨에 좁혀와 내 품
에 들어왔다.

소녀가 다가오자 첫걸음엔 연분홍색 블라우스 소녀
그리고 두걸음엔 교복을 입은 소녀로 변해가기 시작
했고 내 품에 다다랐을 땐 거울을 비춘 자신을 마주
한 듯 똑같은 모습의 소녀가 내 품에 안겨있었다.

"자! 이거!"

키링을 내밀자 소녀는 천천히 손을 내밀었다.

"고, 고마워" "고맙긴. 흐흐"

내가 웃어 보이자 소녀는 건네받은 키링을 꽉 쥐며
희미하게 웃음 지었다.

"내가 너한테 할 말은 사과가 아니었어."

나는 소녀의 뺨에 거뭇하게 묻어있는 눈물 자국을
닦아주며 말을 이었다.

"앞으로도 아주 힘들겠지만…그래도 계속 살아볼
게! 응원해줄 수 있지?"

소녀는 온 세상을 물들이는 노을같이 동그란 웃음
을 자아내며 끄덕였다.

"응원할게"

소녀가 말을 마치자 순식간에 하얀 빛 가루가 내 주
변을 맴돌며 시야를 가렸다. 그리고는 가슴에 무언
가 들어온 듯 마음이 간질간질했고 따뜻했다. 이윽
고 빛 가루가 잠잠해지자 소녀는 보이지 않았다.

뒤돌아보자 빛줄기가 벽에 부딪혀 어두운 공간의
끝에 다다른 듯 빛줄기가 여러 갈래로 갈라져 있는
게 보였다.

가까이 다가가자 갈라진 빛줄기 사이에서 하얀 날
개를 가진 나비가 셀 수 없이 뿜어져 나왔다. 순식간
에 내 주변을 둘러싼 나비들은 나를 중심으로 일정
한 행렬 아래 돌고 있었고 빛의 소용돌이처럼 아름
다운 광경을 자아냈다.

"우와~!"

나는 어린아이처럼 마음이 들떠 제자리에서 빙빙 돌
며 나비들을 구경했다. 어느새 하얀빛깔의 나비가
이 공간을 가득 메우고 눈이 멀어버릴 정도에 빛을
뿜어내기 시작했다. 반사적으로 두손으로 눈을 가
렸고 맹렬한 바람이 온몸을 감싸는 것을 느꼈다.

"오오오오!"

롤러코스터를 탄 것 같은 아찔함이 순식간에 지나갔다. 눈을 가리던 손을 내리고 주변을 둘러보니 숲 속에 맑은 공기와 함께 고요한 산기슭 마을이 보였다. 마을 부뚜막에서 흘러나온 구수한 찌개 냄새가 먼저 느껴졌다.

"…어?"

하늘을 올려다보자 어느새 태양은 지고 푸른빛의 둥근 달이 구름 사이에 유유히 흐르고 있었다.

"스으으으으으-읍! 하아아아아!"

나는 마지막으로 세상 모든 공기를 가슴에 담을 것처럼 숨을 깊이 들이쉬고 내 안에 모든 것을 토해내듯 숨을 내쉬었다.

그리고 한 걸음, 한 걸음 나아갔다.

계속 나아갔다. 그저 계속 나아갔다.

눈앞에 보이는 것이 세상의 전부가 아니라는 것을 알았다. 구름이 하늘을 뒤덮어, 햇빛 한점 내리쬐지 않는 어둠이 영원할 것만 같았다.

하지만 더 이상 두렵지 않다. 이제는 안다.

어둑한 구름 너머로 태양이 한결같이 떠올랐음을.

그리고 동시에 희망이 찬란하게 차올랐음을.

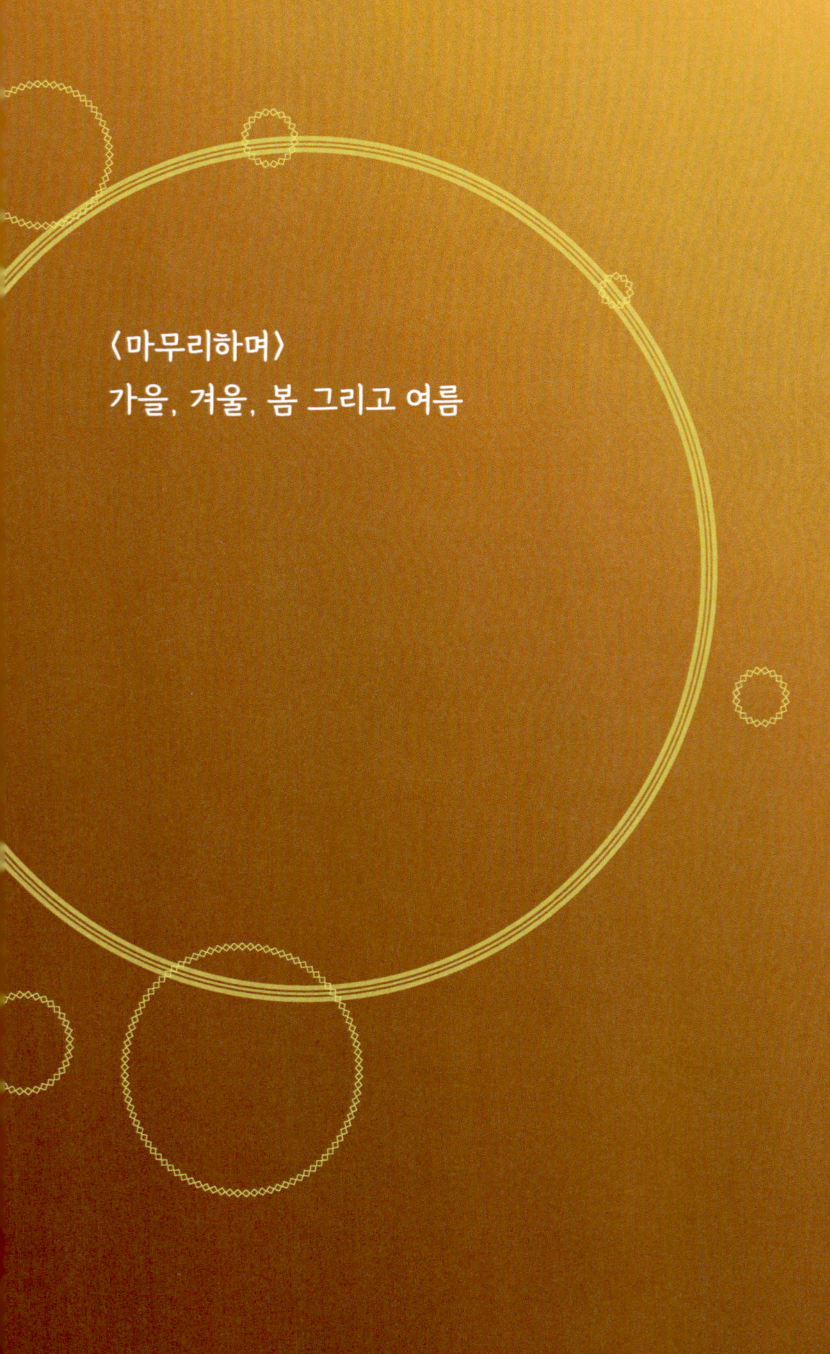
〈마무리하며〉
가을, 겨울, 봄 그리고 여름

"엄마! 엄마!"

"응 여름아~."

"저거 뭐야?"

여름이가 내 옷깃을 잡아끌며 하늘을 향해 손짓했다. 여름이의 손끝에 저물어가는 태양이 지평선 위로 걸쳐 있었다.

"어~저거는 '석''양' 이라는거야"

"서걍?"

"흐흐흐. 응 석양!"

"헤헤 이쁘다."

나와 딸은 서로의 눈을 맞추며 미소 지었다.

[삐-삐-삐-삐-철컥]

"저 왔어요~!"

"아빠~!"

나와 석양을 바라보던 여름이는 순식간에 현관으로
달려가 그이의 품에 뛰어들었다.

"어이구 우리딸~뭐하고 있었어~!"

"엄마랑 서!걍! 보고 있었어."

아직 말이 서툰 여름이는 베란다 난간 너머에 지고
있는 석양을 가리키며 말했다.

"아~오늘『투데이(Two-Day)』구나?"

"네 맞아요. 흐흐."

그이는 여름이를 안은채 베란다를 향했다.

"우린 셋이니까 쓰리데이(Three-Day)인건가? 하
하하"

"나이 먹었는지 아재 개그만 늘었네요. 멋대로 바꾸
지 말아요."

"윽, 미안."

단호하게 말하자 그이가 사과했다. 그러자 안겨있
던 여름이가 의아한 표정으로 물었다.

"투데이(Two-Day)가 뭐야?"

또렷하게 말하는 여름이에게 놀라 그이를 바라보

412

자, 그이도 놀란 듯 눈을 동그랗게 뜨고 있었다.

"여름이 이제 말 잘하네. 흐흐흐."

"이제 시집만 가면 되겠어."

"쓰읍!"

실없는 소리를 내뱉는 그이를 노려보자 눈을 피했다. 안겨있던 여름이는 내 대답을 기다리는 듯 뚜렷한 눈동자로 나를 바라보고 있었다.

"…크흠."

나는 주먹으로 입을 가려 목을 가다듬었다.

"투데이는 '우리가 함께하는 날'이라는 뜻이야"

여름이는 내 말을 듣더니 무언가 깨달았다는 듯 입을 오므렸다.

"아빠, 아빠 잠깐."

"응?"

여름이는 갑자기 그이의 품에서 벗어나려는 듯 온몸을 비볐다. 그이가 의아한 표정으로 조심스럽게 여름이를 내려놓자, 여름이는 무언가 찾아오려는 듯 방에 뛰어 들어갔다.

여름이의 행동을 이해할 수 없던 그이와 나는 서로를 마주보고 고개를 갸웃거렸다.

잠시 후 여름이는 번뜩이는 표정을 한 채 신난 듯

무언가 들고 거실로 나왔다.

"여름이 뭐하려고?"

나와 그이는 여름이를 기다리다, 어느새 거실 탁자 앞에 여름이가 들어앉은 것을 발견했다.

거실 탁자 위에 스케치북과 크레파스가 널브러져 있었고 여름이는 무언가를 집중해서 보는 듯 미간을 찌푸려 정면을 주시하고 있었다. 시선을 따라보니 거실 벽에 걸린 달력 속에 내가 적어둔 '투데이'를 유심히 관찰하고 있었다. 여름이는 한참을 바라보더니 결심한 듯 고사리 같은 손으로 크레파스를 쥐어 잡아 그림을 그리듯 무언가 적기 시작했다.

그리고는 잠시 후 크레파스를 내려놓더니 마음에 들었다는 듯 미소를 지으며 스케치북을 집어 들고 나에게 달려왔다.

"이거!"

"여름아….."

여름이가 펼쳐 보여준 스케치북 위엔 굉장히 투박하지만 정성 어린 그림이 그려져 있었다. 여름이로 생각되는 공주가 가운데 서 있고, 양옆으로 나와 그이로 보이는 휘갈겨 그려진 그림 인간이 서로 손을 붙잡고 있었다.

아래쪽엔 정체를 알수 없는 꽃밭이 알록달록 그려져 있었고 우리 셋은 웃고 있었다.

"여기!"

겨울이는 손가락으로 웃고 있는 우리 셋 위에 방금 그린 '투데이'를 보여주며 말을 이었다.

"앞으로도 엄마, 아빠랑 함께 하고 싶어."

그이와 나는 여름이의 또렷한 말을 듣고 입을 다물지 못했다. 그이의 눈망울엔 이미 눈물이 차오르고 있었고, 내 마음 한켠엔 그동안 채워지지 않았던 무언가가 채워진 것 같이 가슴이 뛰는게 느껴졌다.

"하아….″

개운한 한숨을 내쉬며 밖을 바라보자 어느새 오렌지빛 석양이 집안을 가득 채웠음을 알았다.

그렇게 하루가 저물어갔다.

나는 그렇게 오늘을 살아갔다.

한번쯤 죽음에 대해

터놓고 이야기 나눠보고 싶었습니다.

그리고 묻고 싶었습니다.

.

.

.

당신은 무엇으로 살아가는지...